Slave Master 2

어두미 판타지 장편 소설

초판 1쇄 찍은 날 § 2005년 5월 14일
초판 1쇄 펴낸 날 § 2005년 5월 24일

지은이 § 어두미
펴낸이 § 서경석

편집장 § 문혜영
편집책임 § 한지윤
편집 § 이재권 · 유경화

펴낸곳 § 도서출판 청어람
등록번호 § 제1081-1-89호
등록일자 § 1999. 5. 31
어람번호 § 제1-0602호

주소 § 경기도 부천시 원미구 심곡1동 350-1 남성B/D 3F (우) 420-011
전화 § 032-656-4452 팩스 § 032-656-4453
http://www.chungeoram.com
E-mail § eoram99@chollian.net

ISBN 89-5831-547-4 04810
ISBN 89-5831-545-8 (세트)

Slave Master

Slave Master

FANTASY FRONTIER SPIRIT

어두미 판타지 장편 소설

슬레이브 마스터

2

제국 무투회

도서출판 청람

Contents

제7장
몬스터 랜드의 가디언

휘이잉! 휘이이잉!

거센 귀신바람과 온몸이 얼어붙을 것 같은 추위에 미리안과 린은 잠에서 깨어났다.

"불이 꺼졌나?"

눈을 비비고 물어보는 린의 물음에 전혀 신경 쓰지 못하고 미리안은 놀란 얼굴로 확하고 달려나갔다.

"왜 그래, 언니? 로, 로빈?"

미리안이 향한 곳에는 한쪽 벽에 손을 대고 서 있는 로빈이 있었다.

혹시 서서 자는 특기를 지니고 있는 건 아닐지에 대해 얼핏 추측을 했으나 금방 그게 아닌 걸 알 수 있었다.

그 모습은 죽은 듯이 잠자는 모습이 아니라 잠자듯 죽어 있는 모습이었기 때문이다.

미리안을 따라간 린은 얼른 로빈의 상태를 살펴보기 시작했다.

"괴, 굉장히 차가워. 마치 얼음덩어리 같아."

얼굴도, 이마도, 손에서도 약간의 온기조차 느껴지지 않았다.

삐쩍 말라 버린 입술, 하얗게 질려 있는 눈동자, 목에는 서리마저 잔뜩 끼어 있었다.

장작불의 열기가 전혀 닿지 않는 이곳에서 얼마나 오랫동안 이 추위에 이렇게 노출되어 있었기에 상태가 이 지경에 이르렀는지는 알 수 없었지만 현재 가장 중요한 것은 로빈의 생사를 살펴보는 것이었다.

"린, 우선 따뜻한 곳으로 옮기자."

린보다 먼저 안정을 되찾은 미리안이 우선 린과 함께 불 가까이로 로빈을 옮기자 뒤를 이어 린이 서둘러 맥박이 뛰는 곳과 가슴에 손을 대었다.

"자, 잠깐만. 하아, 다행이다. 아직 심장과 맥박이 뛰고 있어. 살아 있다고."

이미 얼어 죽어버린 듯한 시체의 형상을 하고 있었지만 의외로 생명의 고동은 지극히 평범했다.

두 소녀는 죽은 이가 살아 돌아온 것 같은 환희와 안도를 느끼며 이 세상의 것이 아닌 듯한 미소로 서로를 바라보았다.

"린, 장작을, 불을 좀 더 많이 피워줘."

고개를 끄덕인 후 타고 있는 장작을 옮겨서 미리안이 있는 곳을 중심으로 둥글게 불을 피웠다.

이 정도라면 당분간은 저 매서운 바람에 견딜 수 있겠지만 어디까지나 당분간일 뿐.

조금만 더 저 한풍이 지속된다면 세 명 모두 얼어 죽을 것을 각오
해야 했다.

린이 불을 옮기는 동안 미리안은 로빈의 옷을 전부 벗겨내었다.

얼어붙은 옷이 온기에 녹으며 축축해졌기 때문이다.

로빈의 옷을 모두 벗겨낸 미리안 또한 속옷을 제외한 모든 옷을 벗
고 로빈을 안았다.

"윽!!"

"린, 서둘러야지. 부끄러워할 때가 아니잖니."

그 모습을 본 린이 움찔거리며 얼굴을 붉혔지만 어쩔 도리가 없었
다.

그녀 역시 기사 수업을 받을 때 위급시 대처법을 배운 적이 있었다.

그리고 무엇보다 저 싸가지없는 꼬마가 이대로 죽는 것이 보기 싫었
다.

갚아야 할 빚도 많았고 때려줘야 할 일도 많았으니까.

자신의 일을 끝낸 린은 훌쩍 불을 뛰어넘어서 로빈과 미리안에게로
갔다.

미리안은 두 손, 두 발, 그리고 온몸에 입김을 불어가며 로빈의 몸을
녹이는 데 정신이 없다가 가만히 서 있는 린을 올려다보며 약간 머뭇
거리는 듯한 표정을 지었다.

"우우, 알고 있다고. 나참, 어쩌다가 이런 신세가 된 거야, 정말."

두 손을 꽉 쥐고 아래로 휘두르며 린은 징징 짜는 듯한 어투로 말했
다.

그리고 그녀 역시 속옷을 제외한 자신이 입고 있는 옷을 모두 벗었다.

작지만 앳된 가슴을 가리는 옅은 핑크색의 속옷과 곰돌이 팬티는 기사이기 이전에 한 소녀라는 것을 증명해 주는 듯이 보였다.

로빈이 의식이 없음에도 괜히 부끄러워서 가슴과 다리 사이를 손으로 가리던 린은 몇 번이나 마음을 굳힌 뒤에 미리안과 로빈을 같이 껴안고 자신들의 옷을 이불처럼 덮었다.

한 몸이 된 듯 붙은 세 사람은 서로의 온기를 느끼며 당장 쓰러질 것 같은 피로감에 겨우 견디고 있었다.

"린, 피곤하지 않아?"

"무지 피곤해. 당장이라도 자고 싶을 정도로. 평생에 걸쳐 생길 불행이 마치 오늘 하룻 동안에 다 일어난 것 같아. 게다가 이런 꼴이라니. 으아아, 시집갈 수 없는 몸이 되어버렸어!"

린은 목소리마저 붉게 물든 듯했고 미리안은 졸린 눈으로도 그 한없이 사랑스러운 모습을 보며 들리지 않게 작게 웃었다.

"살았으면 좋겠다. 우리 모두. 그렇지, 언니?"

"걱정하지 마. 너도, 나도, 로빈님도 모두 아무렇지 않게 내일 집으로 돌아갈 수 있을 거야. 집에 가면 뭐부터 하고 싶어?"

"뭐부터 하고 싶긴, 아빠가 화를 덜 내기만을 빌어야지."

"어머나, 그러고 보니 그 문제가 남아 있었구나."

"또 잊고 있었던 거야? 하여튼 맹하다니깐. 하아아암!"

잠시 후 더 이상 린과 미리안의 대화는 이어지지 않았다.

서로의 온기로 약간의 편안함을 느낀 순간 지금껏 짊어지고 있었던 피로와 긴장이 한꺼번에 몰려오며 린과 미리안을 잠의 유혹에 빠뜨렸다.

깊은 잠에 빠진 세 아이들의 얼굴에는 지금 자신들이 처한 사정을 몽땅 잊어버린 듯한 기분 좋은 미소가 생겨나 있었다.

이 미소에 보답이라도 한 것일까?

밖에서 불어오는 거센 바람 소리가 점점 가라앉기 시작했다.

짹짹! 짹짹!

아침을 알리는 듯한 새소리에 눈을 바로 뜨려다가 밀려오는 쌀쌀함에 온기를 찾아,파고들었다.

물컹.

부드러운 무언가가 손에 잡혔다.

처음 느껴보는 부드러움에 손을 계속 휘두르자 말랑말랑하던 융기는 따스한 열과 함께 처음의 그 부드러움을 잃어가며 점점 딱딱해지기 시작했다.

도대체 뭘까? 처음에는 부드럽다가 점점 굳어가는 물건의 정체를 알아내기 위해 눈을 뜬 린은 자신이 쥐고 있는 무언가를 보며 사아악하고 핏기가 가시는 소리와 함께 얼굴이 새파랗게 물들어 버렸다.

"까아아아아아아아악!"

찰싹!

경쾌한 소리가 아침을 알려주었다.

모든 준비를 끝낸 로빈은 활과 화살집을 어깨에 메고 밖으로 나왔다.

어제의 추위가 거짓말인 양 화창한 날씨였다.

로빈은 마치 오랫동안 동굴 속에 갇혀 있다가 나온 사람마냥 자유로움을 느끼며 따스한 햇살을 마음껏 즐겼다. 왼뺨에 붉은 손바닥 자국이 새겨진 채 말이다.

"나, 나 죽어도 사과 못해."

뚱한 얼굴로 로빈을 노려보며 린이 말했다.

기분 좋은 아침을 애꿎게도 따귀로 시작한 로빈은 평소의 성격에 비추어볼 때 길길이 광분해도 이상하지 않지만 지금의 로빈은 고요한 수면처럼 조금의 흔들림도 없이 저 먼 곳을 바라보고 있었다.

입만 열었다면 꼭 한 번씩 시비를 걸던 로빈의 갑작스런 태도 변화에 어디 아픈 게 아닌지 의심하면서도 그 변화가 썩 나쁘지는 않았다.

아니, 이상하게 듬직하고 믿음직스럽기까지 했다.

'밴댕이 소갈딱지 꼬맹이인 줄 알았는데 의외로 남자답잖아, 이 녀석? 핫! 내, 내가 지금 무슨 생각을 한 거야, 바보같이?'

린은 어처구니없는 상상에 부끄러움을 느끼며 손으로 뺨을 쳐봤지만 방금 전 진지한 얼굴로 먼 곳을 응시하던 로빈의 얼굴이 사라지지 않았다.

그리고 이상하리만치 심장의 박동수가 뛰어올라 갔다.

이성의 남자를 보는 것만으로도 부끄럽고 가슴이 뛴다. 설마 이게 바로?

'말도 안 돼! 아냐! 아냐! 아냐! 그, 그래, 이건 감사하는 마음이야! 절대! 틀림없어!'

기우이리라, 어제 저 아이의 그 행동.

만약 자신이었다면 저렇게 할 수 있을까?

단언할 수 없었다.

특히 아이에게 있어서 두 사람은 만난 지 얼마 되지도 않은 완벽한 타인이거늘 그 누가 타인을 위해 선뜻 자신의 목숨을 내놓겠는가?

하지만 아이는 그대로 행했고, 덕분에 자신들은 지금까지 살 수 있었다.

이 두근거리는 마음은 틀림없이 그런 로빈의 행동에 대한 감사와 약간의 동경하는 마음이 분명하다고 몇 번이나 되새겼다.

저 먼 곳을 응시하던 로빈은 어느 순간 뒤로 돌아서더니 린과 미리안을 살짝 지나치며 말했다.

"가자."

그래, 지금은 그 감정에 대해서 신경 쓸 필요가 없다.

지금은 우선 돌아가는 것만 생각하는 거야.

린은 그렇게 마음먹으며 언니와 함께 로빈의 뒤를 따르기 시작했다.

'뭐였을까, 어제 그 보석과 여자의 환상은? 설마 꿈이었을까?'

꿈이라고는 믿지 않는다. 그런 리얼한 꿈 따위는 있을 리가 없으니까. 하지만 아무리 생각해도 스스로 납득할 무언가가 남아 있지 않았다.

유일하게 선명히 기억나는 심장을 연상케 하는 그 신기한 보석은 녹아 사라졌고 여자는 만약 그 순간 미친 게 아니라면 분명히 자신의 몸 안으로 들어갔다.

'여자가 내 몸 안에 들어갔을 때 보았던 환상. 그건 뭐였을까? 무지

하게 익숙한 물건이었는데.'

로빈은 최대한 기억의 파편을 끌어 모아서 뇌리에 이미지를 되살리기 시작했다.

새하얀 빛 속에서 떠오른 그것은 지금껏 단 한 번도 본 적이 없을 정도로 거대하면서도 또한 아름답기 그지없는, 일종의 자이언트 보우라고 칭할 만한 외관 형태를 지닌 병기였다. 하지만 아침이 되어서 눈을 떴을 때 로빈이 볼 수 있었던 것은 눈앞에서 눈물을 글썽이며 씩씩거리는 곰돌이 팬티를 입은 린과 손에 쥐고 있던 동그란 구슬 하나뿐이었다.

린이야 둘째 치고 혹 구슬이 어제 본 녹아내린 보석과 뭔가 관련이 있는 게 아닐까 하고 잠깐 생각했지만 형태, 빛, 질량 그 모든 것이 기억 속에 존재했던 그 신기한 보석과는 완전히 달랐다.

로빈은 잠깐 자신의 생각을 멈추고 주위를 살폈다.

세 사람이 이동로로 강을 거슬러 올라간 것은 탁월한 선택이었다.

그 어떤 환경에도 적응해서 살아간다는 몬스터들도 강에 주 서식지를 잡고 있는 이는 거의 없었다.

설령 수중 몬스터라 해도 대부분 식량이 풍부한 얕은 바다에서 생활하지 이런 강의 상류까지 올라올 필요가 전혀 없기 때문이다.

그리고 무엇보다 좋은 점은 식수를 얼마든지 얻을 수 있다는 것과 정말 위험할 경우 강에 뛰어들어 위협을 피할 수 있다는 점이었다.

꽤 시간이 흘렀지만 세 사람은 위험과 조우하기는커녕 지금껏 단 한 마리의 몬스터도 보지 못했다.

그 덕분인지 점점 여유가 생겨나며 발걸음이 가벼워졌다.

"후아, 시원해. 그보다 정말 운이 좋은 것 같은데? 아무리 몬스터 랜드의 가장자리에 속하는 부분이라지만 이렇게 일이 잘 풀릴 거라고는 생각도 못했어."

로빈이 자신의 손으로 물을 떠 마시자 두 소녀도 따라 시원한 물로 목을 축였다.

물이 이렇게 달콤하리라고는 예전에는 미처 생각지도 못했다는 표이 무척 보기 좋았다.

주위는 몸을 숨길 수 있는 커다란 바위들이 여기저기에 널려 있었기에 세 사람은 이곳에서 잠깐 휴식을 취하기로 정했다.

[지이이이잉!]

머리 속이 다시 무언가를 경고하듯 울려왔다.

이상한 기분이 들자 로빈은 얼른 두 사람의 손을 잡고 커다란 두 개의 바위 뒤로 몸을 숨겼다.

"조용히. 숨소리를 최대한 낮춰. 현재 바람은 역풍이니 소리만 내지 않는다면 우리가 이곳에 숨어 있다는 것을 들키지 않을 거야."

겉으로는 내색을 잘 안 해도 이미 로빈을 신뢰하고 있는 두 소녀는 두말없이 그 말에 따랐다. 잠깐 긴장이 흐르는 가운데 세 쌍의 눈동자는 바위틈으로 저편을 주시하고 있었다.

쿠웅!

지진 같은 흔들림과 함께 하늘에서 날아온 무언가가 흙먼지 속에서 꿈틀대었다.

그리고 아무렇지 않게 일어서는 그것의 정체는 놀랍게도 마차 한 대 크기의 몸을 지닌 거대한 거미 몬스터였다.

육중한 몸은 황색과 짙은 갈색의 털이 줄무늬처럼 새겨져 있다. 다리의 개수는 열 개로 그 길고 커다란 다리에 꿰이면 소조차 단번에 들어 올릴 수 있을 것 같고, 노란빛을 내는 여덟 개의 눈밑으로 보이는 데드마스크―죽은 인간의 얼굴을 도려내 만든 가면. 저주의 의식에 사용―는 꿈에 나올까 두려울 정도로 흉측한 모습이었다.

"여, 여기, 안전할까?"

온몸에 소름이 돋는 표정을 지으며 린이 소리 죽여 물었다.

"괜찮아. 특히 거미 몬스터들은 대개 시력과 청력이 아주 나빠서 진동으로 먹이를 찾아내. 아마 이 근처에서 진동을 느끼고 한차례 늦게 뛰어내려 온 것 같아."

"뛰어내려? 어디서?"

훤한 강 주위를 둘러보며 린이 물었다.

"글쎄, 처음에 그 소리는 분명 뛰어내린 것 같은데 저 크기에 나무에 매달릴 수는 없고, 아마 순수 도약이 아니었을까?"

순수한 점프력만으로 저 육중한 몸이 보이지 않는 곳에서 뛰어들었다? 생각만 해도 끔찍한 일이다.

"으윽, 당연한 듯이 이야기하지 말라고."

"잊었어? 여긴 몬스터 랜드라고. 지금껏 우리가 얼마나 운이 좋았는지 몇 번이나 말을 했는데도 아직 이해 못한 거야?"

몬스터 랜드를 모르는 사람들은 두려워하면서도 자신의 상식 안에서 얼마나 위험한가를 상상한다.

그러나 저 거미 몬스터는 분명히 상상을 초월하는 괴물이었다.

몸이 떨려 침조차 삼키지 못하는 가운데 그곳에서 어슬렁어슬렁거리던 거미 괴물은 다행히 아무 일 없이 그 큰 몸을 이끌고 어디론가 사라졌다.

"휴우!"

세 사람이 호흡을 맞춘 듯 동시에 한시름 덜었다는 듯 한숨을 흘렸다.

꼬르륵.

생리 현상도 함께. 누구의 배에서 흘러나왔기에 이다지도 큰 걸까? 하지만 덕분에 방금 전까지의 긴장이 이 꼬르륵거리는 소리 한 번에 전부 가신 듯했다.

"미안. 지금 식량을 챙기는 건 위험해. 무사히 돌아가서 배부르게 먹자."

두 사람이 함께 고개를 끄덕이고 자리에서 일어서려고 할 때 또다시 로빈의 양손이 두 소녀의 움직임을 구속했다.

[지이이이잉!]

기분 나쁜 느낌이다. 분명히 거미 괴물은 사라졌는데 어째서 이런 느낌이 드는 것일까? 유감스럽게도 그 의문은 오래가지 않았다.

"아우우우우우!"

가까운 곳에서 커다란 맹수의 포효가 들려왔다.

어째 귀에 익은 울음소리라는 생각이 들 때 막 그 울음소리의 정체가 숲에서 나오며 모습을 드러내기 시작했다.

한쪽 눈은 무언가에 꿰뚫린 듯 상처를 입고 있었으며 가슴에 횡으로 긴 검상이 남겨져 있는 모습은 어젯밤 맞닥뜨렸던 그 라이칸스로프임이 분명했다.

"크르르르르!"

묘한 으르렁거림에 세 사람은 왠지 그가 미소를 짓고 있다는 생각이 얼핏 들었다.

하긴 반갑기도 할 것이다. 누가 자신에게 상처 입힌 자를 보복하고 싶지 않을까? 하지만 로빈 측에서 보면 정말 반갑지 않은 손님에 지나지 않았다.

"몸은 어때? 어제처럼 상대할 수 있겠어?"

"글쎄, 저 늑대인간이 낮이라는 핸디캡을 가지고 있는 것보다 더 상황이 나쁜 것 같은데?"

어제 그 기적 같은 린의 무위를 떠올리며 마지막 기대를 걸어봤지만 린은 절망적일 정도로 최악이다라는 말을 빙 돌려서 말했다.

"빌어먹을 인간들! 각오해라!"

"몬스터가 인간의 마, 말을 하잖아?"

린은 방금 들린 목소리와 자신의 귀를 못 믿겠다는 듯이 외쳤다.

라이칸스로프 중에는 지능이 뛰어나 인간의 언어를 구사하는 이들도 있다. 그들을 가리켜 사람들은 늑대인간이라고도 불렀다.

"죽여 버려서 뼈까지 잘근잘근 씹어 먹어버릴 테다! 한 끼 식사거리도 안 되는 주제에 내 눈을 이렇게 만든 네 녀석들을!"

쾅!!

라이칸스로프가 손을 휘두르자 옆에 있는 바위가 산산조각이 나며 깨져 버렸다. 저 주먹에 한 방이라도 맞으면 어떻게 될지는 불을 보듯 뻔했다.

하지만 그전에 빛이 날아갔다.

피슉! 팍!

무언가가 라이칸스로프의 어깨에 꽂히며 그 큰 몸이 두어 걸음 물러났다.

근육을 파고드는 고통이 뇌까지 침범할 것 같은 강한 그 일격은 뛰어난 감각과 동체 시력을 지닌 라이칸스로프가 적중당하고서야 깨달을 정도로 그의 신체 능력을 훨씬 상회하고 있었다.

"싸, 싸가지?"

미리안과 린은 스스로의 입을 틀어막은 채 묵묵히 거짓말 같은 이 광경을 다시금 지켜보았다.

심혈을 기울여 만든 은촉 화살을 화살집에서 집어 들어 시위를 당기고 쏜다.

이 몇 번의 단계를 거쳐야 할 행동이 애초부터 단 한 동작이었던 것처럼 물 흐르듯 자연스러웠다.

또한 쏘아 보낸 화살은 그녀들의 눈에 비치지도 않을 만큼 빠르고 또한 정확했다.

밝고 호기심에 똘망똘망 빛나던 커다란 눈에는 오직, 살의와 함께 어깨에서 피를 흘리고 있는 늑대인간만이 들어 있을 뿐 그 외에는 마치 죽은 인간의 눈처럼 멍했다.

로빈의 손에서부터 매서운 바람이 쏘아진다.

하나. 하나. 하나. 하나. 하나. 하나. 하나.

일곱 개째의 활이 날아들었을 때 늑대인간은 이미 자신의 피로 붉어진 대지 위에 결국 무릎을 꿇었다.

"굉장해. 이 정도의 실력을 지닌 궁사는 단 한 번도 본 적이 없어."

린의 감탄은 진심에서 우러나온 것이었다.

그녀는 훈련을 위해 여러 번 활쏘기 대회를 관람한 적이 있다.

그곳에 모였던 자들 역시 대단한 실력가들이었지만 단순히 멈춰 있는 표적을 맞추는 대회에 딱히 흥미가 일지 않았다.

하지만 이곳에 있는 작은 궁사는, 로빈은 달랐다.

린은 본능적으로 느낄 수 있었다. 이것이 바로 로빈의 진짜 실력임을.

화살 하나가 곧 그의 목숨이며 동시에 적에게 선사하는 철퇴다.

적으로 간주한 이상 그 눈은 용서가 없고 호흡 한 번에 하나의 화살을 날린다.

단언컨대 그 일격은 섬광.

볼 수도 없고 피하지도 못한다.

"으아아악! 네놈들 같은 허약한 하루살이 인간이 이 위대한 라이칸스로프의 전사인 나를 이길 수 있을 것 같으냐!"

그것은 발악이었다. 이미 승패는 갈렸음에도 이 결과를 결코 승복할 수 없는 그는 일곱 개의 화살이 박힌 채로 시뻘건 피를 흘리며 로빈에게 달려들었다.

뛰어오른 과녁을 조준해서 간단히 라이칸스로프의 배를 꿰뚫었다.

공중에서 그 몸은 다시 한 번 요동쳤으나 그럼에도 포기하지 않고 마지막 힘을 짜내듯 멈추지 않고 거칠게 긴 손톱을 휘둘렀다.

그 손톱은 린과 미리안을 안고 옆으로 몸을 날린 로빈의 허리춤에 살짝 닿는 것으로 끝나고 말았다.

최후의 발악은 로빈들을 상처 입히지 못하고 단지 로빈의 허리춤에 달려 있던 가죽 주머니 하나를 떨어뜨렸다.

콰과광!

휘두른 손을 거둬들일 기력조차 없는 라이칸스로프는 로빈이 서 있던 대지만을 움푹 파헤쳤을 뿐이다.

성공하든 못하든 경외감이 들 정도의 힘이 아닐 수 없었다.

저만한 파괴력과 단단한 손톱을 가지고 있다면 그 누구라도 자신감이 가득할 것이라고 로빈은 생각했다.

하지만 그것뿐이다.

린과 미리안을 안고 옆으로 몸을 날린 로빈은 땅에 누운 채로 몸을 살짝 일으키며 화살을 겨누었다.

"뒈져 버려, 개새끼야!"

욕설만큼이나 거친 파공음을 흘리며 화살이 그대로 라이칸스로프의 심장을 관통했다.

그 육중한 몸은 점점 기울더니 쿵 하는 소리와 함께 대지에 쓰러져서 다시는 움직이지 않았다.

"후우우우우!"

로빈은 한숨을 길게 내쉬고 땀을 훔쳤다.

힘들게 만들어놓은 화살을 절반 넘게 사용했지만 분명한 로빈의 승리였다.

어디선가 불어오는 바람을 맞으며 린과 미리안은 아무 말 없이 로빈의 뒷모습을 바라보았다.

작지만 너무나 강직한 이 등의 주인은 별 어려움 없이 어젯밤의 악몽 같은 공포로 위협을 주던 그 라이칸스로프를 눈 깜짝할 사이에 고슴도치로 만들어 버리면서 승리를 쟁취했다.

곧 로빈이 고개를 돌리자 일말의 자비가 보이지 않는 냉혹한 눈빛에 섬뜩하고 심장이 덜컥 내려앉는 듯했지만 이내 그 눈은 친숙한 눈빛으로 돌아왔다.

"움직일 수 있지?"

두 소녀는 동시에 휴우 하고 작은 한숨을 내쉬었다.

"멋대로 사람 놀래키고 있어!"

"아야! 갑자기 왜 그래? 발로 차지 말고 말로 해, 이 납작 가슴 계집애야!"

린은 다시 한 번 더 힘껏 로빈의 엉덩이를 걷어찼지만 이번에는 미리안도 그런 린을 만류하지 않았다.

"앗차! 내 주머니!"

아무리 찾아도 보이지 않는 주머니는 라이칸스로프의 몸 아래에 깔려 있는 듯했다.

왠지 찜찜해서 포기해 버릴까 하고 생각하다가 안에 구슬이 들었고 에쎄가 만들어준 주머니이기에 왠지 이대로 버리기에는 아까웠다.

"로빈, 뭐 해? 출발 안 할 거야?"

로빈은 잠깐만이라고 소리치고는 주머니를 빼내기 위해 라이칸스로프의 몸을 뒤집어보려 했지만 워낙 무거운 몸은 온 힘을 다해도 꿈쩍조차 하지 않았다.

발로도 차보고 손으로 들어보기도 하고, 온갖 방법을 동원해도 결국 빼내지 못한 로빈은 결국 포기하고 뒤로 물러섰을 때였다.

"크르르!"

막 돌아선 로빈의 등 뒤로부터 검은 그림자가 드리워졌다.

이런 일은 있을 수 없다. 저만한 상처를 입은 이상 라이칸스로프가 아니라 그 할애비가 와도 살아난다는 것은 불가능했다. 그럼 지금 뒤에 서 있는 것은 과연 무엇이란 말인가?

순간 로빈의 머리는 무언가에 강하게 쥐어진 채 공중으로 떠올랐다가 바닥으로 힘껏 내팽개쳐졌다.

"끄아아아아아악!"

우드득! 우드드득!

사지의 뼈가 부러지고 으스러지는 소리와 함께 지금껏 경험 못한 고통이 뇌리에 강타했다.

어깨, 척추, 허리, 골반을 이루고 있는 뼈가 전부 부러진 듯 몸은 손끝 하나 움직이지 못했고, 고통에 비명 소리조차 더 이상 나오지 않았다.

단 하나, 고통에 부릅떠진 두 눈으로 자신을 이렇게 만든 상대를 볼수 있었다. 그것은 바로 방금 로빈과의 전투로 분명히 죽은 라이칸스로프였다.

온몸을 피로 칠한 듯한 모습과 화살이 그대로 꽂혀 있는 모습은 라이칸스로프라 하기보단 좀비에 가까웠다. 생물이라면 절대 살아 있을리가 없는 모습에도 불구하고 지금 분명히 살아 움직이고 있었다.

"크르르르!"

몬스터 랜드에서 모든 시체는 언데드가 되지만 그건 어디까지나 음기가 가득한 밤의 이야기일 뿐 대낮에 벌어지는 일이 절대 아니었다.

도대체 어떻게 된 일일까? 문득 라이칸스로프의 발 아래에서 이상한 빛을 발견할 수 있었다.

그것은 로빈이 정신을 차렸을 때 손에 쥐고 있던 구슬이 담긴 주머니였다. 어떻게 이 죽은 시체가 다시 살아 움직일 수 있는가에 대해서는 알 수 없었지만 직감적으로 그 구슬과 적지 않은 관련이 있음을 로빈은 확신했다.

"크극크!"

라이칸스로프의 고통 섞인 음성이 흘러나왔다. 그러더니 어느 순간 왼팔이 세 배가량 부풀어 올랐다. 곧이어 오른팔, 다리, 몸까지 전체적으로 이어지면서 훨씬 거대해졌다. 로빈에 의해 잃었던 눈 역시 도마뱀의 꼬리처럼 새로 돋아났고 박혀 있던 화살도 안쪽에서부터 밀려 나왔다.

마지막 단 하나, 심장을 관통한 활을 자신의 손으로 뽑아내자 그 상처 또한 무서운 속도로 완벽하게 치료되었다.

"크워어어어어어!"

귀가 아플 정도의 엄청난 포효가 몬스터 산맥 전체에 울려 퍼졌다.

"나는 강하다! 누구든지 덤벼라! 나야말로 이곳의 왕이다! 도전하라! 나에게 도전하라! 너희들을 모두 꺾어주마!"

스스로 강자임을 나타내는 포효가 오랫동안 계속되었다. 고막이 터져 버릴 것 같은 고음은 귀를 막아도 두통이 느껴질 정도였다.

적이 승리의 함성을 부르짖고 있는 동안 몸을 이루는 뼈의 절반 이상이 부러진 로빈은 무력하게 상대를 올려다볼 수밖에 없었다. 부활한 라이칸스로프도 그 시선을 느꼈는지 잠시 내려다보고 미소를 지었다.

순간 다시 로빈의 몸이 위아래로 크게 요동쳤다. 다리를 잡고 휘두르며 농락하고 이윽고 한 번 더 바닥으로 패대기쳤다.

쾅! 쾅쾅! 우드득! 우드득!

부서진 뼈가 더 잘게 부러지고 으스러지면서 가루로 변해갔다.

이것으로 부족하다. 라이칸스로프는 자신을 한번 죽였던 상대를 찬양하듯 바닥에 패대기친 로빈의 몸을 그 커다란 주먹으로 힘껏 내려치며 확실한 죽음을 선사했다.

한 번의 주먹이 내려쳐질 때마다 로빈의 몸과 함께 땅이 뒤흔들릴 정도로 강맹한 공격이 네 번이나 연달았다.

그 주먹 한 번에 갈비뼈가 몽땅 부서져 내리고 내장이 찢어지면서 고깃덩어리로 변해 버리고, 두개골이 함몰되며 안구가 밖으로 삐져 나왔다. 로빈은 피를 토하며 그 몸은 차가운 단백질덩어리로 변해갔다.

더 이상 로빈은 움직이지 않았다. 누가 봐도 명백한 현실이었다.

"크크크크! 크하하하하! 크하하하하하!"

두 손을 높게 들어 올리고 환희에 울부짖는다. 겉모습만으로는 약해 보이기 짝이 없는 인간의 어린아이였으나 그 속에 숨겨진 놀라운 전투력은 이미 라이칸스로프의 용맹한 전사였던 그를 명백히 죽음으로 이끌었다. 하지만 무언가의 도움으로 그는 죽음의 수렁에서 빠져나왔고, 오히려 인간의 어린아이에게 죽음을 선사하며 대역전극을 일으켰다.

그는 우선 자신을 부활시킨 그 미지의 힘의 정체를 찾아냈다. 그것은 인간의 아이가 들고 있던 주머니에 든 무엇인가였다. 바닥에 떨어져 있던 주머니를 들어 꿀꺽 삼켰다. 죽기 전에 비해 세 배가량 커진 몸집에 비하면 딱 한입거리에 불과했다.

그리고 축 늘어진 로빈의 시체를 보았다.

라이칸스로프들은 생전 용맹한 전사였던 자의 피와 살을 먹으면 그 강함이 자신에게 깃든다는 사상을 가지고 있었다.

용맹한 인간의 어린 전사와의 전투로부터 얻은 힘이 이 정도라면 과연 저 시체를 먹으면 얼마나 강해질까 하고 생각하는 것만으로도 온몸이 흥분으로 저려왔다.

"아으윽!"

린은 그 거대하고 날카로운 눈동자가 자신 쪽으로 향하는 것만으로 손이 굳어지고 말았다.

죽은 이 인간이 거느리고 있었던 이 암컷들은 여러모로 쓸모가 많았다. 이제 강해진 자신에게는 별 필요 없지만 비상 식량으로도 쓸 수 있고 무엇보다 이제 엄청난 힘을 손에 넣게 된 그에게는 생존보다 번식이라는 목적 의식이 생겨났다.

찾아보면 이들보다 훨씬 강인한 암컷 라이칸스로프도 만날 수 있겠지만 저 인간 수컷이 선택한 암컷들이라는 사실이 매력적이었다. 혹시 그 수컷의 아이를 잉태하고 있으면 훨씬 더 좋으리라. 인간이라 함은 질서, 혼돈, 자연 이 모든 속성을 지닌 존재이다. 이미 번식이라는 목적 의식이 생긴 이상 암컷은 많으면 많을수록 좋았다.

휙!

바람 소리가 난 순간 라이칸스로프의 모습이 사라졌다. 그것을 깨달았을 때는 이미 라이칸스로프의 손아귀에 잡힌 후였다.

"크윽! 이놈!"

"으으으으윽!"

각각 한 손에 잡힌 두 사람은 아무리 발악해도 빠져나올 수 없었고 결국 조금씩 조여오는 압력에 그만 기절할 수밖에 없었다. 기절한 두 자매를 바닥에 놔두고 로빈에게로 다가갔다.

남은 것은 훌륭한 연회를 즐기는 것뿐이었다. 우선 강인한 전사의 몸으로 식욕을 채운 뒤 이 암컷들을 데리고 보금자리로 돌아가 번식을 한다. 그 후에 내일을 생각하자. 이 힘으로 몬스터 랜드를 라이칸스로프의 땅으로 만들지, 아니면 그냥 몬스터들의 제왕이 될지……. 둘 다 겸해도 나쁠 것은 없으리라.

"……."

쓰러져 있던 로빈의 손가락이 살짝 움직였다.

심장은 분명 멈춰 있다. 바닥은 흥건히 피로 물들어 있고 신경을 전달하는 척추에서부터 손가락의 뼈 모두가 부러져 있음에도 손가락은 점점 힘이 들어가고 있었다. 그것은 사후 경직이 아닌 분명하게 주먹을 쥐고 있는 움직임이었다.

두근.

심장의 고동 소리에 라이칸스로프는 움찔하며 로빈을 바라보았다. 세상에, 울려 퍼지는 거대한 심장의 소리는 적어도 인간의 것이 아니었다.

어젯밤, 로빈의 손에서 모습을 감춘 보석은 사라진 게 아니라 로빈의 몸 안으로 녹아들어 갔던 것이다. 뼈와 피부, 그리고 혈액 곳곳으로 스며들어 간 보석은 생명의 고동이 사라지는 순간, 위기감을 느끼고 하나로 모여들어 로빈이 집어 들기 전까지의 심장 같은 형태로 변했다.

두근두근.

힘찬 박동의 거센 멜로디가 아름답게 느껴진다.

강인한 심장, 강인한 육체, 강인한 생명력, 그리고 절대적인 힘이 느껴졌다.

두근두근두근두근두근두근두근두근.

밖으로 새어 나온 피 대신 새로운 혈액이 로빈의 몸 안에서 생성되기 시작했다.

몸 안으로 열기가 퍼지자 이번에는 심장의 이중주가 들려왔다.

크고 작은 두 개의 심장의 고동 소리는 오케스트라처럼 멋진 화음을 연주하기 시작했다.

로빈은 줄에 매달린 인형처럼 기괴한 자세로 일어났다.

하지만 방향이 다른 두 다리만 대지 위에 제대로 서 있을 뿐 몸은 힘없이 뒤로 축 늘어져 있었다.

투드득거리는 소리와 함께 부러진 다리뼈와 온몸의 뼈가 정상적으로 돌아오며 이미 가루가 되어버린 뼈와 손실된 피가 다시금 재구성되기 시작했다.

고동과 함께 붉은 보석에서 흘러나오는 알 수 없는 기운은 눈 깜짝할 사이에 로빈의 부서진 육체를 복구함과 동시에 이전보다 훨씬 더 탄탄하고 강하게 다져 주었다.

"크으윽, 너 역시 죽음 직전에 되살아난 것인가. 좋다. 지금 여기서 너와 나 중 누가 최강인지를 가려보겠다."

라이칸스로프는 그 거대한 몸으로 전력 질주를 하며 로빈에게로 달려갔다.

한 발 한 발 내딛는 것만으로도 땅이 움푹움푹 파이고 그 뒤로 돌개 바람이 형성되며 돌격해 오는 앞에서 로빈은 흐느적거리며 멍하니 있을 뿐이었다.

"죽어라!!"

엄청난 속도로 달려들며 라이칸스로프는 힘차게 손톱을 휘둘렀다.

라이칸스로프는 바위조차 두부 자르듯 베어버릴 수 있는 그 손톱으로 로빈의 몸을 단번에 조각내려고 마음먹었다.

아니, 그렇게 하려고 했다.

하지만 로빈의 몸은 라이칸스로프의 예상과는 달리 그저 충격을 받은 듯 수십 미터 떨어진 곳으로 튕겨 날아갔을 뿐이다.

"크오오오오오!"

라이칸스로프의 엄청난 외침에 숲에 있던 새들이 모두 푸드득거리며 하늘로 도망가 버렸다.

"어째서냐? 어째서 그 상처를 입고도 일어설 수 있냔 말이다!"

그의 말대로 로빈은 일어서 있었다.

철검조차 잘라 버릴 수 있는 저 날카로운 손톱이 저 연약한 피부를 가르기는커녕 흠집조차 내지 못했다.

또 강해진 자신조차도 방금 저만한 충격 앞에서 가볍게 일어날 수 있을지 의문이건만 로빈은 멀쩡한 모습으로 다시 일어서 있었다.

"크으아아아악!"

다시 달려든 라이칸스로프는 이번에는 로빈의 목을 잡고 바닥에 집어 던진 뒤 손톱으로 그 살을 찢고 내장을 뜯어내더니 주먹으로 얼굴을 몇 번이고 계속해서 공격했다.

고깃덩어리가 떨어져 나오고 튀는 피가 난무하는 그 속에서 그는 웃음을 짓고 있었다.

봐라. 나는 강하다.

이 손톱은 무엇이든 가를 수 있고 이 주먹은 무엇이든 부숴 버릴 수 있다. 내 앞을 막을 수 있는 존재는 없다.

자아도취에 빠져 있을 때 작은 손가락 하나가 천천히 라이칸스로프의 안구를 깊숙이 찔렀다.

"끄아아아아악!!"

터진 안구는 점점 다시 원래대로 재생하기 시작했다.

화마를 잡아먹을 것 같은 분노로 로빈을 노려본 순간 처참하게 만들어놓은 로빈의 육체는 또다시 말끔하게 재생되어 있었다.

멍하니 그 광경을 보고 있는 동안 어느새 로빈의 작은 발이 라이칸스로프의 배를 밀듯이 쳐내었다.

팍!

라이칸스로프의 육중한 몸은 하늘로 붕 떠올랐고, 그 몸은 나무를 열 그루가량 몽땅 부숴 버린 뒤에야 겨우 멈추었다.

부들부들 떨리는 다리로 고통을 참아내며 일어선다. 나무에 부딪치고 땅을 굴러 생긴 상처는 금방 복구되었지만 배에 새겨진 작은 발자국은 아주 깊숙이 들어간 채 원래대로 돌아올 기미가 보이지 않았다.

그제야 그는 뭔가가 잘못되었다는 것을 깨달았다. 나는 도대체 누구, 아니, 어떤 존재 앞에서 이리도 방자했던 것인가 하고.

그때 로빈이 두 손을 들자 몬스터 랜드 속에 있던 모든 정령들이 모여들기 시작했다. 마치 빛으로 이루어진 비가 내리는 것 같은 장엄한 광경. 빛들은 어느새 광대한 은하수를 이루기 시작했다.

아니, 세계가 변한 것이었다. 지금 이곳은 방금 전까지 존재하던 그 세계가 아닌 다른 차원의 세계라고 할 수 있었다.

『왕이 오셨다!』

노래가 들려왔다.

『우리를 탄생시킨 아버지가 오셨다!』

정령들이 로빈에게로 몰려들어 즐거워하며 노래를 부른다. 그 환희의 물결 속에서 마치 환상처럼 로빈의 몸이 황금색으로 변하며 그 뒤로 이 세상에서 존재하는 생명체 중 가장 거대하고 가장 강인한 생명체의 모습이 생겨났다가 사라지길 반복했다.

높게 벌린 두 손을 하나로 합치자 정령의 강이 한순간에 사라지고 원래의 세계로 돌아왔다. 그리고 덩달아 온 대기를 짓누르던 위압감도 사라졌다.

로빈의 몸 안으로 녹아들어 간 붉은 보석은 엄청난 혼란을 겪고 있었다.

붉은 보석의 정체는 다름 아닌 드래곤 하트였다.

드래곤 하트란 드래곤이 지닌 힘의 근원이라고 많이들 생각하지만 실은 한 드래곤이 죽음을 맞이할 때 드래곤이 지니고 있던 본래의 마나가 모두 한곳으로 모여 굳어져서 만들어진 것이었다.

즉, 애초에 정해진 형태란 없으며 그 정체는 인간은 짐작조차 할 수 없는 마나의 정수(淨水) 그 자체라는 말이다.

애초에 동족을 발견하고 동족의 몸 안으로 녹아들어 간 드래곤 하트는 액체처럼 그 온몸에 녹아들어 갔어야 했다.

그러나 어떻게 된 영문인지 동족은 이 힘을 전혀 흡수하지 못하고 덩그러니 그냥 놓아두는 것이 아닌가?

그 때문인지 현재 로빈의 몸 안에는 두 개의 심장이 있는 것과 마찬가지가 되어버렸다.

드래곤 하트도 처음에는 여유가 있었다.

아무리 같은 동족이라고 해도 이쪽은 늙어 죽은 고룡이 최후의 언령을 통해 약간의 의지를 담아 남겨놓은 드래곤 하트. 아직 헤츨링으로 추정되는 이 어린 주인이 고룡의 드래곤 하트를 흡수하지 못하는 것은 당연했다.

잠시만 있으면 성장기 어린아이처럼 하루하루가 다르게 이 모든 마나를 먹어치워 버릴 거라 의심치 않았다.

하지만 몇 시간이 지나는 동안 극소수의 양조차 동화되지 않자 점점 다급해지기 시작했다.

갈 곳을 잃은 힘은 결국 자연으로 돌아가기 마련이다.

애초에 상상도 할 수 없는 양의 집합체다 보니 단번에 사라질 일은 없겠지만 자칫 그 일부가 사라지기라도 하면 고룡의 마지막 유지가 흐려질 것을 염려한 드래곤 하트는 강제로 주인과 동화하기로 마음먹었다.

그러면서 깨달은 거지만 신기하게도 이 주인의 몸 안에는 마나 회로가 존재하지 않는다는 사실이었다.

마나 회로란 마법을 사용하기 이전 마나를 움직일 수 있는 길, 즉 일종의 마나가 흐르는 혈관이었다. 온몸에 퍼져 있어야 할 마나 회로가 존재하지 않으니 당연히 드래곤 하트의 마나를 흡수하지 못했던 것이다.

헤츨링이 마나 회로가 없다니 결코 있을 수 없는 일이나 로빈을 헤츨링이라 믿고 있고 또한 절대적인 명령을 받은 드래곤 하트는 착실하게 마나 회로부터 만들기 시작했다.

때마침 주인은 외부의 어떤 충격에 의해 정신을 잃고 생명력이 급속도로 떨어지기 시작했다. 아직 동화되지 않은 마나가 강제로 행하는 일이라 내부의 반발력 또한 무시할 수 없는 일이었기에 이는 행운이라 할 수 있었다.

마나 각인의 시작과 함께 무형의 힘이 무시무시한 속도로 내부에서 뼈를 뚫고 살을 찢으며 파고들어 갔다.

그리고 다음 순간, 눈 깜짝할 사이에 피가 심장을 통해 돌고 돌 듯이 온몸을 연결하는 마나 회로가 생성되었다.

만약 이것을 마법사라는 존재들이 보았다면 턱이 빠져 버릴 정도로 놀라며 기적이라고 난리법석을 떨었을 게 분명했다.

마나 회로가 생성되자 드래곤 하트의 예상대로 로빈의 육체는 빠르게 마나를 흡수하기 시작했다.

하나 드래곤 하트도 예상치 못한 일이 벌어지고 말았다. 그 일이란 바로 헤츨링이 이 드래곤 하트 내에 담긴 마력의 1%도 채 소화해 내지 못하고 포화 상태가 되어버린 것이다. 마나로 이루어진 생명체인 드래곤이 마나 포화 상태가 되다니. 물고기가 물에 빠져 죽었다는 말보다 더 재미없는 농담이었다.

하나 현실은 현실. 뜻하지 않게 문제가 생겨 버린 드래곤 하트는 로빈의 온몸을 이 잡듯 헤치기 시작했다.

그때 드래곤 하트는 로빈의 몸 안에 있는 무언가를 발견할 수 있었다.

작고 동그란 물건. 흔히 인간들이 반지라고 칭하는 그 물건에는 놀랍게도 고룡의 드래곤 하트를 전부 보관할 만한 특별한 재질로 이루어져 있었다. 선택의 여지가 없는 드래곤 하트는 마나를 모두 반지 안으로 밀어 넣기 시작했다. 이 선택으로 인해 드래곤 하트와 헤츨링의 동화는 미루어지고 동시에 극한 감정의 변화나 위급 시가 아닌 한 접촉도 불가능하게 되었지만 아무 보람 없이 자연으로 스며들어 가는 것보다는 훨씬 나은 일이었다.

로빈의 몸은 미동도 하지 않은 채 의식을 잃은 사람처럼 멍하니 서 있었다.

저 괴물 인간을 죽일 수 있는 기회는 지금뿐이다. 그렇게 확신한 라이칸스로프는 그 작은 머리를 터뜨리기 위해 온 힘을 모아 힘껏 내질렀다.

막 손톱이 머리에 닿으려는 순간 로빈의 몸이 늘어나는 듯한 착각이 들었다.

"뭐, 뭣이?"

로빈은 몬스터의 공격을 가볍게 옆으로 피하며 안주머니에 넣어둔 단도를 뽑아 들고 교차했다. 빛이 튀었다. 그리고 라이칸스로프는 조각조각 떨어져 내리는 자신의 팔을 믿지 못하겠다는 표정으로 바라보고 있었다.

그러나 정신을 차릴 수 없다는 점에서 로빈도 매한가지였다.

"심장이 뛰지 않아."

처음으로 입을 연 로빈은 단도를 쥔 손을 심장에 갖다 대고 남은 손은 자신의 얼굴을 쥐어뜯듯이 잡았다.

"들리지 않는다고! 생명의 고동소리가! 내, 내 심장이 뛰지 않는단 말이다!"

고함 소리만으로도 라이칸스로프는 무형의 충격을 받고 뒤로 튕겨져 나갔다.

획!

혼란에 빠져 이성을 잃은 로빈은 한 번의 도약으로 날아가는 라이칸스로프를 따라잡고 함께 땅속으로 처박혔다.

"무슨 짓을 한 거야? 내게 무슨 짓을 한 거냔 말이야? 말해! 당장 말해!"

현재 로빈의 심장과 드래곤 하트는 마나의 동화 작업으로 인해 잠시 활동을 멈추고 있었다. 그럼에도 인간의 범주를 벗어난 마력의 양은 얼마든지 로빈의 활동을 가능케 만들어주고 있었으나 로빈이 그것을 알고 있을 리 만무했다.

자신은 분명 라이칸스로프에 의해서 쓰러졌다. 그러나 지금은 완전히 치유된 채 몸이 자유롭게 움직이고 있을 뿐만 아니라 문자 그대로 힘과 활력이 넘쳐흐르고 있었다.

현재 이 몸은 미지의 충격에 날아오른 라이칸스로프를 붙잡을 정도로 빠르고 거대한 몸을 힘 하나 들이지 않고 집어 던질 만큼 강했다. 그러나 온몸은 화산처럼 타오르고 있었지만 유독 심장만은 차갑기 그지없었다.

귀를 기울여도, 손을 갖다 대어도 느껴지지 않는다. 다만 냉기만이 느껴질 뿐. 그래, 이 심장은 절대 영도를 유지한 채 멈춰 있다.

"으아아아아아아악!"

라이칸스로프의 머리카락을 세게 쥐고 땅에 붙인 뒤 일 톤이 넘을 법한 몸을 어려움없이 끌고 질주하기 시작했다.

치이이이익!

땅에 얼굴이 갈리며 마찰되는 소리가 비참하게 퍼져 나간다.

이미 지나간 곳에는 흔적으로 붉은 길이 끝없이 이어져 있고 라이칸스로프의 얼굴은 어느새 절반 이상이 마치 쥐에게 파먹힌 치즈마냥 사라져 있었다. 그럼에도 불구하고 로빈은 멈추지 않았다.

아주 더러운 느낌이었다. 이 모든 게 꿈이고 눈만 뜨면 에쎄가 웃는 얼굴로 아침을 맞이해 줄 것 같았다.

자신은 죽었다. 하지만 지금은 살아 있다. 그러나 심장은 움직이지 않는다. 이 묘한 모순이 로빈의 이성을 날아가게 만들고 있었다.

어느 순간 가벼워진 느낌이 들자 로빈은 멈춰 서서 자신의 손에 든 무언가를 바라보았다.

거기에는 회색 털이 잔뜩 손에 잡혀져 있었고, 그 아래에는 시뻘건 동물 가죽 몇 장이 있었다.

"뭐야, 이거?"

손에 든 것을 아무렇게나 휙 집어 던지고는 근처 바위에 앉아 하늘을 바라보았다. 아무런 생각조차, 뭘 해야 할지조차 생각나지 않았다. 단지 온몸이 뜨겁고 알 수 없는 파괴의 충동과 흥분이 해일처럼 일어났다.

땅에 버려진 라이칸스로프의 머리 위로 알 수 없는 검은 그림자가 드리워졌다.

쿠궁!

그리고 거대한 무언가에 밟히며 그나마 형체를 유지하고 있던 라이칸스로프의 시체를 가루로 만들어 버렸다.

미소를 지으며 주위를 둘러보았다. 삼 미터가 넘는 거대한 자이언트 오우거부터 하늘을 날아다니는 와이번, 괴력과 탁월한 재생 능력을 지닌 트롤, 힘도 모습도 변종인 트윈헤드 오우거 등등 온갖 강한 몬스터란 몬스터는 죄다 이곳에 모여든 것 같았다.

몬스터 랜드의 수뇌급 몬스터들이 모여든 수만 해도 약 몇백. 이 정도의 수와 힘이라면 한 왕국의 수도조차 단번에 함몰시킬 수 있을 것 같았다.

몬스터 랜드의 주위에 있는 나라가 이런 강한 몬스터들의 공격을 받지 않았던 것은 그들의 힘이 하나로 합쳐지지 않았기에 가능한 일이었다.

천우신조란 바로 이런 걸 두고 말하는 것이겠지만 지금 언제나 자신이 진정한 패자라 서로 치열하게 싸우던 수많은 몬스터들은 아무런 다툼도 없이 고원에 홀로 앉아 웃고 있는 아이를 바라보고 있었다.

"크워 크워 크(우리를 부른 게 너인가)?"

우스웠다. 몬스터가 말을 걸다니. 하지만 더 웃긴 건 그걸 이해한다는 사실이었다.

로빈은 그 사실이 이유없이 웃겨서 박장대소를 하며 뒹굴다가 바위에서 아래로 굴러 떨어졌다. 그리고 다시 훌쩍 뛰어올라 왔다.

그들을 부른 것은 로빈이 아닌 방금 죽은 라이칸스로프였다. 하지만 그건 아무래도 좋았다. 지금 로빈에게 필요한 것은 같이 놀아줄 상대였다. 그리고 그들은 때마침 나타나 주는 친절을 보여주었다. 말이 필요없다. 응해주리라. 광대가 모인 이상 남은 것은 선전포고뿐.

바위 위에 서서 자신의 손에 든 단도를 바라보며 미소를 짓고 있던 로빈이 입을 열었다.

"낙엽처럼 쓸려질 준비는 됐겠지?"

치잉!

꺼내 든 단도가 마나를 머금고 빛의 검날이 덧씌워졌다.

그것은 바람이 많이 부는 어느 고원에서 벌어진 전투였다.

비명 소리가 폭죽처럼 터져 나왔다.

그럴 때마다 들려오는 환호 소리에 취해 더욱 하늘 높이 날아오른다.

몸은 새처럼 가볍고 힘은 코끼리처럼 강하다.

제아무리 덩치가 자신의 수십 배에 달하는 거대한 괴물조차도 지금은 발치 아래 기어다니는 갓난아기보다 작게 느껴졌다.

이 놀라운 환상, 이 놀라운 즐거움.

그 속에서 로빈은 성대한 축제의 무희가 되어 죽어서도 잊을 수 없는 환상적인 춤을 추고 있었다.

이것은 살육의 축제, 피바람을 불러일으키는 춤이었다. 가장 가까이에 있던 한 오크 로드의 이마에 손쉽게 단도를 꽂아 넣었다.

살을 베고 뼈를 자르는 이 느낌이, 흘러나오는 피의 따스함이 기분 좋았다.

양쪽에서 협공하던 두 마리의 라이칸스로프의 손톱을 자세를 낮추어 피한 뒤 얼른 뒤로 돌아가 한 마리의 심장에 단도를 박고 날카로운 손톱이 달린 손을 억지로 잡고 휘둘러서 앞에 있던 동료 라이칸스로프의 목을 베었다.

양쪽에서 두 개의 피분수가 힘차게 액체를 뿜어대었다.

그래, 이건 간단한 것이다. 요령은 벌레를 가지고 놀 때와 비슷하다. 우선은 실같이 연약한 다리를 하나씩 뜯어낸다. 그리고 다음으로는 날개를 한 장씩 뜯고 마지막으로 손톱으로 그 몸을 세 개로 나누고 그것을 다시 반으로 가른다. 그전에 담뱃불이 있다면 살짝 지지는 것도 아주 효과적이다. 불에 타서 질질거리는 의미없는 행동을 볼 때마다 즐거움이 느껴진다.

원래 세상은 의미없는 것투성이잖아? 앞에 보이는 것은 약간 큰 벌레이지만 스스로 벌레임을 인식 못하는 멍청이들이기도 했다.

바보는 약이 없다. 그냥 죽어라. 그게 너를 위해서도 세상을 위해서도 좋아.

등 뒤에서부터 무언가가 날아오는 감각에 빙금 손바닥으로 얼굴을 박살 내버린지라 얼굴 없는 리자드맨 마스터를 방패 삼아 들어 올렸다.

파바바박!

날아온 것은 다름 아닌 하피의 깃털이었다.

로빈은 어느 사이엔가 자신의 발 아래에서 피를 흘리며 고통스러워하고 있는 라미아에게 더 이상 고통을 느끼지 못하도록 발로 밟아 그 머리를 터뜨려 주었다.

그 시체를 버린 순간부터 하피들의 깃털 공격은 집요하게 이어졌다.

하피 퀸에 의한 체계적인 공격에 저대로 깃털이 다 빠지도록 기다릴까 하고 생각했지만 그럴 수 없음을 깨닫고 그냥 다가오는 것은 무엇이든 베어 넘기며 자이언트 터틀에게 다가갔다.

입에서 막 물을 뿜으며 공격하려던 자이언트 터틀의 목을 잘라내자 그 단면에서 물이 튀어나왔다.

전혀 신경 쓰지 않고 몸을 뒤집자 자이언트 터틀은 훌륭한 방패가 되었다.

사령관의 명령 하에 공격해 오는 깃털에 주위에 있던 몬스터들조차 쉽게 접근을 하지 못했고, 그 덕에 로빈은 여유롭게 자이언트 터틀의 껍질을 하나하나 떼어내 쐐기 모양으로 다듬었다.

어른 손바닥만한 쐐기를 집어 던졌다.

그 결과 현재 로빈의 비상식적인 힘에 비례하며 아주 효율적으로 귀찮은 하피 퀸과 그 부하들의 날개를 찢어버렸다.

날지 못하는 하피들은 더 이상 신경 쓸 필요가 없다고 생각한 순간 한 마리의 자이언트 오우거가 자기 몸의 절반에 이르는 거대한 방망이를 로빈을 향해 휘둘렀다.

부웅부웅! 콰앙!

방망이는 애꿎은 하피들을 피떡으로 만들어 버렸을 뿐 사라진 로빈은 어느 순간 삼 미터에 달하는 자이언트 오우거의 얼굴 정면에서 다시 그 모습을 드러냈다.

거꾸로 뛰어오른 듯 발이 하늘에 닿고 있는 모습으로 서로 눈을 마주치자 단도를 이용해서 그 두 개의 눈을 단번에 그어버렸다.

우거어어어어억!

큰 소리로 비명을 지르던 자이언트 오우거는 미친 듯이 발작하며 방망이를 휘둘렀고, 운이 없는 몇몇 몬스터들이 그 방망이에 사지가 분해되거나 발에 깔리며 그대로 세상을 하직하고 말았다.

"하하하! 아하하하!"

그 모습이 즐거운 듯 광소를 터뜨리던 로빈은 광분하는 자이언트 오우거의 머리를 밟고 막 상공을 지나가던 와이번에게 매달렸다.

놀란 와이번이 몸을 비틀대자 화가 난 로빈은 그대로 짧은 단도를 와어번의 목에 꽂아 넣어버렸다.

피비가 내리는 듯 많은 양의 피가 아래로 떨어져 내렸다.

칼을 버리고 그대로 목을 타고 위로 올라간 로빈은 손톱을 내세우며 손을 힘껏 그 머리에 정통으로 박아 넣었다.

푸슉!

단단한 두개골 안으로 물컹물컹한 뇌와 촉촉한 뇌수의 느낌이 전해왔다.

조금만 강하게 찔렀다면 입에도 구멍이 생겼을 텐데 하고 아쉬워하며 추락하는 와이번의 몸에 손가락을 박아 넣고 몸을 고정시켰다.

쿠르르르릉!

추락한 와이번의 몸에 또다시 몇몇 몬스터가 깔려 죽고 관성의 법칙에 이끌리며 재수없던 몬스터들을 그대로 쓸어버렸다.

이 아찔한 즐거움에 이성을 잃은 로빈은 아직도 공중에서 돌아다니는 십여 마리의 와이번을 보며 미소를 지었다.

목에서 다시 단도를 빼내는 그 순간에도 온갖 몬스터들이 로빈을 포

위해 갔다.

홉고블린이나 리자드 마스터 사이클롭스와 미노타우르스 같은 알아볼 수 있는 몬스터도 몇몇 있었지만 대부분은 몬스터 랜드라는 이 비상식적인 세계가 만든 돌연변이 몬스터들이었다.

그중에는 샤벨타이거 같은 긴 송곳니를 지닌 소 같은 몸짓을 지닌 몬스터부터 그 앞발이면 사자도 한 방일 듯한 은색 늑대에 백호 같은 기후와 서식지를 무시하는 진화형 짐승도 적잖았다.

수많은 짐승과 몬스터들이 사방에서 달려들었다. 그 무시무시한 공세를 아무 어려움 없이 피하면서 근처에 있는 모든 것을 단도로 도륙한다.

그 움직임은 바람처럼 부드럽고 물처럼 고요하며 불처럼 격정적이다.

닳고 낡아서 언제 부서질지 모르던 단도는 로빈의 몸속에서 뿜어져 나오고 있는 마나에 의해 빛의 칼날이 입혀져 둘도 없는 최고의 무기가 되고 있었다.

리자드맨의 매끄러운 비늘 방어도 무쇠 같은 자이언트 터틀의 갑옷도 아무 소용 없다.

오는 족족 사지가 잘려 나가거나 토막토막 살해당했다.

"약해! 약해! 전부 약해 빠졌어! 더 강한 놈은 없나? 잘나 빠진 전사의 혼에 목숨을 걸고 병신처럼 죽는 어리석은 자들이여!"

주위는 온통 숨이 막힐 정도의 피 냄새로 가득했다.

널브러진 백여 개 정도의 시체로 인해 바닥은 점점 피의 강을 이루고 또 몇몇의 피를 산 채로 마셨지만 그래도 갈증은 풀리지 않았다.

로빈의 단도가 한 번 지나갈 때마다 추풍낙엽처럼 두세 마리의 몬스터가 죽음을 맞이했다.

단체 급식 메뉴에서 닭고기가 나와 양계장에서 차례대로 다가오는 닭 모가지를 비트는 것 같아 점점 흥미를 잃기 시작했다.

과거 이 땅에는 한 늙은 드래곤이 살고 있었다.

세상과 단절하며 살아오던 드래곤은 하루빨리 자신이 자연으로 돌아가기만을 기다렸다. 하지만 그에게는 두 가지의 근심거리가 있었으니 하나는 바로 자신이 돌보고 있던 슬레이브이고 또 하나는 바로 자신이 만든 가디언이었다.

아무것도 바라지 않았기에 그 둘에 대한 집착이 더욱 커진 것일지도 모른다.

자신은 죽어 자연으로 돌아가지만 아주 오랜 시간 동안 자신의 곁에 있어준 유일한 말벗이며 자식이었던 이 둘은 소멸할 수밖에 없는 운명을 지니고 있었다.

이 둘의 소멸을 차마 볼 수 없었던 고룡은 자신이 자연으로 승화되기 직전 모든 힘을 끌어 모아 자신의 육체만을 자연으로 귀화시키고 드래곤 하트를 그대로 남겨놓아 언젠가 자신의 동족이 이 드래곤 하트와 아이들을 이어받아 주길 원했다.

그렇게 오랜 시간이 흘렀다.

모든 생명체가 로빈과 함께 어울러 있을 때 멀리서 쓸쓸히 홀로 남은 라이칸스로프의 시체가 하나 있었다.

그 시체의 위장 안에는 작은 가죽 주머니 안에 푸르스름한 빛을 뿜어대는 구슬이 한 개 들어 있었다.

구슬은 자신이 힘을 나눠주던 존재를 더 이상 이용할 수 없음을 깨달고 그 시체의 몸속을 투과하듯이 빠져나와 근처의 암벽 안으로 들어갔다. 애초에 구슬에게 정해진 형태라는 것은 존재하지 않기 때문에 그 어떤 벽도 구슬이 가는 길을 막을 수 없었다.

구슬은 아주 오래전부터 한 가지의 사명을 다하기 위해 어떤 존재에 의해 만들어졌다. 그 사명이란 바로 주인의 명에 무조건 복종하며 주인의 영역을 침범하려는 모든 존재를 침묵시키는 것. 지금 자신의 임무를 다하기 위해 구슬은 새로운 육체를 연성(鍊成)하기 시작했다.

그 구슬의 정체는 아주 오래전 이 대지에 잠들어 버린 드래곤의 최후의 가디언이었다.

쿠구구구구구궁!!

지축이 흔들리면서 지진이 일 듯 온 지역이 흔들리기 시작했다.

지진에 대한 공포 때문인지 로빈을 둘러싸고 있던 몬스터들은 기괴한 소리를 지르며 썰물 빠지듯 어디론가 도망가기 시작했지만 왠지 그 모습이 석연치 않았다.

굳이 말하면 절대적인 공포에 도망가는 그런 모습이었다. 조금씩 기분이 나빠지려 할 때 눈앞으로 놀라운 광경이 벌어지기 시작했다.

"······!!"

일순간 눈을 의심했다. 인근에 있던 여러 개의 황무지 산이 일제히 들썩이며 요동치는 광경에 그 누가 놀라지 않을까? 그리고 곧 산의 일부가 길게 뻗어서 로빈을 향해 바라보는 듯한 모습을 자아냈다.

산과 눈이 마주쳤다. 이런 터무니없는 생각이 머리 속에서 지워지지 않았다.

쿠쿵!

다시 지진이 발생했다. 이번 지진의 영향인지 산이 쩌저적 금이 가며 마치 모래성이 부서지듯 암석들이 떨어져 내렸다.

그 장엄한 광경에 눈을 뗄 수가 없다. 그리고 거대한 규모로 휘날리는 먼지구름 속에서 불쑥 튀어나온 것은 놀랍게도 암석이 덕지덕지 붙어 있는 거대한 날개였다.

휘잉! 휘잉! 휘잉!

거대한 날개를 몇 번 휘두르자 그것만으로 붙어 있던 암석들이 모두 떨어지고 덤으로 자욱하게 피어나는 먼지구름이 일순간에 저 멀리 날아가 버리면서 그 진정한 모습을 드러내었다.

황토색과 회색을 반반 섞은 듯한 피부는 진짜 암석보다 더 단단해 보였다. 거대하고 강인한 날개는 와이번의 그것과는 비교도 안 될 만큼 세차게 날갯짓을 행한다. 그 거대한 두 눈에는 일말의 용서 없는 적의만을 가진 채 지금 겁없는 침입자를 응징하기 위해 하늘 높이 날아올랐다.

암석 같은 비늘, 거대한 날개와 척추를 따라 삐죽삐죽 날카롭게 튀어나와 있는 가시, 그리고 공포의 상징인 뿔을 지니고 있는 존재. 그것은 놀랍게도 드래곤의 모습을 하고 있었다.

크오오오오오오오!

거대한 눈동자에 로빈의 모습이 각인되자 적을 인식했다는 듯이 드래곤이 포효했다.

쿠콰콰콰콰쾅!

단지 조금 낮게 상공 위를 지나간 것뿐인데도 대지는 엄청난 난기류로 인해 폭격을 맞은 듯한 풍경으로 변했다.

그 존재만으로도 가히 폭풍이라 불려도 손색이 없었다.

로빈의 위로 지나간 드래곤이 저 멀리서 한 바퀴 빙 돌며 다시 다가오기 시작했다. 몸이 큰 만큼 선회력이 많이 필요한 것 같았다.

로빈은 생각했다. 저 하늘을 날아다니는 괴물을 처치하려면 어떤 방법을 써야 할까? 무엇이 가장 효율적일까?

그 순간 어쓰 드래곤이 고개를 뒤로 힘껏 젖혔다. 저 모습이 무엇을 의미하는지 지금은 알 수 있었다.

드래곤 브레스. 하지만 진짜 드래곤이 아닌 그의 입에서는 거대한 암석들이 쏟아져 나왔다. 암석의 소나기는 공성전에서 스무 대의 투석기가 일제히 돌을 날렸을 때보다 훨씬 더 위력적으로 날아왔다.

콰과과과광! 쿠콰광!

크고 작은 암석들이 서로 부딪치면서 만드는 암석의 태풍 속에서 그 누가 살아남을 수 있을까? 아니, 살아남는다 해도 그 모습은 수백 발의 화살이 꽂힌 시체보다 훨씬 더 참혹하리라. 드래곤의 모습을 하고 있는 가디언 역시 침입자가 죽었다고 믿어 의심치 않았다.

움찔!

그 거대한 눈동자가 놀람으로 물들었다.

"감히 이 몸을 돌로 갈아버리려고 했겠다? 이 천하의 로빈님이 당하기만 하고 살 줄 알아! 으아아아아앗!"

로빈은 죽지 않았다. 어떻게 된 것인지는 모르겠지만 피투성이가 된 모습으로 어느새 하늘을 날고 있던 가디언의 몸에 올라와 등에 붙어 있는 명도처럼 날카롭고 거대한 가시를 좌악 뽑아냈다.

크오오오오오오!

분노의 함성이 퍼져 나갔다.

암석의 폭풍 속에서 로빈은 상상을 초월할 정도로 발달된 온몸의 감각을 이끌어내면서 서로 부딪친 충격으로 튀어 오르던 한 암석 위에 올라탔다. 그 기회를 기다리기까지 제법 많은 고통을 감수해 내야 했었지만 결과는 대만족이었다.

뽑아낸 가시는 거대한 괴물의 손톱을 연상시킬 정도로 두껍고 또한 날카로웠다.

제아무리 마나를 주입시킨 단도라 할지라도 이 단단한 암석 같은 피부에는 아무런 소용이 없을 것이다. 이왕이면 효과가 있는 것으로 쓰는 게 제격이리라.

가디언의 등에서 이상한 암석 지렁이 같은 생명체들이 하나둘 나타나며 스프링처럼 움직여 로빈을 공격하기 시작했다.

"으랴아아아아압!"

파각!

가시에 손가락을 박았다. 손에서부터 흘러나온 마나는 가시 전체를 강화시키며 그것을 휘둘렀다.

쉬잉!

돌지렁이들이 단 일 합에 베어지며 스르르 몸 안으로 들어갔다가 다시 복원이 되었는지 좀 전보다 두 배가량 늘어난 수로 로빈을 맞이했다. 이대로라면 끝이 없다. 단번에 목을 베리라.

타닷닷닷닷닷!

로빈은 암석 같은 몸 위에서 힘차게 앞으로 뻗어나갔다. 가로막는 모든 돌지렁이들을 손에 든 가시로 베어버리고 그들이 다시 흡수된 뒤 분열되기까지 그 짧은 시간에 가시를 몸 깊숙이 박아 넣고 등에서 목까지 일직선으로 달려갔다.

기대하던 고통에 찬 신음 소리는 없지만 그 거대한 몸을 바동거리며 발악하는 모습이 애처롭다.

"이대로 목까지!"

한참 기세가 좋은 그때 갑자기 카캉 하는 소리와 함께 더 이상 그 몸을 벨 수가 없게 되었다.

조금 전까지 오래된 종이 같은 색의 몸이 점점 검붉은 색으로 변하기 시작했고 몸의 형태 역시 점점 날렵하고 작아지고 있었다.

아마도 이 괴물은 싸우는 상대에 맞추어서 진화하는 특성을 지니고 있는 모양이었다. 가디언이란 바로 자신을 지켜줄 수 있는 존재를 뜻하는 것이다. 고룡의 가디언. 이것이 의미하는 바는 실로 거대했다.

이대로 가다가는 틀림없이 당한다는 생각에 로빈은 발악하듯 힘껏 가시를 내려쳤다. 하지만 흠집 하나 낼 수 없을 정도로 단단해져 있었다. 지금의 힘으로 이 방어를 뚫을 수가 없다. 이런 괴물을 이길 방법은 없는 것인가?

문득 로빈은 자신의 내부에서 움직이고 있는 이상한 기운을 느끼며 변화하고 있는 가디언의 등을 손에 대었다. 그러자 몸 전체가 암석으로 이루어진 가디언의 내부에서 아주 익숙한 기운이 느껴지기 시작했다.

그 중간에 슬금슬금 절대 방어로 무장된 돌지렁이들이 접근하고 있었지만 로빈은 신경도 쓰지 않고 오직 그 익숙한 기운을 찾는 데 온 힘을 쏟아 부었다. 그리고 그 힘과 위치가 정확하게 머리 속에 떠올랐다.

"이거다!"

어떻게 해야 할지 모른다. 다만 손에 힘을 주었을 뿐. 그것만으로 몸에서 무언가가 쑥 빠져나가는 듯한 느낌과 함께 가디언의 몸이 크게 요동치기 시작했다.

"쿠어어어어어!"

강화된 육체가 가뭄으로 오랫동안 방치된 논밭처럼 쩌저적 갈라지면서 붕괴를 일으키기 시작했고, 덩달아 로빈 역시 붕괴에 휘말렸다. 이건 미처 생각하지 못했다고 변명하고 싶었지만 이미 벌어진 후이고 날개가 없는 로빈은 당연히 아래로 추락하기 시작했다.

콰직! 우득! 우지끈! 쿠당탕! 콰지직!

어디까지 날아온 것인지는 정확하게 모르겠지만 굵은 나뭇가지들과 함께 부서지기를 몇 번이나 반복하며 그나마 살아 있는 상태로 땅으로 내려올 수 있었다. 그리고 지금까지 아무리 상처를 입어도 제대로 고통 하나 느껴지지 않았던 것과는 다르게 충격으로 온몸이 찢어질 듯한 고통을 느끼면서 눈앞이 가물가물해지기 시작했다.

"더 이상은 못 견뎌."

결국 로빈은 정신을 잃고 말았다. 완전히 정신을 잃기 전, 로빈의 의식이 완전히 사라지기 전 무언가 눈에 익은 무엇을 본 것 같다는 착각이 들었다.

그녀의 이름은 나가. 인간 같은 이름을 갖고 있지만 실은 올해로 삼백 살이 훨씬 넘은 거대 거미 몬스터인 이블 스파이더였다.

태어났을 때부터 다른 형제에 비해 몸집이 크고 강했던 그녀는 성장한 후 곧바로 거미 일족의 우두머리가 되었다.

과거 어느 날, 자신들의 보금자리에 처음 보는 생명체들이 나타났다.

늙은 거미들은 그것이 바로 인간이라 불리는 종족이며 하나하나는 약해 빠졌지만 모이면 무서운 종족이라 말했다.

그녀는 그 말을 믿을 수 없었다.

추위를 이길 털도 없고, 움직일 수 있는 다리도 겨우 두 개밖에 없는 저 작은 생명체보다 이블 스파이더 일족이 약하다는 말에 그만 울컥해버리고 말았다.

늙은 거미들의 말대로 인간을 건드리는 것은 잘못된 선택이었다.

인간들의 육질은 아주 담백했지만 곧 살아남은 인간들이 복수를 해왔다.

인간의 수는 예상을 훨씬 웃돌았고 특히 몇몇은 놀라울 정도로 강했다.

거미 일족은 용맹하게 인간들과 맞서 싸웠으나 싸움이 끝난 후 대지에 서 있는 것은 그녀 혼자뿐이었다.

물론 그녀 또한 무사하지 못했다.

온몸에는 인간들의 길고 날카로운 손톱이 꽂혀 있었고 무엇보다 피가 모자랐다.

그녀는 동족의 죽음에 슬퍼할 겨를도 없이 우선 주위에 있는 인간의 시체로 체력을 회복해야 했다.

인간은 상당히 많은 영양가를 지니고 있는 음식이었기에 몸을 회복시키는 데 충분했다.

그러나 문제는 정작 다른 곳에서 일어났다.

"키이이! 키이! 키이!"

어떤 한 인간의 시체를 뜯어 먹던 중 갑자기 온몸이 불에 타 들어가는 듯한 고통으로 정신을 차릴 수가 없었다. 끝내 정신을 잃고 만 그녀가 다시 눈을 떴을 때 그 몸은 놀랍게도 완전히 회복됐을 뿐만 아니라 좀 더 강해져 있기까지 했다.

또한 그뿐 아니라 배운 적이 없었던 인간의 언어까지 조금씩 떠오르고 있었다.

그녀가 먹은 것은 마법사의 시체로 식사 도중 우연히 정제된 마나석을 삼켜 버리고 만 것이다.

어떻게 된 영문인지는 모르나 마나석을 먹고 몸도 머리도 진화된 그녀는 강해지기 위해 주위에 있는 마나석을 섭취하기 시작했다.

마나석은 몬스터 랜드의 어디에서나 볼 수 있을 만큼 흔했다.

다만 그것을 캐내기가 여간 어려운 것이 아니어서 강해진 그녀의 힘과 산성액을 약 보름간 퍼부어야 겨우 하나의 마나석을 캘 수 있는 정도였다.

그렇게 시간이 지나고 어느 순간에 이르자 아무리 마나석을 먹어도 더 이상 강해지지 않게 되어버렸다.

이미 인간의 글을 읽고 말하고 이해할 수 있을 정도로 발전된 그녀는 마법사가 가지고 있던 책으로부터 도움을 얻을 수 있었다.

마력을 얻는 데에는 정도(定道)만이 아닌 사도(邪道) 역시 존재한다. 그 대표적인 것이 바로 다른 인간의 마력을 빼앗아오는 방법이다.

인간으로부터 마력을 모으는 방법에는 두 가지가 있는데, 첫째, 그 생명력을 빼앗아오는 것과 둘째, 가장 마력이 많이 담긴 남성의 정액으로부터 마력을 뽑아내는 것이다.

첫 번째 방법은 상당히 위험한 것으로 한꺼번에 다수의 목숨을 앗아갈 수 있는 금단의 사술이다. 이 흔적을 발견 시 대륙의 모든 마법사로부터 공격을 받게 된다. 하나 두 번째 방법은 대륙의 모든 마법사들이 눈감아주고 있는 형국인데 이는 자신의 마력을 아끼고 싶어하는 부유한 마법사들과 가난한 마법사들의 생계 유지를 위한 최소의 대비책으로 두고 있기 때문이다.

이 부분을 읽은 그녀는 환호했다.

마나석을 먹지 않고도 마나를 얻는 방법을 알아냈기 때문이다. 몬스터 랜드를 빠져나간 그녀는 인간의 마을 인근에서 머물며 인간을 한 사람씩 잡아들였다.

방법은 쉬웠다.

매혹 능력을 이용해 홀로 지나가던 인간들을 숲 깊숙이 끌어들여서 그 몸에서 생명력을 뽑으면 되는 것이었다.

한 번에 대다수도 아니니 흔적이 남을 리 없고 무엇보다 극소수의 양만을 갈취하고 생명력을 빨아낸 후에도 그녀의 매혹 능력으로 인해 자신이 어디가 이상한지조차 스스로 느끼지 못했다.

만약 그녀가 인간의 육체를 가지고 있었다면 두 번째 방법으로 얻는 게 훨씬 안전하고 쉽게 보였지만 인간으로 변신하는 능력이 없는 그녀에게 이 방법만이 유일한 길이었다.

그렇게 그녀는 어느새 지금껏 삼백 년이 넘는 세월을 살아오고 있었다.

빨리 늙지도 않고 오히려 점점 몸이 커져 가며 더욱 강해지고 있었다.

"오늘 벌써 두 번째? 뭘까, 이 엄청난 양의 마나는?"

무시무시한 외관과는 달리 그 목소리는 귀여운 여자 아이 같은 느낌이었다.

아마 린이 이 모습을 보았다면 틀림없이 팔십 세 노파의 얼굴처럼 구겼을 것이다.

막 보금자리로 돌아가려는 순간 갑자기 하늘에서부터 요란한 소리와 함께 한 인간 아이가 떨어져 내렸다.

날개도 없는 아이가 어떻게 하늘에서 떨어져 내렸을까?

'오래 살다 보니 참 별난 일도 많이 겪는구나' 라고 생각하며 호기심에 아이에게 접근했을 때였다.

고오오오오오오!

아이의 몸에서부터 놀라울 정도로 순수한 마나가 흘러나오며 다친 아이의 몸을 감싸기 시작했다. 그러더니 이내 부러진 뼈와 깊숙한 상처들이 조금씩 치유되기 시작했다.

저 압도적인 마나라니!

아이의 정체에 호기심보다 세상에 이런 괴물이 또 있을까 하는 두려움이 앞섰다.

하지만 때마침 머리를 스쳐 지나가는 좋은 생각이 있었다.

이 아이의 몸은 한마디로 걸어다니는 영약덩어리라 볼 수 있었다.

흘러넘치는 마나를 주위에서 조금씩 받아 먹는다.

아주 간편하게 누구에게도 피해를 주지 않고 마나를 얻는 완전무결한 방법인 것이다.

가까운 곳에서부터 인간들의 발자국 소리가 들렸다. 아마 이 어린아이를 찾으러 온 것이 틀림없어 보였다. 이런 보물덩어리가 죽으면 당연히 인간들에게도 큰 손해일 테니까.

그녀는 다리를 들어 살짝 아이의 몸에 영역 표시를 했다. 특별한 능력이 있는 그녀는 이것으로 아이가 어디에 있든 찾아낼 수 있게 되었다.

"거미 몬스터인가?"

빛이 번쩍이더니 어느새 두 명의 인간이 나타났다.

한눈에 봐도 강한 인간들임을 눈치챈 그녀는 최대한 위협받지 않도록 점점 뒤로 물러섰다.

"저런 괴물이 멀쩡히 나돌아다니고 있다니, 몬스터 랜드란 제 상상 이상으로 위험한 곳인 것 같군요."

거미 몬스터가 물러서자 아이의 상태를 살펴보던 중년 남자가 곧 한숨을 내쉬었다.

"용케 살아 있구나. 장하다, 녀석. 덕분에 저희 로빈이 거미의 먹이가 되지 않고 살 수 있게 되었습니다. 이 은혜를 어찌 갚아야 할지."

"마음 쓰지 마십시오. 리켈푸스님의 부탁이 아니라고 해도 이 아이에게 왠지 흥미가 끌려 꼭 도움이 되어드리고 싶었습니다. 자, 그럼 영애 두 분도 모두 안전한 곳으로 옮겨놨으니 돌아가도록 하시죠."

지팡이를 든 사내가 다시 뭐라고 중얼거리자 그들의 모습은 온데간데없이 사라졌다. 그 모습을 멀리서 지켜본 그녀는 모습을 빼꼼히 내밀었다.

"헤에, 저게 텔레포트라는 마법이구나. 엄청 멀리 갔으면 어쩌지? 뭐, 그래도 이미 내가 점찍어놓은 이상 내 손에서 벗어나는 건 무리지만 말이야. 우후훗."

다음날 나가는 자신만이 느낄 수 있는 냄새를 따라 어디론가 향하기 시작했다.

몬스터 랜드를 완전히 벗어난 외곽 지역. 이제 곧 해가 질 것을 예언하듯 하늘은 가을 단풍처럼 붉게 물들어 있었다.

찰싹!

고요한 하늘에 갑자기 소란스러운 소리와 함께 모포를 둘러쓰고 있던 한 소녀가 자신의 뺨을 감싸고 쓰러졌다. 미리안이었다.

"너의 그 별 볼일 없는 조바심 때문에 얼마나 많은 사람들이 고생을 해야만 했는지 아느냐? 거기에다가 언니가 되어서 동생마저 위험한 곳으로 끌어들이다니! 그러고도 네가 내 딸이며 린의 언니라 말할 수 있느냐!"

린은 자신은 내버려 둔 채 언니만을 혼내는 아빠의 모습에 불만으로 가득 찼으나 결코 내색하지는 않았다.

"죄송합니다, 아버님. 이 죄는 스스로 목숨을 끊어서라도 달게 받겠습니다."

그 말에 주위에 있던 산적들의 얼굴이 노랗게 변하며 작게 신음 소리를 자아냈다. 귀족이라고 해봤자 결국은 다 같은 인간이라 생각했다. 하지만 이제 막 처녀 티가 흐르는 귀족 소녀는 호랑이 같은 아버지의 분노에 조금도 위축되지 않고 오히려 당당하게 자신의 잘못을 목숨으로 갚겠다고 말하고 있었다.

그것도 입바른 말이 아니라 명령만 하면 스스로 자신의 목을 찌르겠다는 그 순수한 결의. 확실히 귀족은 보통 인간이 아닌 것 같다는 생각이 들었다. 그러나 그 말에 다시금 칼리엄 남작의 손등이 짝 하고 미리안의 뺨을 때렸다.

"네가 할 일은 목숨을 끊는 것이 아니라 너희들을 걱정한 이 모두에게 사과하는 것이다! 정녕 그걸 몰라서 하는 소리더냐!"

미리안은 모포에 묻은 흙을 털지도 않은 채 무릎을 꿇고 주위의 모든 이에게 고개를 숙이며 말했다.

"감사합니다. 그리고 죄송합니다. 언젠가는 꼭 이 은혜를 갚도록 하겠습니다."

바닥에 앉아서 쉬고 있던 산적들은 그 모습에 놀라며 얼른 자리에서 일어서서 귀족 아가씨가 이러면 안 된다고 만류했다. 예의를 아는 산적들의 모습에 칼리엄 남작 측의 사람들은 속으로 웃음을 삼켜야만 했다.

"하아!"

칼리엄 남작은 그제야 세상이 무너질 듯한 한숨을 내쉬며 굵은 팔로 두 딸을 한번에 껴안았다.

"이 새끼 고양이 같은 녀석들, 얼마나 이 아비의 마음을 괴롭혀야 만족하겠느냐? 고맙다. 무사히 살아와 줘서 고맙다."

언젠가는 떨어져 살게 될 아이들. 지금만이라도 좀 더 함께 있고 싶은 것은 부모의 따스한 욕심이리라. 그렇게 부녀의 애정을 서로 나누고 있을 때 한쪽에서 술렁거림과 함께 점점 환호하는 소리가 크게 들려오기 시작했다.

"소두목님이 돌아왔다!"

"우와아아아아아아아아!"

굉장한 함성은 병사들은 물론이고 칼리엄 남작마저 위축시켜 버릴 정도였다.

"로, 로빈이?"

"싸가지 녀석, 역시 무사했어!"

방금 전까지 나누던 부녀의 애정이 무색해질 만큼 차가운 태도로 그 몸을 밀치고 두 소녀는 소리의 근원지 쪽으로 뛰어가기 시작했다.

"딸자식 키워봤자 하나도 소용 없다더니. 크흑."

그 마음을 과연 누가 알리요. 소외받은 아버지의 슬픔과 아픔은 치유받을 수 없을 만큼 상처를 입고 말았다.

"로빈!"

"싸가지!"

두 소녀가 로빈을 부르면서 달려들자 로빈의 모습을 구경하러 모여든 산적들이 한 번에 좌우로 길을 비켜주었다. 하지만 그녀들이 가장 먼저 본 것은 그녀들이 봐도 여간 아름다운 것이 아닌 한 소녀가 쓰러져 있는 로빈의 손을 잡고 눈물을 흘리고 있는 모습이었다.

다름 아닌 에쎄였다. 산채에서 두 귀족 영애와 함께 로빈이 사라졌다는 소리를 들은 그녀는 혼자의 힘으로 어느새 그들과 합류해 있었던 것이다.

이유없이 그 모습에 발끈한 린이 성난 기세로 로빈에게 걸어가려다가 미리안에게 붙잡혔다. 말없이 고개를 흔드는 미리안의 모습에 린은 풀이 죽은 듯 그 자리에 서서 그 모습을 지켜볼 뿐이었다.

잠시 후 미리안은 린의 손을 잡고 쓰러져 있는 로빈에게 다가가 무릎을 꿇으며 앉았다. 그 사랑스럽고 기품이 흐르는 모습에 몇몇 산적들은 저도 모르게 얼굴에 열이 오르며 침을 꿀꺽 삼키고 말았다.

"에쎄님이신가요?"

에쎄는 처음 보는 미인 자매의 출현에 약간 놀라워하다가 곧 누구인지를 깨달았다. 그리고는 왠지 느껴지는 불안감에 최대한 견제하기로 마음먹었다.

"전 천민일 뿐입니다. 님이라니요? 그런 말은 쓰지 말아주십시오."

이런 것이 바로 귀족에 대한 천민의 바른 태도라 볼 수 있었지만 그 짧은 한마디 속에서 미리안은 에쎄가 자신들을 거북해한다는 것을 알 수 있었다.

"로빈님은 몬스터들과 온갖 위험으로부터 몇 번이나 몸을 던져 저희들을 구해주셨습니다. 그런 분의 아내인 에쎄님을 존중해 드리는 것은 당연한 것입니다."

미리안의 말에 에쎄는 조용히 고개를 끄덕이며 알겠다고 답했다. 하지만 여기 한 소녀는 승복할 수 없었다.

"뭐! 뭐! 뭐! 뭐? 아내라니? 아내라니? 무슨 소리야? 이딴 꼬맹이의 아내라니?"

거의 패닉에 가까운 린의 행동에 미리안이 막으려 했지만 그전에 에쎄가 답했다.

"낭군님과 저는 삼 년 전 결혼식을 올리고 지금껏 부부의 연을 맺고 있습니다만. 뭔가 잘못된 것입니까?"

나, 낭군?!

이번에는 두목을 포함한 산적들 모두가 일순간에 패닉 상태가 되어 버렸다.

린의 작은 가슴 안으로 분노의 불길이 치솟아오르기 시작했다. 로빈이 결혼했다. 유부남이었다. 이 사실에 이유없이 너무나도 분하고 화가 났다.

"용납할 수 없어! 절대 용납할 수 없어!"

"어째서죠? 귀족의 영애라 해서 천민들의 결혼 생활에 관여할 권한은 없는 걸로 알고 있습니다만. 낭군님과 저의 결혼 사실에 왜 그토록 관심을 가지시는 거지요?"

상황이 이상하게 돌아가기 시작했다.

주위의 수많은 산적들과 병사들이 이 꼬마를 자신이 좋아하는 것처럼 보는 것 같아 부끄럽고 무엇보다 저 에쎄라는 여자가 너무 얄미워졌다. 결국 판단 능력을 잃어버린 린은 기절해 있는 로빈의 멱살을 붙잡고 외쳤다.

"이, 이 자식! 결혼한 주제에 언니를 멋대로 농락하다니!"

"린!!"

미리안이 새빨개진 얼굴로 동생의 입을 막았으나 이미 늦었다. 분노를 담은 린의 외침은 이곳에 있는 모두에게 들릴 만큼이나 컸고, 그런 린을 만류하는 미리안의 행동은 린의 말이 사실이라고 확인 사살을 하는 것과 마찬가지였다.

"뭣이?"

모두의 시선이 옮겨졌다. 그곳에는 지금 당장 곰이라도 때려눕힐 수 있을 정도로 투지를 발하고 있는 칼리엄 남작이 있었다.

"지, 지금 그게 무슨 소리냐? 린! 미리안! 제발 솔직하게 말해다오! 이 아비가 해줄 수 있는 것은 모두 도와주마. 그러니까 사실대로 모두 말하렴!"

에쎄 역시 결코 남작에 뒤지지 않는 기백을 내뿜고 있었다.

"지금 동생 분께서 말하신 내용의 의미가 뭐지요?"

그 외에도 수많은 이들의 추궁하는 듯한 날카로운 눈빛이 미리안에게로 향했다.

"그, 그게……."

미리안은 차마 뭐라고 설명해야 할지 곤란해서 그저 얼굴만 붉혔다.

"으아아아앙! 이 싸가지없는 자식! 몇 번이나 살려줬다고 믿는 게 아니었어! 바보, 병신, 멍게, 말미잘, 변태! 언니의 몸과 순정을 빼앗은 것도 모자라서 유부남이라니! 으아아! 읍으으읍!"

"린, 이 바보! 상황을 더 악화시켜서 뭐 하자는 거니?"

쿠쿵!

칼리엄 남작이 자신의 검으로 땅을 강하게 찍었다.

"그래, 너희들의 마음을 이 아비가 몰라줘서 미안하구나. 우선 이 짐 승 같은 꼬맹이부터 처리해 주마. 증거를 모두 사라지게 해줄 테니 그냥 미친개에게 물렸거나 한낱 악몽이었다고 생각하렴."

"누구 멋대로 미친개라는 거지요, 남작님?"

"비키시오! 지금 나의 검엔 눈이 없소! 여자라 해도 결코 봐주지 않을 것이오!"

"으아아아앙! 로빈 이 죽일 놈!"

점점 더 악화되기만 하는 상황 속에서 미리안은 어떻게 해야 할지 도저히 좋은 방법이 떠오르지 않았다.

살기가 감도는 이 상황 속에서 유일하게 산적들만이 흥미로운 눈동자로 바라보고 있을 뿐이었다.

그 얄궂은 미소라니? 이미 속으로 로빈을 사이에 둔 세 소녀의 심상치 않은 세력 구도를 망상해 보는 산적들이었다.

"시끄러워!"

앳된 목소리에 좌중이 조용해졌다.

"젠장, 떠들려면 나가서 떠들어! 잠이 깨버렸잖아! 어?"

잠이 덜 깬 듯한 목소리. 거슴츠레 뜬 눈에는 고릴라 한 마리가 자신을 향해 살기를 뿜고 있었다.

"뭐야, 저 괴물 고릴라는?"

"우어어어어!"

"안 돼! 영주님을 막아라!"

"영주님, 참으십시오! 일단 아가씨들을 구해주신 은인입니다!"

당장 로빈을 반으로 갈라 버리려는 남작을 병사들이 우르르 달려들어 겨우 제압했다.

"로빈!"

다음으로 보인 것은 놀랍게도 에쎄였다. 그녀는 그대로 로빈을 꼭 끌어안았다.

"다행이야. 무사해서. 나 이대로 쭉 네가 일어나지 않는 게 아닌가 하고 얼마나 걱정했는데. 흑, 무사해 줘서 정말 고마워. 흑흑."

만약 평범한 부부라면 이토록 자신을 걱정해 주는 부인에게 감동하며 함께 눈물 바다를 이뤘을지도 모른다.

하지만 로빈은 에쎄의 이런 행동에 뱀 앞에 선 개구리마냥 오싹 움츠러들면서 식은땀을 흘렸다.

"에, 에쎄? 흐익, 내, 내가 뭘 잘못했는지는 몰라도 일단 무, 무조건 사과할게."

"죽어!"

오직 로빈에게만 들릴 법한 목소리로 말하며 포옹한 두 팔에 힘을 주기 시작하자 마주한 가슴으로 뭉클거리는 천국과 고통의 지옥이 함께 동반하며 눈물이 찔끔 흘러나왔다.

"음, 감동적이군."

한 병사의 말에 '어떤 멍청이가 지껄였어? 네놈 눈은 사시냐?' 하고 가운뎃손가락을 올리며 속으로 외치는 로빈이었다.

"흠흠, 에쎄야, 그만 하렴. 주위의 눈을 생각해서라도."

두 사람의 진실한 관계를 모르는 칼리엄 남작 측의 사람들은 모두 사람들의 눈이 있으니 떨어지는 게 어떠냐는 뜻으로 받아들였지만 실상은 '로빈 좀 그만 괴롭혀라' 였다.

두목의 말에 어쩔 수 없이 로빈을 풀어주자 그제야 새파란 안색이 점차 원래의 피부 색깔로 돌아오기 시작했다.

몬스터 랜드에서 벗어났음에도 불구하고 아직 죽음의 신은 로빈의 곁에 있었다. 에쎄라는 이름을 빌려서 말이다.

"싸가지, 깨어났어?"

"로빈님, 몸은 좀 괜찮으세요?"

에쎄를 사신으로 바꾸어놓는 데 결정적인 역할을 한 두 소녀의 인사를 멀뚱히 받아들이는 로빈은 머리를 살짝 갸웃거렸다.

"…누구?"

로빈의 물음에 고요한 정적이 흘렀다.

뭐라고 해야 할지 머리 속이 새하얗다.

단지 쩌적 하고 심장이 깨지는 듯한 고통과 함께 미리안의 눈에서 눈물이 주르륵 흘러나왔다.

칼리엄 남작과 그 병사들은 지금 텐텐 산의 산적들과 함께 텐텐 산 산채로 향하고 있었다.

날이 이미 어두워진 후라 지금 영지로 가는 것은 매우 위험하다는 것이 두목의 설명이었고, 남작은 딸들과 함께 있는 로빈을 못마땅한 눈으로 흘겨보면서 어쩔 수 없다는 듯이 승낙했다.

"아야야야! 무지 아프네! 야, 이 계집애야, 아파 죽겠잖아!"

"흥, 겨우 그 정도 가지고 엄살 부리긴. 언니가 느낀 충격에 비하면 그 정도는 아무것도 아냐."

뭐라고 따지려다가 그 옆에서 아직도 눈물을 흘리고 있는 미리안을 보며 기세를 누그러뜨렸다.

"괜찮아?"

"예, 예. 이제 괜찮습니다. 단지 이상하게 눈물이 안 그쳐져서⋯⋯."

"으으, 그게 정말 그때는 생각이 안 났다고. 그 라이칸스로프에게 무지막지하게 얻어맞아서 그런지 잠깐 기억이 사라졌나 봐. 내 이름도 기억나지 않았는걸."

"⋯에쎄님은 기억에 남았었나 보군요?"

"응?"

"아, 아뇨. 아무것도."

갑자기 멀쑥해지자 로빈과 미리안은 아무 말도 하지 못하고 그저 걷기만 했다.

"뭐야, 싸가지? 갑자기 조용해지고!"

팍!

린의 손바닥이 강하게 로빈이 등을 강타했다.

"끄아아아악!"

비명과 함께 눈물을 찔끔 흘리며 로빈은 주저앉았다. 린은 순간적으로 로빈이 등에 상처를 입었다는 사실을 떠올리며 어쩔 줄 몰라 하는 표정을 지어야만 했다.

드래곤 하트 속에 담긴 마나는 로빈이 인식하고 있던 등에 난 상처만을 제외하고 대부분 회복시켰기 때문에 등에는 아직도 라이칸스로프의 손톱에 베인 상처가 그대로 남아 있었다.

"이 곰돌이 팬티 계집애가!"

"푸우웁!"

두목에게서 물 주머니를 받아 목을 축이던 남작이 물을 뿜어냈다. 린은 어려서부터 부인의 취향으로 인해 곰돌이 그림이 그려진 팬티만을 입었다. 그리고 그 사실을 아는 것은 아버지인 자신뿐이어야 했다. 그런데 저놈이 어.떻.게. 그 사실을 알고 있는 것일까?

"이이!!"

자신이 먼저 잘못을 했지만 숙녀에게 이런 모욕을 주다니? 이를 꽉 깨물고 참고 있던 린은 은밀히 자신을 부르는 아버지의 시선에 일단 남작에게 갔다.

"린, 어찌 된 일이냐?"

역시 하고 예상했던 게 왔다는 표정을 지으며 대충 핑계를 댔다.

"저, 저 녀석이 훔쳐본 것뿐이에요."

"……."

참고로 린은 바지를 입고 있었다.

"이야기를 할 때는 눈을 마주 보고 하라 했지? 솔직히 말하렴. 어떻게 된 것인지."

차근히 타이르자 린은 우물쭈물거리며 조용히 말하기 시작했다.

"저, 저 녀석이 우리를 보호한다고… 얼어 죽을 뻔해서… 그래서… 어, 언니가 먼저 벗지 않았다면 나도 안 벗었을 거였단 말이야!"

"벗어?"

남작이 소리치자 주위의 시선이 다시 몰려들었지만 남작은 조금도 신경 쓰지 않았다.

저놈 때문에 자신의 두 딸이 옷을 벗고 저 어린 녀석과 몸을 맞대었다는 망상이 남작을 분노케 했다.

"저 머리에 피도 마르지 않은 꼬마 놈이 눈에 넣어도 안 아픈 내 자식들을 벗기다니! 용서 못한다!"

"그게 아니란 말이야! 이 바보 아빠!"

어딘지 모르게 '역시 부녀'라는 소리가 나올 법한 아버지와 딸의 모습이었다.

산채는 무사히 돌아온 로빈과 새로운 손님들의 환영 행사로 정신이 없을 정도로 혼란했다.

단상 위에서 로빈은 칼리엄 자매와 함께 모험했던 일들을 자세히 이야기해 주고 있었다. 로빈의 손이 움직이며 그때의 모습을 재현할 때마다 사람들은 배꼽이 빠지도록 웃고 또 손에 땀이 나도록 꽉 쥐며 긴장하곤 했다.

"이야기꾼으로서도 훌륭한 재주를 가졌군요."

"하지만 남작님께서 신경 쓰실 만큼의 아이는 아닙니다."

"글쎄, 과연 어떨까? 내 생각에 자네가 로빈을 내게 주면 나의 후계자가 되어 남작의 어여쁜 따님들과 좋은 관계를 유지할 수 있을 것 같은데 말이야."

두목은 리켈푸스를 바라보면서 '이 친구에게 이런 음흉한 면이 있었을 줄이야'라고 생각하며 웃음을 지었다.

"내 생각과는 다르군. 로빈은 이미 결혼까지 한 유부남이지. 영애들은 외모도 아름답거니와 무엇보다 현명하시지. 최소한 백작 가문 이상의 집안을 이끌어 나갈 능력을 갖춘 듯 보이는데. 안 그렇습니까, 남작님?"

"부끄러울 따름입니다."

고슴도치도 제 자식은 예쁜 법이다. 하물며 생판 남이지만 그 인품이 뛰어난 이로부터 이토록 열렬한 칭찬을 받으니 부끄러울 정도로 기뻤다.

"하지만 진짜 부부 관계를 맺은 것도 아니지 않은가?"

"그 말은 특히 에쎄 앞에서는 하지 말게. 분명히 미움받게 될 테니깐. 난 그 아이들을 처음 만났을 때부터 그 둘은 태어날 때부터 하나가 될 운명을 타고난 아이들이라고 확신했다네."

운명, 그리고 반지. 이 단어가 왠지 남작의 머리 속에서 벗어나지 않았다.

"운명이라니?"

"다음에 아이들과 함께 천천히 이야기해 주겠네. 그보다 이번 일의 원인이었던 그 반지는 결국 돌려받지 못하게 되었군요?"

"예, 딸아이의 말에 의하면 둘째가 던진 반지를 로빈이 우연히 삼켜 버렸다고 합니다. 이거 배를 가르지 않는 이상 그 반지를 찾을 방도가 없어지게 되었습니다."

"부인의 유품이라고 들었습니다. 유감이로군요."

정중한 태도로 로빈을 대신하여 사과했다.

"저보다는 미리안이 더 안타깝지요. 엄마 대신 그 반지를 매우 소중히 아꼈으니까요. 어쩌다 그렇게 소중히 여기던 반지를 도둑맞게 되었는지."

작게 한숨을 내쉬고 그는 손에 든 술을 한 번에 들이켰다.

"그러고 보니 이렇게 웃으면서 만나게 될 거라고는 생각조차 못했습니다."

"두 따님의 인도 덕분 아니겠습니까? 실은 언젠가 한 번 꼭 찾아뵈려고 했었습니다. 경비원들에게 쫓겨날 테니 담을 넘으려는 계획도 가지고 있었지요."

"이런 만남이 아니었다면 정말 내쫓아 보냈을지도 모르겠군요. 무슨 용건인지 아주 궁금합니다."

남작이 이런 농담을 꺼낼 정도로 세 사람은 어느새 친밀해져 있었다. 이것 역시 아이들의 힘이라면 힘이라 볼 수 있었다.

"그럼 이것을 좀 봐주시겠습니까?"

"이건?"

두목에게서부터 건네받은 서류 뭉치를 훑어보던 남작의 눈이 점점 더 심상치 않게 변하기 시작했다.

이 거대한 대륙의 노른자라 할 수 있는 텐텐 산맥의 모든 것이 담긴 거대한 한 장의 지도와 함께 그 안에 수록되어 있는 믿을 수 없는 정보가 적힌 수십 장의 서류가 자신의 손에 쥐어져 있었다.

"이, 이 무슨 엄청난!"

"처음에 보신 것은 정밀한 지도에 불과하지만 이 나머지 서류에는 몬스터들의 서식지나 위험 지대, 군사적 요충지는 물론 지하자원이 묻혀 있는 곳 등이 적혀 있습니다. 어떠신지요?"

두목이 말하는 의미는 큰 정도가 아니었다. 이 지도 한 장만으로도 이미 수백 년간 이어져 오던 몬스터 랜드 정벌을 절반 이상 이뤄낸 것이나 다름없었다.

수천 년간 인간의 손을 단 한 번도 타지 않았을 대지. 그 속에 잠들어 있을 황금 평원의 자원, 그리고 재보를 탐내던 이들이 얼마나 많던가? 과거 그 강대한 힘을 자랑하던 미들랜드 왕국이 그랬고 현재의 프하이엄 제국도 그랬다. 그 욕심은 수십만의 대군을 일으켰으나 정벌은 커녕 그 누구도 살아 돌아오지 못했다.

"이, 이걸 제게 보여주신 이유가 뭡니까? 착각하고 계신지는 모르겠지만 저는 남작입니다. 그것도 권력 하나 없는 이름뿐인 귀족이지요."

이것은 위험했다. 지독한 독보다 더 위험하다. 만약 이 지도 한 장이 자신의 영지에 있다는 사실이 누군가에게 알려지면 영지뿐만 아니라 이 나라 전체가 피바다가 될 수도 있었다.

"지금 저희에게 필요한 사람은 많은 병사와 권력을 지닌 사람이 아닌 단 한 사람이라도 믿을 수 있는 분입니다. 그럼 지금부터 이렇게밖에 할 수 없는 그 이유를 말씀드리겠습니다. 이 대륙은 다시 전장의 기운이 감돌고 있습니다."

그리고 두목에게서부터 아주 놀라운 이야기가 시작되었다.

밤이 깊었다.

미리안과 린은 하루 만의 혹독한 경험으로 인해 잠이 쏟아져 와 정신이 없었지만 그래도 산적들과 함께하는 이 생소한 경험을 좀 더 즐기기 위해 최대한 안간힘을 내고 있었다.

"에이, 거짓말!"

"진짜라니깐. 자, 이 화살 보이지? 라이칸스로프를 쓰러뜨리기 위해 린에게서 받은 은화를 녹여서 만든 화살이야. 총 열 개를 만들어서 그중 하나 남은 거지."

잠을 깨는 데 로빈의 이야기는 즉효 약이었다. 함께 겪은 일임에도 불구하고 로빈의 입장에서 바라보는 이야기는 또 흥미진진하고 색다른 즐거움을 주고 있었다.

"우와, 정말 은으로 만든 화살이잖아? 이게 은화로 만들어진 거란 말이지?"

"우리 꼬마 소두목이 언제 거짓말하는 거 봤냐? 너무 솔직해서 탈이지. 안 그래?"

"옳소! 마누라 가슴 만지다가 뒈지게 맞아놓고는 멧돼지랑 싸웠다고 변명하는 것만 빼면 전부 사실만 말하지."

"하하하하!"

사람들의 폭소에 로빈은 벌겋게 얼굴을 붉히며 옆에 있는 오렌지로 방금 자신을 놀린 상대를 정확히 맞췄다. 사내는 꽥 하고 단말마의 비명과 함께 뒤로 고꾸라졌다.

"오오! 역시 백발백중. 대단하다니깐. 소두목은 마누라만 빼면 못 잡는 게 없지. 안 그래?"

"하하하하하!"

다시금 웃음소리가 터져 나왔다.

로빈은 다시금 오렌지를 집어 던지려 했지만 누군가가 그 손을 잡았다. 에쎄였다.

"먹을 것 가지고 장난치면 못써, 로빈."

하고 오렌지를 빼앗더니 옆에 놓여 있던 짱돌을 살짝 손에 쥐어주었다. 그리고 환한 미소로 말했다.

"이왕 할 거면 확실히 해야지."

"우와! 산채 최고의 문제아 부부가 사람 잡으려고 한다! 도망쳐!"

로빈의 무용담을 듣던 회장은 요란한 웃음소리와 함께 어느새 술래잡기로 변해 있었다.

산채의 술래잡기에는 특별한 룰이 있었다. 술래가 플레이어를 잡으면 그 플레이어가 술래가 되는 것이 아니라 술래가 두 사람이 된다. 즉, 점점 술래가 늘어난다는 것이다. 린과 미리안은 처음에는 어쩔 줄 몰라 하면서도 금방 그 룰에 익숙해져서 사람들 속에서 함께 뛰어놀았다.

그 모습이 영지의 병사들에게는 매우 충격적으로 다가왔으나 이토록 즐거운 놀이에 참여하지 못하는 것은 인간으로서 못할 짓이라 생각하며 절대 오늘 일을 영지에 퍼뜨리지 않을 거라고 다짐했다. 다시 한번 말하지만 절대 자신들을 유혹하던 산채의 젊은 아가씨들 때문에 넋이 빠져서 그런 것은 아니었다.

지금의 린과 미리안은 영지의 아가씨가 아닌 로빈의 친구로서 대접을 받고 있었다. 그녀들이 뛰어다니든 소리 내어 웃든, 또한 배불리 먹든 그 누구도 그녀들을 간섭하지 않았다. 단지 주위에서 보호하는 느낌을 한두 번 받았을 뿐 단지 그 정도만으로 자유라는 것을 느끼기에 충분했다.

모든 게 즐거웠다. 이렇게 많은 사람들과 함께하는 순간도, 용케 잘 도망치다가 술래인 로빈에게 붙잡히는 것도, 주위에서 '아가씨, 그렇게 먹으면 뚱보 된다' 고 짓궂게 놀리는 것마저 즐거웠다.

오늘 일을 평생 잊지 못할 거다. 린과 미리안은 그렇게 마음속으로 생각했다.

로빈은 어느새 자신이 잡은 술래들을 지휘하고 있었다. 그 모습은 놀이라고 하기에는 보통 실력이 아니었다. 지휘에 모든 정신이 팔려 있는 그런 로빈을 몰래 뒤에서부터 껴안는 손이 있었다. 살짝 놀라며 뒤를 돌아보니 그곳에는 에쎄가 서 있었다.

"쉬이이잇."

에쎄는 손가락으로 로빈을 조용히 시킨 후 그 손을 잡고 어디론가 끌고 가기 시작했다.

"뭐 해, 언니? 술래가 뛰지도 않고."

쌕쌕 숨을 몰아쉬던 린은 미리안의 눈이 향하는 곳을 바라보았다. 그곳에는 에쎄가 로빈의 손을 잡고 어디론가 데려가고 있었다. 미리안은 주먹을 꼭 쥐었다.

"린, 따라올래?"

"…응."

무언가 단단한 각오를 한 듯 사뭇 진지하기까지 한 소녀들은 두 사람이 사라진 곳을 따라가기 시작했다. 그녀들의 심장은 빨라진 걸음걸이만큼이나 빨리 뛰고 있었다.

딸각! 끼이이익!

지어진 지 삼 년밖에 되지 않은 새집이건만 워낙 로빈이 험하게 다뤄서 벌써 삐걱거리는 소리가 나는 집 문을 열고 안으로 들어가 불을 밝혔다.

"갑자기 집에는 왜?"

에쎄는 말이 없었다. 그저 로빈을 바라볼 뿐. 그리고 잠시 후 로빈도 뭔가 이상한 낌새를 눈치채기 시작했을 무렵 에쎄는 외투의 단추를 하나씩 풀기 시작했다.

그 행동이 무엇을 의미하는지 깨달은 로빈은 도저히 믿기지 않았다.

"저, 정말이야?"

"응? 뭐가?"

웃으면서 도리어 자신에게 묻는 에쎄가 그렇게 얄미울 수가 없었다. 그러는 동안에도 에쎄는 단추를 계속해서 풀어갔다.

"그렇게 싫어해 놓고는……."

"하아! 뭐, 여자의 감이라고 할까, 위기라고 할까? 결국 불안해졌던 거겠지, 나도."

로빈은 에쎄가 무슨 말을 하는지 도통 알 도리가 없었다. 아직 어리다 보니 남녀의 미묘한 감정에 관해서는 알지 못했기 때문이다. 단추를 모두 풀고 외투를 벗은 에쎄는 테이블에서 의자를 꺼낸 뒤에 등을 보이며 걸터앉았다.

"이리 와서 등의 끈을 풀어줘."

"으, 으응."

로빈은 침을 꿀꺽 삼키고 한 걸음 한 걸음 다가갔다. 그 길이 어찌나 길게 느껴지는지 한 걸음이 바닥에 닿을 때마다 심장이 뚝 떨어질 것 같고 온몸의 힘이 빠져 주저앉을 것만 같았다.

결국 에쎄에게 다가간 로빈은 촛불을 테이블 옆으로 가지고 와서 좀 더 끈이 잘 보이도록 하고 떨리는 손으로 끈을 풀기 시작했다. 하지만 너무 긴장한 탓인지 손의 떨림이 워낙 강해서 끈을 쉽게 풀어낼 수가 없었다.

"내 어깨를 만져 봐줄래?"

머리가 인식도 하기 전에 양손으로 에쎄의 어깨를 움켜잡았다.

느껴지는 열기는 평소보다 훨씬 더 따뜻했다.

살의 부드러움도 필요 이상으로 느껴지자 이제는 아예 심장이 가슴을 뚫고 튀어나올 것만 같았다.

"나도… 떨고 있어."

에쎄의 말이 로빈의 떨림을 멈추게 했다.

사고가 폭주하기 직전에서 멈추고 그 피부를 느낀다.

확실히 그녀의 몸은 자신과 똑같이 떨리고 있었다.

"나도 떨고 있으니깐… 그러니깐……."

뒷말은 너무 작아서 들리지 않았다.

그 모습에서 과거 자신에게 '정말 좋아해' 라고 고백하던 아름답기 그지없던 그녀의 모습을 떠올리게 한다.

곧 에쎄의 떨림을 확실히 느끼면 느낄수록 로빈은 상대적으로 안정을 되찾아갔다.

"응, 알았어."

조금 전에 비해 너무나 손쉽게 끈을 풀었다.

그녀도 결국 자신과 다를 바 없었다.

그 생각이 왜 그토록 자신을 기쁘게 하는지 의문도 들지 않았다.

이건 당연한 것이었다.

그녀가 자신을 원하고 자신이 그녀를 원한 것은 아주 당연한 일이었다.

끈을 모두 풀자 에쎄는 두 손을 올렸다.

로빈은 작게 웃음을 지으며 아기의 옷을 벗기듯 에쎄의 옷을 벗겨주었다.

중간에 살짝 건드린 그녀의 감촉이 몸을 다시금 달아오르게 만들었지만 크게 심호흡을 하며 그 가슴을 가리는 속옷마저 벗겨내었다.

에쎄는 눈을 감았다. 동시에 로빈은 눈을 커다랗게 떴다.

붉은 촛불 빛에 반사되어 붉게 달아오른 듯한 모습을 자아내는 가슴은 단지 바라보는 것만으로도 이쪽을 불태워 버릴 것만큼 아름다웠다.

그토록 감탄한 미리안의 가슴에 비해도 결코 손색이 없었다. 매일 몰래 만지고 훔쳐보고 한 가슴이건만 이토록 달라 보이다니? 마치 에쎄가 마법사처럼 느껴졌다.

자석에 이끌리는 쇠처럼 로빈은 그 가슴에 얼굴을 묻고 곧이어 작은 유실을 입 안으로 집어넣었다.

"윽!"

그것은 아주 오래전부터 반복해 오던 일이다.

어떻게 하면 좀 더 에쎄 누나가 나를 봐줄까, 어떻게 하면 에쎄 누나와 좀 더 많은 말을 할 수 있을까……

그 고민의 해결책으로 로빈은 항상 에쎄의 주위에서 에쎄가 하기 싫어하는 행동을 골라 했고, 그 덕분에 로빈은 산채에 있는 그 어떤 남자보다 에쎄와 빨리 말을 터놓는 사이가 되었다.

"로빈."

에쎄는 아기처럼 가슴을 탐하는 로빈을 사랑스럽다는 듯이 껴안고 나지막하게 말했다.

"침대에서 마저 해."

그 말을 꺼내는 것만으로도 온몸이 녹아 내릴 것 같았다. 동시에 왜 자신이 이런 말을 했을까? 훨씬 더 좋은 말이 있는데 왜 이런 야릇한 말을 꺼냈을까 하고 후회가 일어났다.

과거부터 에쎄는 로빈 앞에서 언제나 좋은 사람으로 보이길 원했다.

하지만 언제나 로빈과 다투기만 할 뿐 변하는 것이 없는 일상이 싫어서 혹시 로빈은 말썽꾸러기 여자애를 좋아하는 게 아닐까 하고 생각하며 좀 더 친해지기 위해 말썽을 피워보기도 했었지만 그것 역시 별효과가 없었다.

그녀는 생각했다.

로빈과 잘 지내지 못할 바에야 나중에 로빈이 성장해서 자신을 잊더라도 이런 좋은 사람이 있었다고 추억을 떠올릴 만한 사람이 되자. 그래서 그녀는 언제나 로빈의 잘못된 행동을 혼내고 꾸짖으며 함께 싸웠다. 이것만으로도 좋다. 그렇게 스스로를 위로해 가면서.

그리고 얼마 후, 두 사람은 결혼식을 치르게 되었고, 그 인연이 오늘에 이르렀다. 보이지 않는 미래에 섭섭함은 없다. 기대도 없다. 지금이 현실만으로도 너무나 기뻐서 감당할 수가 없을 정도였다.

"사랑해, 로빈. 정말."

크나큰 기쁨을 느낄 때 비로소 흘린다는 눈물을 에쎄는 흘렸고 로빈은 그 눈물을 혀로 핥아주었다.

기쁨은 기쁨만으로 충분하지 눈물은 필요없었다.

"나도. 좋은 남편이 될게. 절대로 네가 날 미워하지 않도록."

로빈과 에쎄는 긴 맹세의 키스를 나누었다.

형식뿐이었던 결혼식은 의미가 없었다. 지금이 두 사람의 진정한 결혼식이었다.

이윽고 두 사람은 함께 하나가 되었다.

아침을 거하게 얻어먹은 칼리엄 남작과 그 일행은 아쉬운 만남을 뒤로하고 헤어져야만 했다.

　융숭한 대접을 받을 수 있었던 그들은 거의 밝은 얼굴을 하고 있었지만 유독 칼리엄 남작과 그 두 딸의 표정은 편해 보이지 않았다.

　칼리엄 남작의 경우 뭔가 엄청난 일에 억지로 말려들었다는 느낌이 강했고 린과 미리안은 수면 부족 외에도 큰 정신적 충격에서 헤어나오지 못하고 있었다.

　그리고 그들만큼이나 이상한 상태를 하고 있는 이가 또 있었으니 바로 리켈푸스의 마차에 함께 타고 있는 로빈이었다.

　"우후후후후후후."

　해골처럼 핼쑥해진 로빈은 묘하게도 안색은 상당히 좋지 않은 데 비해 그 눈동자만큼은 초롱초롱 빛나고 있는 게 아닌가?

　"우휴휴휴휴휴휴휴."

　거기다가 귀신이 나타날 것 같은 괴상한 웃음소리까지 실실 흘리고 있는 게 상태가 아주 나빠 보였다. 마차 안에 함께 탄 칼리엄 남작 외 두 사람은 텐텐 산의 입구까지 그 웃음소리에 시달려야만 했다.

　이별의 시간은 빨리도 다가왔다.

　"무사히 집에 돌아가게 된 소감이 어때? 자, 그럼 나는 여기까지. 잘 가."

　어제까지 그 건방지던 태도는 온데간데없이 너무나 어른스러운 표정을 짓는 로빈의 모습이 왠지 싫었다.

　로빈이 변한 그 이유를 너무나도 잘 알고 있는 두 사람은 그가 지금 '야, 이 계집애야!' 라고 소리친다면 자신도 모르게 기뻐서 껴안아 버릴 정도로 서운함을 느끼고 있었다.

"자, 잠깐."

너무나 매정하게 등을 돌리는 로빈을 동시에 붙잡은 린과 미리안은 얼굴을 붉혔다. 그 모습을 본 남작은 복잡한 심정으로 이내 시선을 돌렸다.

"저… 언제라도 꼭 저희 영지에 한번 들러주세요."

"뭐, 불편한 만남이었지만 싫지 않았어. 어젠 정말 즐거웠고 말이야."

"응? 난 또 뭐라고. 알았어. 일 있으면 얼굴이나 보러 들를게."

챙!

린은 검을 뽑아서 로빈의 목에 갖다 대며 음습한 목소리로 말했다.

"시간 나면 오는 게 아니라 꼭 놀러 오라는 말이야."

"캑캑!"

조금이라도 움직이면 당장이라도 찔릴 것 같은 위협에 목은 정지한 채 고개만 끄덕였다.

"자, 그럼 다음에 또 만나."

"꼭 방문해 주세요, 로빈님."

로빈과 호위 격으로 따라온 산적들은 순식간에 산으로 그 모습을 감추었다.

"역시 보통 산적들이 아니야."

"오크 잡는 거 봤어? 기사들이라고 착각이 들 정도였다니깐."

동료들끼리 살며시 말을 꺼내는 병사들을 뒤로하고 마차는 자신들의 집으로 향하기 시작했다.

미리안은 어젯밤 일이 머리 속에서 지워지지 않았다.

그때 그 동굴 속에서 린의 방해가 없었더라면 아마……

망상에 얼굴이 새빨갛게 물들자 그것을 최대한 감추기 위해 마차의 한편으로 몸을 기대었다.

반지를 찾으러 뛰어나갔던 일이건만 결국 반지는 돌려받지 못하고 마음의 짐만 가득 떠안아 버렸다.

반지?

그리고 보니 왜 자신은 그토록 반지를 목숨처럼 소중히 여겼던 걸까?

순간 마치 꿈처럼 주위가 온통 별이 떠다니는 밤하늘로 변하더니 누군가의 음성이 들려왔다.

"두 따님께서는 한 남자를 사랑하게 될 운명을 가지고 태어나셨습니다. 하지만 공교롭게도 미리안 영애께서는 불행한 운명을 타고나셨군요."

점술사의 목소리다. 이내 점술사의 모습이 나타났다.

"불행한 운명이라니? 그게 뭐지요? 조금 전에 분명 우리 아이들에게는 밝은 미래만이 존재할 거라고 하지 않으셨습니까."

곧 어머니의 목소리와 함께 과거 젊은 어머니의 모습이 나타났다. 옛 기억과는 조금 다른 모습과 대화들. 이게 어떻게 된 것일까?

"미리안 영애께서는 안타깝게도 사랑하는 연인을 죽음으로 몰아넣게 하는 운명을 타고나셨습니다."

그래, 생각났다.

그녀는 이날 점술사에게서 이런 이야기를 들었다.

이날 자신은 어머니의 옆에서 점술사의 이야기를 모두 듣고 있었고 린은 낮잠을 자느라 이 자리에 없었다. 그런데 왜 이제야 이때의 일이……

"너무 강한 행복은 때론 강한 불행을 동반하게 됩니다. 이상하다 싶었지만 우연히도 린님이 가졌어야 할 불행마저 모두 미리안님에게로 옮겨져 버린 듯합니다. 그것도 남작부인이 가장 끔찍해하는 방향으로 말이지요. 문제는 두 영애가 한 남자 분과 맺어질 운명이라는 겁니다. 결국 사랑하는 남자의 죽음은 두 영애의 슬픔으로 이어지고 이 이상하게 높은 영애의 행복이 비로소 균형이 맞추어지게 되는 것입니다."

"어떻게 방법이 없겠습니까? 부귀영화 같은 건 바라지도 않습니다. 단지 저처럼 오래 살지 못해도 사랑하는 사람과 맺어질 수 있는 방법이 없겠습니까?"

그랬다. 미리안은 린의 불행을 짊어지게 된 운명의 소유자. 그녀가 사랑하는 남자는 모두 죽게 된다. 그래서, 그래서……

"남작부인께서 소중하게 바라는 마음이 가장 삐뚤어진 형태로 미리안 영애의 불행으로 이어지게 되었습니다. 만약 남작부인께서 부귀영화를 꿈꾸셨다면 미리안님은 죽을 때까지 가난하게 살게 되었겠지요. 방법이 없지는 않습니다. 그러나 그것은 린 영애만을 위한 것일 뿐 미리안 영애를 구원해 드릴 수는 없습니다. 린 영애만이라도 구원받길 바라십니까?"

어머니는 오열을 터뜨린 후 그렇다면 린이라도 행복해질 수 있기를 바랐다.

"결국 남은 방법은 미리안님이 사랑을 하지 않는 것뿐입니다. 그래도 하시겠습니까?"

"네, 린만이라도 행복해지길 전 바라요."

어머니는 자신을 끌어안고 계속해서 울기만 했다.

"남작부인의 반지에서부터 강한 인연의 끈이 느껴지는군요. 그 반지라면 운명의 배우자를 찾아낼 정도입니다. 그리고 미리안 영애께 제가 주술을 걸겠습니다. 걱정 마십시오. 절대 위험하지 않습니다. 다만 성장한 후 미리안 영애의 마음속에 사랑이라는 감정이 싹트면 이 주술이 깨어지면서 모든 기억을 떠올리시게 될 겁니다. 그때 머리 속에서 가장 강하게 떠오르는 남자를 두 번 다시 만나서는 안 됩니다. 하지만 그게 과연 쉬울지……."

만나서는 안 된다. 말하는 것도 안 된다. 떠올리는 것도, 그리워하는 것도 안 된다. 사랑을 해서는 절대 안 된다.

그것 때문이었을까?

로빈이 반지가 인도한 운명의 배우자였기에, 내가 조금씩 좋아한다는 감정을 느끼고 있었기에 로빈은 계속해서 위험에 처했던 것일까?

신이시여, 이것은 너무나도 가혹합니다. 차라리 이런 사실을 예전에 미리 알았다면 이토록 가슴 아파하지는 않았을 텐데 어째서 이렇게 된 것입니까?

심신이 모두 지쳐 버린 미리안은 그 상태로 정신을 잃고 말았다.

제8장
로빈, 산채를 떠나다

로빈, 산채를 떠나다

쾅!

어둡고 삭막한 방 안, 노인이 주먹으로 책상을 강하게 내려쳤다.

"지금까지 세라스의 반지를 가져오지 못하다니, 이 얼마나 무능력한가!"

늙은 외모에 어울리지 않다는 생각이 들 정도로 그 목소리는 생각보다 젊은 편이었다.

"고, 고정하십시오. 서, 설마 저희 측에서 준비해 놓은 운반책이 중간에 배신해서 반지를 빼돌릴 거라고는 예상도 못한 터라……. 배, 배신자는 처리했습니다. 다만……."

그 앞에선 새하얀 옷을 입고 있는 중년 남자가 쩔쩔매며 말하고 있었다. 두 사람의 옷은 서로 다른 듯하면서도 재질이나 무늬가 하나로 통일해져 있는 것이 마치 어딘가의 제복 같은 옷차림이었다.

"다만?"

"반지의 행방이 묘연해졌습니다. 아마 리켈푸스의 측근 중 한 사람이 가지고 있을 가능성이 높을 것이라 사료됩니다."

쾅!

분노로 인해 책상이 당장에라도 부서져 버릴 것처럼 느껴졌다.

"당장 찾아내라!"

"하, 하지만 리켈푸스의 곁에는 그 대마법사 카이레스의 후계자 탑메이지 테카가 있습니다. 그 정도의 실력자에게 기척을 숨길 정도로 대단한 실력을 지닌 행동원이 저희 측에 있을 리가……."

순간 노인의 눈에서 붉은 안광이 흘러나왔다. 그 살벌한 모습에 더이상 말조차 제대로 나오지 않았다.

"지하 감옥에 처넣은 마족과 거래를 해서라도 당장 찾아! 네놈 목이 온전히 붙어 있기 전까지 최대한 빨리 찾아서 내게 들고 오란 말이다!"

"아, 알겠습니다. 제 목숨을 걸고 무슨 짓을 해서든 최대한 빨리 찾아내겠습니다."

하얀 옷의 사내가 식은땀을 흘리며 허둥지둥 나간 후에도 그 분노는 쉽게 가라앉지 않았다.

"무능한 놈! 크윽! 그토록 오랫동안 찾아 헤맨 끝에 드디어 세라스의 반지의 행방을 찾아냈건만 이렇게 허망하게 놓치게 되다니……!"

잠깐 말을 멈춘 노인은 뒤를 돌아보았다. 그곳에는 투명한 하늘색 크리스탈 안으로 백설(白雪) 같은 피부와 아름다움을 지닌 미소녀가 단잠에 빠져 있듯 평화로운 모습으로 누워 있었다.

"조금만 기다려다오. 하루빨리 세라스의 반지를 가지고 와서 너를 이 얼음의 관에서 꺼내주마. 사랑한다, 엘리스."

투명한 관을 껴안은 노인은 오래도록 그 자리를 떠날 줄 모르고 차가운 냉기를 받아들였다. 마치 삶도 죽음도 관 안에 갇혀 있는 그녀와 함께하기를 바라는 것처럼 말이다.

"음냐, 음."

창문 사이로 들어오는 눈부신 태양 빛의 공격에 로빈은 침대 위에서 이리저리 도망치기에 바쁘다 문득 옆이 허전하다는 것을 깨달았다.

"으응?"

멍한 듯 귀여운 소리를 내며 로빈은 눈을 비비고 나서야 자신의 옆자리에 있어야 할 사람이 보이지 않는다는 것을 알아차렸다.

부엌에서부터 보글보글 수프 끓는 소리와 함께 먹음직스러운 냄새가 침실인 이곳까지 흘러들어 오고 있고 밖에는 부지런한 가축들과 어른들의 이야기 소리가 들려오고 있었다.

"하아아아암! 벌써 아침인가?"

이 사실이 믿어지지 않는 듯한 말투로 말하며 로빈은 침대에서 몸을 일으켰다. 삐죽삐죽 튀어나오고 헝클어진 머리에 눈곱을 잔뜩 붙이고 아침에 약한 듯 맥 빠진 모습은 영락없이 평범한 어린아이 그 자체였다.

'자, 다시 이 따스한 이불 속으로 들어오렴.'

잠에서 헤어나오지 못한 듯 멍하니 앉아 있자 어느새 잠의 요정들이 다가와 로빈을 유혹하기 시작했다.

"어머! 오늘은 벌써 일어나셨어요, 로빈?"

문이 열리는 소리와 함께 눈앞에 나타난 천사의 미소에 로빈도, 로빈을 유혹하던 잠의 요정들도 그 눈부심을 멍하니 지켜볼 수밖에 없었다.

가만히 있는 로빈을 보며 아직 잠을 다 깨지 않았다고 생각한 천사는 작게 웃음소리를 내며 로빈에게 다가가서 그 작은 입술에 살짝 입을 맞추었다.

"자, 어서 정신 차려야죠. 그 부지런하던 로빈이 왜 이렇게 잠꾸러기가 되었을까나?"

로빈은 그제야 정신을 차리고 에쎄에게 밤일에 대한 남자의 노동과 소모하는 에너지가 체력과 어떤 연관이 있는지에 대해 이야기를 하려다가 멈추고 이끌리듯 에쎄를 향해 환한 미소를 지었다.

"좋은 아침이야, 에쎄."

"로빈, 준비 다 됐어요?"

"응, 에쎄 덕분에 나는 준비할 것도 얼마 없었는걸. 이제 몸만 나가면 돼. 고마워."

로빈이 까치발을 하며 에쎄의 뺨에 입을 맞추자 에쎄는 눈웃음을 지으며 역시 로빈의 뺨에 키스했다.

몬스터 랜드에서 돌아오고 석 달이라는 시간이 흐른 지금 로빈과 에쎄는 이런 종류의 가벼운 스킨쉽을 아무렇지도 않게 주고받을 정도로 사이좋은 부부의 모습을 갖추고 있었다.

"휘이! 아침부터 너무 불타오르는 거 아냐, 두 사람?"

친숙한 목소리에 두 사람은 자세를 가다듬을 필요도 느끼지 않고 느긋하게 고개를 돌렸다.

"소피아 누나, 린드 형, 어서 오세요."

예전의 그 버릇없고 싸가지없는 로빈이라는 느낌이 전혀 들지 않을 정도로 매끈한 인사에 두 사람은 물론이고 에쎄마저 살짝 놀라움을 느꼈다.

"로빈은 어떻게 된 게 하루하루가 지날수록 더 어른이 되는 것 같지? 우리 남편은 결혼한 이후부터 하루하루가 지나면 지날수록 더 철부지 아이로 변하고 있는데 말이야. 흐응, 비결이 뭐야, 에쎄?"

"언니도 참. 그런 거 없어요."

"하아, 나도 정신 단단히 챙기도록 발정난 강아지 꼴마냥 확 굶겨 버렸어야 했나?"

"소피아, 그만 해."

그 굶긴다는 게 무엇을 뜻하는지 모를 리가 없는 린드 형이 얼굴을 붉히며 만류하자 소피아는 얼른 애교있는 목소리와 함께 린드를 안았다. 제아무리 사이좋은 로빈과 에쎄도 저 산채 최고의 잉꼬 부부를 따라가기 위해서는 한참 멀기만 했다.

"그보다 로빈이 떠나려면 아직 시간이 멀었는데 웬일로 오셨어요, 언니?"

"왜긴, 이렇게 예쁜 마누라를 버리고 도망가는 로빈에게 선물을 주러 왔지. 짜잔!"

하고 뒤에서 꺼낸 것은 가죽으로 만들어진 여행자용 가방이었다. 한눈에 봐도 단단한 박음질과 예비 주머니들은 장인의 솜씨가 물씬 풍겨졌다.

"사랑하는 아내가 직접 만들어준 가방이 있기야 하겠지만 너무 작겠다 싶어서. 아는 인맥을 동원해서 제법 큰 영지에서 사 온 거야."

로빈은 그것을 고맙게 받아 들어 몸에 걸쳤다. 끈이 조금 길었지만 곧 에쎄가 끈을 조절해 주었다.

"뭐, 로빈은 이제부터 쑥쑥 자랄 나이니까 괜찮을 거라고 생각해. 우리는 먼저 사람들이 모여 있는 곳에 가볼 테니까 좀 있다가 봐."

끄덕이는 두 사람을 즐겁게 바라보며 최강의 잉꼬 부부는 산채의 입구로 향했다.

"정말 괜찮아요?"

"응, 좋은 가방인 것 같아."

에쎄는 새 가방에 정신이 없는 로빈의 볼을 살짝 잡아서 얼굴을 자신을 향하게 했다.

"가방 이야기가 아니라 갑자기 고향을 떠나도 괜찮으냐고요. 그 왜 세상 어느 곳에 가도 내가 쉴 곳은 나의 집이라는 노래도 있고 집 떠나면 고생이라고도 하고. 친구들은 물론이고 부하들과 아버지 같은 두목과 부두목도 있고, 에 또……."

"응, 잘 알고 있어. 내가 사랑하는 에쎄도 이곳에 있다는 것도."

스스로가 말하기는 너무 부끄러워서 로빈의 시선을 이리조리 피하던 에쎄는 그 한마디에 작게 웃음을 짓고는 승복해 버렸다.

"네, 맞아요. 당신의 아내인 나도 이곳에 있는데 꼭 리켈푸스님을 따라서 제국으로 가야겠어요?"

로빈은 에쎄의 말에 자신이 갑자기 텐텐 산을 떠나 제국으로 가게 된 그날의 일을 살짝 떠올렸다.

"프하이엄 제국 무투회?"

몬스터 랜드에서 무사히 살아 돌아온 지 몇 달이 지났다. 로빈을 꼬시기 위해 해야 할 일도 미루고 산채에 남은 리켈푸스의 달콤한 제안에 로빈은 귀가 솔깃해졌다.

제국 무투회는 제국에서 큰 축제 중 하나로 우승자에게 돌아가는 커다란 상금과 명예뿐만 아니라 굳이 제국 시민이 아니라 해도 참여할 수 있다는 점과 우승을 하지 못해도 승부의 성적이나 경기 내용이 훌륭한 사람들에게 따로 상금이나 작위가 수여되는 등 파격적인 조건 하에 매해 수많은 참가자와 인재들이 몰려들어 자웅을 겨루는 경기로 유명했다.

"그렇단다, 로빈. 어떠냐? 네가 말했던 그 괴물 라이칸스로프 정도쯤은 눈 감고 해치울 수 있는 강자들이 잔뜩 모여든단다. 어떠냐? 보고 싶지 않니?"

로빈은 몬스터 랜드에서의 일을 잘 기억하지 못하고 있었다. 특히 끝까지 자신들을 노리던 라이칸스로프를 제 손으로 죽이고 그 이름만으로도 재앙에 가까운 수많은 강한 몬스터들과 단신으로 혈투를 벌였던 일은 완전히 잊고 있었다. 그도 그럴 것이, 그때의 로빈은 드래곤 하트의 마나에 몸도 마음도 정상적인 상태가 아니었기 때문이다.

그 중간에 남은 라이칸스로프를 죽이지 못하고 오히려 죽을 뻔했던 기억은 로빈으로 하여금 더욱더 강해져야 한다는 동기를 심어주고 있었고, 이를 눈치챈 리켈푸스는 최고의 카드를 선택했다.

"게다가 무투회는 소년부와 청년부로 나누어져서 원한다면 너도 참가할 수 있단다."

"정말? 정말 나도 참가할 수 있어?"

"물론이지. 어떠냐? 잠깐 나랑 제국에 다녀오지 않겠니?"

로빈은 두 번 생각할 것도 없다는 듯 몇 번이고 고개를 끄덕이며 대답했다.

"응, 갈게. 꼭 데려가 줘."

회상을 끝내고 로빈은 좀 전의 에쎄의 질문에 대답했다.

"그렇게 오래 있는 것도 아니고 잠깐 대회에 참여하고 오는 것뿐이잖아? 나는 이왕이면 에쎄와 함께 가고 싶은 정도인걸. 그리고 내가 빨리 강해져야 에쎄를 지켜줄 수도 있을 거 아냐."

로빈은 대회에서 상대방을 이기는 자신의 멋진 모습을 에쎄에게 보여주고 싶었지만 에쎄는 고개를 저었다.

"항상 말했지만 저는 단지 로빈과 함께 있는 것만으로도 행복해요. 뭐, 로빈이 스스로 결정한 이상 막지는 않겠지만. 그래도 어디 크게 다치고 오면 화낼 거니깐 단단히 각오하세요."

"미안. 그리고 고마워. 최대한 작게 다치도록 노력할게."

절대 다치지 않겠다는 거짓말은 하지 않는다. 에쎄는 아무 말 없이 고개를 끄덕였고, 로빈은 그런 에쎄의 어깨를 툭툭 친 뒤에 입구를 향해 돌아섰다.

"그럼 갈까?"

에쎄는 로빈의 손을 잡고 함께 밖으로 나갔다.

평소 산채의 낮은 모두 자신에게 맡겨진 일을 하느라 대개 어린아이들의 장난치는 소리 외에는 아주 조용한 편이었다. 하지만 오늘은 유난히도 떠들썩한 광경을 보이고 있었다.

다름 아닌 산채를 떠나는 로빈에게 작별을 고하기 위해 해야 할 일도 제쳐 두고 우르르 몰려든 사람들 때문이었다.

"결국 로빈이 제 입으로 자네를 따라간다고 할 줄이야. 친구가 아니라 원수였구먼, 원수였어."

"아하하, 이거 정말 오랜만에 들어보는 칭찬이로군. 고마우이. 하지만 조심해야 할 걸세. 제국에 다녀오는 동안 정말 로빈을 빼앗아갈 수도 있으니까 말이야."

두 친구는 서로를 바라보며 즐거운 미소를 지었다. 게임의 시작을 알리는 종은 이제 막 울린 것이다.

"출발할 시간입니다!"

마부의 말에 리켈푸스는 모든 산적 식구들에게 인사를 하고 마차에 올라탔다.

"몸 조심히 다녀와야 해."

"나는 걱정 마. 혹시 내가 없는 사이에 집적대는 녀석들 있으면 모두 이름 적어놔. 나중에 내가 와서 양쪽 엉덩이에 모두 화살을 박아 넣어줄 테니깐. 알겠지?"

그리고 로빈은 마차에 홀쩍 매달린 다음 최고의 위치에서 에쎄에게 진한 딥 키스를 선사했다.

"우오오오오!"

대낮부터 정열적인 어린 부부의 모습에 여기저기서 함성이 쏟아져 나왔다.

"맥스, 에쎄랑 부하들을 잘 부탁해."

엄지손가락을 위로 올리자 맥스 역시 똑같이 행동을 취하며 말했다.

"걱정 마. 네가 없는 사이에 지옥 구경만 시켜줄 생각이니깐. 몸조심해, 로빈."

"그럼 출발하겠습니다. 이럇!"

이히히히힝!

말들의 울음소리와 함께 마차는 로빈을 매단 채로 천천히 앞으로 나아가기 시작했다.

"로빈, 건강히 다녀와라!"

"어이, 꼬마 대장! 올 때 선물 잊지 마!"

"로빈님, 몸 조심히 돌아오세요!"

수많은 사람들의 함성 소리가 텐텐 산에 울려 퍼지며 곳곳에서 메아리치기 시작했다.

마차 안에는 리켈푸스 외에도 두 사람이 더 있었다.

"여기 이 두 분은 나의 호위를 맡아주고 계시지. 워낙 대단한 실력을 가지신 분들이시라 호위를 받고 있는 내가 미안할 정도란다."

로빈은 고개를 끄덕이며 서로 인사를 나누었다.

"만나서 반가워, 테카 아저씨, 테이번 아저씨."

테카는 로브를 걸친 것을 제외하면 아주 평범한 삼십대 초반의 남자였다.

그에 비해 테이번은 사십대 초반 정도에 특히 오른쪽 눈에 새겨진 기다란 상처가 전사의 분위기를 물씬 풍기는 인물이었다.

이윽고 리켈푸스는 앞으로의 여정에 관해서 간략하게 설명을 해주었다.

"우선 산 밑에서 리켈푸스 상회의 본 행렬과 합류를 하고 호더 왕국을 지나 미들랜드 왕국으로 향한다. 미들랜드 왕국에서 볼일을 마치면 신성왕국을 거쳐서 제국에 있는 리켈푸스의 본가로 돌아갈 것이다. 제국에 도착하면 가장 먼저 제국 무투회에 신청서를 내야 하는데, 무투회는 예선과 본선으로 나누어지고 각각 일주일의 기간을 두고 열리게 된다."

거기까지 이야기가 진행되었을 무렵 테이번은 로빈에게 엄청난 제의를 해왔다.

"검을 배울 생각이 없냐고? 으음, 싫어."

테이번을 잘 아는 사람들은 그를 육성의 달인이라고 부른다.

별 볼일 없는 병사도 테이번의 손을 거쳐 갔다 하면 기사 뺨을 칠 만큼의 실력을 가진다는 말이 있을 정도로 그의 손을 거친 학생들은 백이면 백 훌륭한 기사로 성장했다.

해서 수많은 고위 관직들이 자신의 아들을 훌륭하게 키우기 위해 거액의 금액으로 그를 끌어들이려 했지만 과거 모종의 사건 이후 그는 두 번 다시 제자를 받아들이지 않았다.

"변덕이 일어난 건 아닙니다. 단지 저 타고난 무골의 재능으로 겨우 겁쟁이처럼 멀리서 화살을 쏜다고 생각하니 후임을 위해서라도 아쉽군요. 아, 궁사들이 겁쟁이라는 것은 아니란다. 단지 말이 어쩌다 보니……."

순하고 좋은 사람이긴 하지만 머리 속에 검밖에 들어 있지 않은 그 순수한 모습은 아주 오래간만이었다.

　타고난 명검이 구석에 처박혀서 멍청하게 녹이 스는 것을 보고 싶어 하는 검사란 없다. 로빈이라는 녹슬어가는 명검이 그의 가슴속 깊은 곳에 있던 인재 양성의 능력을 또다시 깨운 것이라 리켈푸스는 생각했다.

　"로빈, 왜 검술을 배우기 싫은지 이유를 내게 말해 줄 수 있겠니?"

　테이번의 말에 로빈은 한참을 생각했지만 특별한 이유는 없었다. 다만 분명한 건 활을 잡았을 때에는 무엇이든 쓰러뜨릴 수 있다는 강한 자신감이 생겼지만 검은 단지 쥐고 있는 것만으로도 한없이 위축돼서 제 실력의 반도 발휘할 수 없다는 것이었다.

　"하지만 검은 찌르면 괜히 손에 감촉도 남고 별로 마음에 안 드는걸."

　테이번은 조소를 지으며 자신의 검을 뽑아서 로빈의 손에 쥐어주었다.

　"내가 보기에 너는 타고난 무골이다. 그런 아까운 재능을 나는 버리게 놔둘 수 없다. 검을 잡으면 약해진다고 했느냐? 너는 깨닫고 있지 못하겠지만 그건 검을 두려워하는 사람들의 공통된 성향이란다. 한마디로 지금의 너는 아주 약해 빠진 겁쟁이라는 거다."

　겁쟁이라는 말에 로빈은 인상을 찡그렸다. 그런 로빈에게 검을 넘기고 자신은 목걸이에 달린 손가락 길이만한 놋쇠로 만든 장식을 꺼내었다.

　"그걸 지금부터 증명해 주마."

　짐승의 이빨 같은 모양을 하고 있는 장식을 손가락 두 개로 잡고 로빈을 바라보았다. 두 사람은 약속이라도 한 듯 서로 손에 든 물건을 상대방의 목에 갖다 대었다.

"으으윽!"

이 분 정도가 지난 뒤 테이번은 아주 여유롭기 그지없는 반면 진검을 잡고 있는 로빈은 턱을 따라 식은땀이 툭툭 마차 바닥으로 떨어지고 있었다.

두 사람의 이 상대적인 변화에 리켈푸스와 테카는 아주 흥미로운 듯 바라보고 있었다.

승부는 오래 기다릴 필요도 없이 로빈이 검을 떨어뜨리면서 결판이 났다.

"하아하아!"

로빈은 땀을 닦을 여력이 없을 정도로 축 늘어지면서 가쁘게 숨을 내쉬었다. 그 모습은 흡사 전력 질주를 한 뒤에 그 자리에서 주저앉은 사람의 모습과 흡사했다.

"알겠느냐? 검 이전에 네 마음의 나약함을. 로빈 너는 어렸을 때 검에 찔려 죽을 뻔한 적이 있거나 그 못지않은 공포를 체험한 경험이 있을 것이다. 그렇지 않나?"

로빈은 자신의 뺨에 나 있는 상처를 보란 듯이 엄지손가락으로 가리켰다. 테이번은 검과 목걸이를 모두 원래 위치에 갖다 놓고 말을 이었다.

"몸이 그 기억과 아픔을 기억하고 네가 검을 잡지 못하도록 규제를 하고 있는 거란다. 그래서 너는 검을 남들처럼 쉽게 배우지도 못했고 검만 잡으면 오히려 약해졌던 거야."

"흥미롭군요. 예전에 검에 베였던 경험으로 인해 트라우마가 생긴 겁니까?"

간단명료한 테카의 비유에 그는 고개를 끄덕였다.

"그 일종이라고 보면 되네. 죽을 뻔한 경험이 정신적인 장애가 된 것이지. 게다가 어린 나이에 이런 일을 당하게 되면 대부분 성장한 후에도 남기 마련. 그것을 빨리 고쳐 주지 않으면 어른이 되어서도 평생 고칠 수가 없게 되지. 알겠느냐? 지금 이대로 네가 어른이 되면 너는 스스로는 인정하지 않지만 어느새 겁쟁이가 되고 만단다. 겨우 검을 들기를 두려워하면서 네 소중한 사람들을 지켜줄 수 있겠느냐? 내가 알기로 너는 열 살 때 이미 힘이 없으면 소중한 것을 잃게 된다는 진리를 깨달았다고 들었는데?"

처음에는 무척 기분이 나빴지만 로빈은 그가 무엇을 말하고자 하는지 그 의도를 금방 알아차릴 수 있었다.

"알았어. 나, 검 배울게. 겁쟁이가 되긴 싫으니까."

로빈의 단호한 대답이 마음에 든 듯 테이번은 고개를 끄덕였다. 그때 한창 뜨겁게 달구어지던 열기를 가로막는 사람이 있었다.

"허허, 두 사람 다 의기가 왕성한 것은 알겠지만 우선 이 보름간의 여행을 즐기도록 하세. 여행 그 자체도 아주 훌륭한 공부가 되니까 말이야."

네 사람을 태우고 이동을 시작한 마차는 얼마 지나지 않아 산 밑에 있는 리켈푸스 상단의 본 행렬과 합류할 수 있었다.

로빈은 현재 리켈푸스의 마차 지붕 위에서 따스한 햇살을 온몸으로 받으며 주위 구경을 하느라 정신이 없었다.

수십 대의 마차와 그 마차를 호위하는 백여 명에 가까운 용병의 무리는 그 모습만으로도 산에서만 자라온 로빈의 눈을 확 훔쳐 버렸다.

그렇게 빠른 속도는 아니지만 움직이는 마차 위에서 아무렇지도 않게, 아니, 오히려 원숭이를 연상케 할 정도로 이리저리 잘 돌아다니는 로빈을 보며 리켈푸스 상단의 관계자들이나 용병들은 로빈이 누구인지 궁금해졌다.

이윽고 합류지에 도착한 듯 마차가 멈추고 차례대로 내려왔다. 그 모습을 보고 날렵한 인상의 젊은 남자들이 다가와서 먼저 고개를 숙였다.

"오랜만에 뵙겠습니다, 리켈푸스님."

"이번에도 잘 부탁드립니다, 레이스님. 아, 그래. 자, 로빈, 그만 내려와서 인사를 나누거라."

로빈이 어른도 제법 머뭇거릴 높이에서 아무렇지도 않게 확하고 뛰어내리자 그 모습이 주위에 있던 이들의 시선을 더욱 잡아끌었다.

"여기는 내가 항상 신세를 지는 스콜피온 용병단의 레이스님이시란다. 그리고 이쪽은 저번에도 만난 적이 있는 나의 보좌관 던힐이지."

"반가워. 내 이름은 로빈이야. 잘 부탁해."

"하하하, 로빈은 지금까지 깊은 산속에서만 살아온 아이라서 세상물정도 잘 모르고 말투도 원래 이렇다네. 나를 봐서라도 부디 잘 봐주길 바라네."

로빈과 처음 만난 레이스는 생전 처음 보는 리켈푸스의 모습에 약간 의아스러워하며 궁금하던 것을 물었다.

"저기, 이 아이와는 무슨 관계인지 여쭤봐도 괜찮겠습니까?"

"응? 로빈 말인가? 내가 숨겨놓은 내 아들일세. 왜 그러는가?"

아, 아들?! 그 단어가 주는 놀라움에 레이스는 뒤늦게 정신을 차리며 곧 휘둥그레진 표정이 원래대로 돌아왔다.

"숨겨놓은 아들? 정말이십니까?"

"당연하지. 내가 거짓말을 하고 있는 것처럼 보이는가? 우리처럼 닮은 부자가 어디에 있다고. 안 그러느냐, 로빈?"

"응, 아빠."

주위 사람들은 그저 리켈푸스의 장난이겠거니 했지만 너무나 자연스럽게 대꾸하는 로빈의 태도에 그만 헉 하고 숨을 들이켰다.

설마 로빈이 맞장구를 쳐줄지 몰랐던 리켈푸스의 귀에 대고 로빈이 작게 속삭였다.

"두목이 말해 줬는데 난 산적이라 신분 증명을 할 수 없어 아무리 영감님이라 해도 성을 통과할 때마다 귀찮은 일이 많을 거래. 그래서 내가 영감님의 숨겨놓은 아들이나 양아들 행세를 하면 아무 문제 없을 거라고 전해주랬어."

로빈의 말을 듣는 리켈푸스는 얼굴은 점점 미소로 물들더니 자식 자랑에 정신이 없는 팔불출 아버지와 같은 모습으로 말했다.

"하하하! 그 친구도 참. 이런 세상에 둘도 없는 멋진 선물을 주다니. 그래! 암, 너는 내 아들이지! 아들이고말고!"

리켈푸스는 자식이 없는 부모들이 굳이 남의 자식을 입양받아 키우는 그 마음을 비로소 절실히 깨달을 수 있었다.

아빠라니, 이 얼마나 멋진 말인가? 유쾌하다 못해 감격스럽기까지 했다.

영문을 모르는 주위의 사람들은 리켈푸스의 생소한 모습을 꿈인 양 멍하니 쳐다볼 뿐이었다. 리켈푸스는 서른두 살이라는 젊은 나이에 아내를 잃었지만 아내를 너무 사랑했던 그는 재혼은커녕 다른 여자조차 함부로 보지 않았다. 해서 정절의 귀감으로까지 불리는 사람이 아니던가? 그런 리켈푸스에게 숨겨놓은 아들이 있었다는 사실은 상계의 사람뿐만 아니라 전 대륙의 모든 이들을 놀라게 할 뉴스라고 하기에 충분했다.

하루 만에 여러 가지 일들이 벌어지며 호더 왕국에서 출발해 미들랜드 왕국으로 향하는 리켈푸스 일행의 여정이 시작되었다.

"왜 그러느냐, 로빈?"

리켈푸스 상단의 출발하기 직전 텐텐 산을 올려다보는 로빈에게 리켈푸스가 묻자 로빈은 '아무것도 아냐'라고 말한 뒤 뛰어내렸을 때와 마찬가지로 한 번의 도움닫기로 점프한 후 장식을 붙잡고 가볍게 마차 지붕 위로 휙 올라갔다. 그 모습을 본 몇몇 사람들은 저도 모르게 감탄사를 연발했다. 지붕에 앉은 후에도 로빈의 두 눈은 텐텐 산에서 떨어질 줄 몰랐다.

'작별이구나.'

마치 텐텐 산이 그렇게 말하고 있는 기분이 들었다.

칼리엄 남작부인은 수도에서부터 친하게 지내던 친구를 만나 들뜬 기분을 감추지 못했다.

"누추한 시골 영지의 성이라 수도에서 오신 분께 부끄러울 따름입니다. 부디 집이라 생각하시고 원하는 만큼 머무시면서 제 집사람과 함께 좋은 시간을 보내주십시오."

부끄럽다는 말은 단지 인사치레일 뿐 실제로 그의 얼굴에는 화려한 옷차림의 귀부인이 방문했음에도 불구하고 부끄럽기는커녕 오히려 당당하고 자랑스러워하는 기세를 느낄 수 있었다.

큰 성은 내부에 비해 장식물이 너무 작아서 약간 삭막한 느낌이 들지도 모르지만 그 삭막함 속에서도 인간적인 따스함이 느껴져 왔다.

예를 들면 아이들 용으로 제작된 키에 맞는 의자라든가 옻칠조차 되지 않은 수제 괘종시계와 조금 엉성한 실밥의 흔적이 보이는 남작의 옷 등 이 모든 것들이 가족 스스로가 만든 것임을 쉽게 알 수 있었다.

그녀는 이런 서정적이고 따스한 느낌이 매우 좋았지만 허영덩어리의 남작부인에게는 아마 지옥과도 같은 곳에 불과할 것이라고 예상했다. 남작부인을 따라 한적한 곳으로 이동한 그녀들은 주위에 있는 하녀들을 물리고 서로의 이야기를 나누기 시작했다.

"사기를 치고 또 버젓이 찾아오시다니 정말 뻔뻔하시군요. 호호호."

예상은 하고 있었지만 내심 예상이 그대로 맞아떨어지니 오히려 기분이 더 나빠졌다.

"남작부인의 마음을 모르는 건 아니지만 저희들은 그때 상당한 액수를 드렸습니다. 그 후 일이 잘못되어 경매장으로 흘러가 대재벌 리켈푸스의 손에 들어간 것뿐임을 알아주십시오."

남작부인은 한층 더 거드름을 피우며 부채로 얼굴을 가렸다.

"당신을 어떻게 믿죠? 겨우 일억 리온으로 반지를 가져가 놓고 사십억 리온이라는 엄청난 액수에 팔아치우고 또 나를 통해서 반지를 훔치게 하려는 속셈 아니었나요?"

뭐 눈에는 뭐만 보이는 법이지. 차마 내색을 못하고 속으로 말을 삼켰다.

"저희들에게는 그 반지가 꼭 필요합니다. 그리고 그 반지는 리켈푸스님이 아니셨다면 그토록 비싼 값어치를 절대 할 수 없는 반지라는 것을 알아주십시오."

정확히는 리켈푸스와 그녀가 속한 단체의 다툼과 함께 뭔가 이 반지에 엄청난 가치가 숨겨져 있는 줄 알고 주위 사람들이 덩달아 참여하면서 이름난 보석이 달린 것도 아닌 반지 하나에 이런 어마어마한 액수가 붙은 것이었다. 물론 그녀 또한 그게 세라스의 반지라는 성물이라는 것을 알게 되었으나 그렇다고 반지 하나가 거대한 영지를 사들일 수 있는 금액이라는 것은 이치에 맞지 않는 일이었다.

"그게 어쨌다는 건지 이해할 수가 없군요. 사십억 리온 반지였어요. 자그마치 사십억 리온. 그런 것을 일억 리온에 가져가 놓고 이렇게 뻔뻔스럽게 나타나서 다시 반지를 훔쳐 달라니. 날강도 같으니라고."

세상에는 가끔 이런 식의 사람들이 존재한다. 세계가 자기 중심으로 돌아가는 안하무인 격인 사람들.

일억 리온이라는 거금이 탐나 양딸의 반지를 훔쳐서 팔아놓고는 후에 그 가치가 사십억 리온이라는 것을 깨닫자 자신이 한 일은 생각도 하지 않고 이쪽을 손가락질한다.

자기 사랑도 이쯤 되면 죄악이다.

귀부인은 속으로 이딴 영지를 쓸어버릴지, 아니면 그녀만 조용히 죽여 버릴지를 곰곰이 생각했다.

"알겠습니다. 그럼 저희 측에서 사십억 리온을 드리겠습니다. 그럼 그 반지를 다시 저희에게 가져와 주시겠습니까?"

좋은 게 좋은 것이라고 했던가? 이딴 영지는 물론 이깟 약해 빠진 소국 정도야 하루아침에 불바다로 만들어 버릴 힘이 있지만 아직은 때가 아니었고 무엇보다 중요한 건 반지를 되찾아오는 일이었다.

사십억 리온이라는 말에 부채로 가려진 남작부인의 얼굴이 탐욕스럽게 변했다. 하지만 얼굴은 점점 곤혹스럽게 변하고 있었다.

"마음에 안 드십니까? 그럼 오십억 리온을 드리지요. 그럼 됐습니까?"

오십억 리온. 이런 천문학적인 액수를 아무렇지도 않게 말하는 사람 앞에서 그녀는 계속 머뭇거리기만 했다.

"그 반지는 드릴 수 없어요. 왜냐하면 저희에게 없기 때문이에요."

"고작 남작부인 따위가 지금껏 저를 불러다가 장난을 치신 건가요?"

그 한마디에 이유 모를 섬뜩함을 느낀 남작부인은 조금 전까지의 여유롭던 표정 대신 온몸을 사시나무처럼 벌벌 떨기 시작했다.

무언가 자신이 큰 잘못을 저질렀다는 사실을 이제야 깨달은 그녀는 곧바로 변명하듯 자신이 아는 바를 솔직히 털어놓았다.

"대, 대신 그 반지가 어디에 누가 가지고 있는지는 확실히 알고 있어요. 당신들이 원하는 것은 돈이 아니라 반지니까."

조금 전만 해도 이쪽을 돈에 환장한 날강도로 몰아넣더니 목숨의 위협이 느껴지자 단번에 자신들이 원하는 바를 족집게처럼 알아맞힌다. 이래서 많은 이들이 대화보다 폭력을 쓰는구나 하고 고개를 끄덕이며 이해했다.

남작부인에게서부터 반지의 소유자에 대해서 모든 것을 알아낸 그녀는 입을 다물고 있을 것의 대가로 큰돈을 던져 주고 곧장 성을 나와 자신의 마차를 타고 어디론가 향하기 시작했다.

예정대로 오늘 하루 노숙을 하게 된 용병들과 고용인들은 서둘러 횃불을 피우고 천막을 세우기 시작했다.

그렇게 모두 저녁 식사가 끝나고 약간의 자유 시간이 되었다.

갑작스런 정적, 그리고 긴장감이 흐른다.

빙 둘러앉아 있는 모두의 시선이 닿는 곳에는 누군가의 손에 쥐어져 있는 붉은색의 탐스러운 사과 하나가 있었다.

주위는 너무나도 고요해서 사람들의 심장 뛰는 소리마저 크게 들릴 정도였다.

그렇게 영원과도 같은 잠깐의 시간이 흐른 뒤 곧, 확하고 사과가 공중으로 날아올랐다.

시간으로 따진다면 사과 하나가 아니라 사과 한쪽도 제대로 먹지 못할 정도로 짧은 순간. 그야말로 눈 깜짝할 사이에 사람들의 동공에는 세 개의 화살이 연달아 지나가면서 사과 하나를 차례대로 꿰뚫는 모습이 담겨졌다.

팟! 팟! 팟! 투둑!

마치 거짓 환상을 보고 있는 것 같았으나 이윽고 땅에 떨어진 사과에는 분명히 세 개의 화살이 정확히 중앙을 꿰뚫고 있었다.

"우와아아아! 도련님, 대단한데?"

"휘익! 휘익! 명궁이야, 명궁!"

환호를 날리는 용병들에게 신사풍의 인사 방식으로 답례하는 로빈이었다.

로빈의 활 솜씨는 누가 봐도 감탄할 수밖에 없을 정도로 뛰어났다. 특히 이제 열세 살이라고는 생각지도 못할 만큼이나 말이다.

"흥흥! 낮이라면 날아오르는 새의 눈알도 맞출 수 있지."

"도련님 덕분에 내일부터 새 구이를 배불리 먹을 수 있겠구먼 이거."

웃음소리가 커지자 로빈은 자리에서 일어서서 외쳤다.

"그냥 흘려보내기에 아까운 이 좋은 밤을 멋지게 꾸며줄 인재가 여긴 없는 거야? 이거 무지 실망스러운데! 스콜피온 용병단은 이름만 있는 삼류 용병단인 모양이지?"

"호오, 그런 말을 듣고 꼬리를 내릴 수야 없지."

로빈의 기분 좋은 시건방짐에 한 사내가 미소를 지으며 일어서서 말하자 여기저기에서 환호가 들려왔다.

"헤에, 인기 많은가 봐?"

"후후후, 사람들은 나를 만능 재주꾼 하마라고 부르지. 그런 활 솜씨와는 비교도 안 될 나의 신기(神技)와도 같은 재주를 그 두 눈으로 똑똑히 봐라!"

무척 자신있게 외친 하마는 당당히 등을 돌리며 저편으로 걸어가기 시작했다.

로빈을 포함한 모든 용병들이 과연 그가 무엇을 보여줄지 궁금해하며 숨을 죽이고 있을 때 갑자기 두 손을 하늘 높이 펼치더니 자신의 몸을 꼭 껴안았다.

그리고,

"아훙! 아앙! 아잉~ 좀 더 강하게! 아훙!"

뒤에서 보는 사람들의 눈에는 마치 두 사람이 서로 껴안고 있는 듯한 광경이었으나 어디까지나 원맨쇼였다. 누군가와 열정적인 포옹을 나누고 있는 것 같은 모든 사람들의 눈을 속일 만큼 확실히 대단한 실력이었지만.

"우우우우우! 나가 죽어라!"

"애도 있는데 용병단 망신시킬 일 있냐!"

상상을 초월하는 추태에 보다 못한 사람들이 돌을 던지며 야유를 퍼부었다.

"우와! 굉장해!"

"이놈들아, 거 봐라! 도련님조차 나의 예술을 알아주거늘! 이 무식한 것들!"

"누가 무식하다는 거냐, 이 365일 발정남이?"

"눈과 귀가 썩는 것 같은데 뭐가 예술이냐?"

"우왁! 하마 살려!"

몇몇 사람들이 달려들며 하마의 목과 팔을 잡고 함께 뒹굴었다. 터져 나오는 웃음소리에 항상 용병단들과 따로 떨어져 모여 있는 고용인들은 물론 리켈푸스 상단의 관계자들까지 모여들며 함께 자리를 넓히고 서로 지니고 있던 재주 보따리를 풀어놓고 즐겁게 휴식을 가졌다.

"그 짧은 사이에 용병들과 저렇게 친해지다니 물건이긴 물건이군요."

어이가 없다는 투로 테이번이 말했지만 그런 모습이 싫지는 않았다.

"그런데 어떻게 하실 생각이십니까? 아들이라고 발표를 하신 것을 후에 양아들이라고 말하면 아무 문제가 없지만 저 상태로는……."

열세 살의 나이에 험악하기 짝이 없는 용병들과 아무렇지도 않게 어울리는 아이란 쉽게 찾아볼 수 없다.

그것도 귀족의 아이라면 더 더욱.

용병들과 쉽게 어울리는 사정에 대해서는 얼마든지 변명을 만들려면 만들지 못할 거야 없지만 중요한 건 로빈이 기본 예법 정도는 익혀야 한다는 것이었다.

"이번 무투회는 그렇다 치고 계속 제국에서 데리고 살려면 어떻게든 귀족식의 예법을 익혀야 할 텐데 저 성격에 예법을 배우라고 하면 가만히 있을까요?"

"…텐텐 산으로 돌아간다고 할지도."

테카와 테이번의 한마디에 리켈푸스는 아차 싶었다.

귀족의 예법이라는 건 평생에 걸쳐서 배운다는 말이 있을 정도로 짜증날 만큼 복잡하기로 유명했다. 또 예법 선생이라는 사람들 또한 왜 하나같이 엄하기만 한지 약간이라도 틀리면 주의에 끝없는 잔소리로 괴롭히는데 지금껏 야생 원숭이처럼 자유롭게 살아온 로빈이 견뎌낼 턱이 없었다. 이것은 어떻게든 로빈을 자신 쪽으로 끌어들이려는 리켈푸스에게 최악의 요소임이 분명했다. 하나 다음 순간 두 사람은 실로 믿기지 않는 말을 듣고 말았다.

"어떻게든 되겠지. 안 그런가?"

세상 사람들이 완벽주의자라고까지 칭하는 리켈푸스가 이런 무책임한 발언을 내뱉다니. 어느새 로빈의 성격에 물들어 버린 게 아닌지 걱정이 되는 두 사람이었다.

스콜피온 용병단의 대장 레이스는 점호를 서며 하루 사이에 벌어진 일들을 떠올리며 어느새 피식 쓴웃음을 짓고 있었다.

오랫동안 계약을 맺고 함께 돌아다니던 리켈푸스의 새로운 모습을 본 것도 놀라웠지만 휴식 시간에 벌어진 일들을 떠올리면 아이가 아니라 백 년 묵은 능구렁이가 아닌지 싶었다.

사람들이 흔히 말하는 대로 용병들은 무식했다. 싸우지 않으면 먹고 살 방법이 없는 자들이 용병이라는 말도 맞다.

그중에는 어떤 소설 속 이야기처럼 제법 학식을 쌓고 부유한 집안의 청년이 부득이한 사정상 용병 행세를 하거나 돈을 벌기 위해 용병 일을 하는 마법사나 학자들도 있지만 그들은 전체 용병에 비하면 단 1%도 안 되는 수. 99% 용병들은 무식하고 몸으로만 돈을 벌 수단이 없는 사람들이다.

원래 용병들이란 필요할 때만 대접을 받고 필요없어지면 내치는 게 세상의 이치. 전장에서 벌어진 일로 원한 관계를 맺는 일은 완벽하게 금지를 해놓은 덕에 괜히 용병과 친하다가 그 용병과 원한이 있는 다른 용병에게 죽임을 당하기도 하는 경우도 종종 있다. 그렇기에 일반인들은 최대한 용병들과 거리를 두고 싶어한다. 그것은 아무리 리켈푸스 상단의 사람들이라 해도 다를 바 없었다.

리켈푸스 본인의 생각이 그렇지 않다는 것은 알지만 그런 사람은 대륙을 통틀어도 극소수에 불과할 것이다.

용병이란 소년, 소녀들이 꿈꾸는 로망에 비할 수 없이 악랄한 일을 할 때도 있다. 대부분 업을 쌓아 돈을 버는 직업이니까. 하지만 오늘 그는 용병들에게 먼저 모여드는 사람들의 모습을 볼 수 있었다. 그 생소한 모습이 왜 그렇게도 기쁜지 눈에서 계속 가시지가 않았다.

"이게 다 그 로빈이라는 정체 불명의 소년 때문인가? 나참, 리켈푸스님도 어디서 저런 유별난 꼬맹이를 데리고 왔는지."

"음냥, 나 꼬맹이 아냐. 훌륭한 산적이지."

"응?"

화들짝 놀라며 하마터면 검을 뽑을 뻔했지만 누군지 깨닫고 검을 놓았다.

불침번 외에 모두 잠들어 있을 시간에 그 아이가 졸린 얼굴로 자신의 바로 뒤에 서 있었던 것이다.

'기척이 느껴지지 않았다?'

그것도 이렇게 가까이 다가올 때까지 전혀.

원한과 업을 쌓는 게 일인 용병이 등을 빼앗겼다는 것은 목숨을 한 번 잃는 것과 같다. 간단히 말해 눈앞에 있는 저 아이가 뒤에서 검으로 자신을 찔러 죽음에 이르게 해도 알아차리지 못한 자신의 실수이니 뭐라 할 말이 없다는 것이다.

하나 자신은 일류 용병이다.

전장에서 태어나 다섯 살부터 검을 잡고 지금껏 평생을 용병으로 살아왔다. 그런 그가 기척을 느끼지 못하다니.

"무, 무슨 용건이냐?"

긴장하며 아이를 노려본 채 정체를 드러내도록 독기를 흘렸다.

하지만 잠이 덜 깬 듯 웅냥웅냥거리는 아이의 태연한 모습에 독기를 흘린 행동 자체가 바보스러워졌다.

"우웅, 화장실 가려고."

그리고 비틀비틀거리며 로빈은 숲 속으로 사라졌고, 레이스는 멍하니 그 뒷모습을 바라볼 뿐이었다.

"훌륭한 산적? 도대체 저 아이 정체가 뭐지?"

레이스는 내일 아침 리켈푸스가 눈을 뜨는 대로 로빈의 진짜 정체에 대해서 꼭 물어보리라 다짐했다.

남성의 특권 중 하나로 밖에서 볼일이 급할 때에는 최소한의 면적을 가리는 것으로도 어디에서든 쉽게 볼일을 해결할 수 있다.

로빈 역시 평소에는 누가 보든지 말든지 대충 아무 나무에다가 봉사하는 셈 치고 볼일을 봤을 터였지만 이상하게 오늘따라 로빈은 계속 숲의 깊숙한 곳으로 들어가고 있었다.

"웅웅~ 쉬이쉬이~"

아직도 잠에서 헤어나오지 못한 모습의 로빈은 확실히 평소와는 달랐다. 그리고 어느 장소에 이르자 로빈은 누군가에게 조종받는 인형처럼 약간의 미동도 없이 멈춰 섰다. 그 눈동자에는 평소에 보이는 총명함은 눈곱만큼도 없이 죽어 있는 시체처럼 흐릿했다.

"착한 아이네. 이 누님의 말을 이렇게 잘 듣고 말이야."

어두운 숲 저편에서 알지 못하는 미녀가 걸어나왔다.

까무잡잡한 피부를 지닌 글래머의 모습은 분명히 인간이었지만 그녀의 등에는 인간이라면 결코 있을 수 없는 박쥐 같은 날개가 달려 있었다.

그리고 감겨 있던 그녀의 두 눈이 열렸다. 어둠 속에서도 더욱 붉어지는 진홍의 마안. 그것은 틀림없는 마족의 증거였다.

어둠의 여왕처럼 우아한 자태로 걸어나온 그녀는 눈을 뜬 순간부터 마치 십대 소녀처럼 투덜거리기 시작했다.

"그 재수없고 더러운 조루 늙은이들. 운 좋게 이 몸을 잡아서 성 노리개로 삼더니 이제 이런 어린애를 죽이고 몸 안에 든 반지를 빼앗아 오라고? 나참, 인간 한 마리 정도야 마족인 내게 개미 한 마리 죽이는 것과 다를 바가 없다지만 이제 막 꽃을 피우려는 이런 아이를 죽인다는 건 왠지 기분이 찜찜하잖아?"

강한 마족의 일족인 그녀에게 있어 반항은커녕 스스로 제 목숨 하나

지킬 수 없을 법한 아이를 죽여야 한다는 건 팔십대 영감이 다섯 살의 여자 아이를 겁탈하는 것과 비슷한 느낌이었다.

"아무리 자유를 되찾기 위해서라지만 무지 기분 나쁘네? 쳇, 그래도 할 수 없는 건가? 더 이상 지하 감옥에 갇혀서 온몸을 구속당한 채 조루들의 발기부전을 치료하고 싶진 않으니까 별수없지 뭐."

마족 여인이 뻗은 손이 로빈의 몸에 닿자 곧 물에 파문이 일어나는 것 같은 느낌과 함께 그 손이 로빈의 몸 내부로 쑤욱 들어가서 힘차게 뛰고 있는 그 붉은색 덩어리를 손에 쥐었다.

길쭉한 붉은 손톱이 심장을 살짝 찌르자 피가 살짝 새어 나오며 위기를 느낀 듯 심장은 점점 더 강하게 날뛰었다.

"와우! 대단해, 이 젊음. 아아, 짜릿해. 진동이 온몸을 타고 흐르는 것 같아. 아항~ 내가 왜 이렇지? 아직 발정기도 아닌데. 아, 맞아. 그러고 보니 나 삼백 년이 넘도록 억지로 조루 영감탱이들을 상대했었지? 나도 참. 꿀꺽."

말하는 도중에 그녀의 붉은 눈은 점점 욕망으로 채워지고 있었다. 그리고 어느새 남은 한 손은 로빈의 고간을 어루만지고 있었다.

심장을 자극한 덕분인지, 아니면 이제 막 이성에 눈을 뜰 무렵이라 그런지 아직 덜 야물어 있을 아이의 남성은 특별한 테크닉 없이도 달구어진 철 기둥마냥 우뚝 솟아나 있었다.

얇은 바지 위로 느껴지는 뜨거운 열기와 함께 바지의 한 부분이 조금씩 젖어들고 있었다.

"이 정도면 충분히 가능하겠는걸."

그 말은 어딘지 모르게 무척 기쁘게까지 느껴졌다.

마족의 여인에게는 서큐버스의 피가 흐르고 있는 듯 그녀가 로빈의 심장을 쥔 이후 흥분을 느꼈을 때부터 그 몸에서 남성을 흥분시키게 만드는 향기가 뿜어졌고, 그 향기를 맡은 덕에 로빈의 몸은 점점 더 불처럼 달아오르고 있었다.

"저리 가지 못해! 그건 내 거야!"

삼백여 년 만에 자신의 욕망을 채워줄 수 있는 이를 만나게 된 흥분으로 발정기 이상으로 정신을 잃어버린 잘못이 아주 컸다.

거대한 무엇인가가 마족 여인의 몸을 반으로 갈라 버릴 듯 허공을 가로질렀다. 그 날카로운 공격을 간신히 피해냈지만 로빈의 심장을 잡고 있던 터라 완전히 피하지 못하고 공격을 허용하고 말았다.

퍽!

옆구리의 강한 충격으로 인해 아주 운이 나쁘게도 그녀의 몸이 움츠러들며 그만 아이의 심장을 잡고 있는 손에 힘이 들어가고 말았다.

푸직!

마치 찰흙을 주먹으로 꽉 쥐었을 때와 같은 느낌과 함께 손의 감촉으로 보건대 심장의 절반 이상을 완전히 으깨 버린 것 같았다.

무언가 거대한 것에 맞고 날아간 그녀는 공중에 떠오른 뒤에 땅에 몇 번을 구르고 나서야 일어설 수 있었다.

보통 인간 여자라면 그대로 절명했을 법한 충격이었지만 역시 마족인 듯 상처 하나 없이 단지 지면에 깔린 흙먼지만 뒤집어썼을 뿐이었다.

"너, 뭐야?"

손에 묻어 있는 붉은 피는 좀 전의 느낌이 현실이라는 것을 보여주고 있었다. 즐거운 시간을 방해받은 것에 분노하며 그녀가 따졌다.

그녀가 바라본 곳에는 여덟 개의 노란빛이 빛을 발하고 있었다.

두 개의 붉은 안광과 대치하는 여덟 개의 노란 안광은 구름 뒤에 가려져 있던 달이 세상에 나타나자 그 모습을 확실히 보여주었다.

"이블 스파이더 퀸? 근디 뭐가 저렇게 크단가? 웁!"

긴장하면 사투리가 튀어나오는 버릇에 스스로의 입을 막았다.

대형 마차 같은 몸집과 일격에 나무를 뭉개 버리는 거대한 다리, 그리고 거미 특유의 징그러운 외모는 마족이지만 일단 여성인 그녀에게도 부담감을 주었으나 재미도 못 보고 아이를 죽였다는 분노가 그런 부담감쯤이야 단번에 날려 버렸다.

"넌 뭔데 날 방해하는 거야?"

"흥, 내가 할 소리. 이 T팬티 노출녀! 마족 주제에 내가 먼저 찜해놓은 음식을 가로채려 하다니."

"하, 질투하는 거니? 웃긴다, 너. 미적 감각이라고는 하나도 없는 흉측한 독거미 주제에."

"누가 독거미라는 거야? 또 내게는 나가라는 이름이 분명히 있다고!"

그들 사이에 쓰러져 있는 로빈이 죽어가든 말든 이제 점점 자기들만의 싸움으로 그 관심이 옮겨지고 있었다.

"너 때문에 괜히 아까운 애 죽여 버렸잖아. 뭐, 안 그래도 죽여야 하긴 했지만."

그제야 나가는 피를 토하며 땅에 쓰러져 있는 로빈을 볼 수 있었다. 하지만 나가는 걱정되지 않았다. 어차피 잠시만 있으면 그날처럼 또 회복될 게 뻔했기 때문이다.

"그건 내가 알아서 할 일이니까 꺼지시지."

"혼돈의 존재가 인간을 도우려고 하다니, 참 별꼴이다. 하지만 그렇게는 안 되겠는걸. 난 아직 이 아이에게 볼일이 있으니까 말이야. 볼일만 다 보면 네게 넘겨줄게. 시체 따위는 내게 아무런 쓸모가 없으니까 체하지 않도록 뼈까지 꼭꼭 씹어 먹으라고."

기분 상한 표정으로 마족 여인은 로빈의 뱃속에 든 반지를 꺼내기 위해 다가갔지만 순간 다시 나가의 발이 그녀를 공격했다.

부웅!

이번에는 허리를 숙여서 그 공격을 완벽히 피해냈다. 하지만 생각보다 훨씬 더 공격 범위가 넓자 조금 놀란 눈치였다.

"너어! 젠장, 백 년 만에 만난 친척 같은 녀석이라 봐주려고 했더니! 이젠 더 이상 못 참아!"

붉은 눈동자가 고양이의 눈처럼 변했다. 붉은색으로 손톱이 물들면서 오십 센티미터 가량 늘어났다. 아마도 그 강도는 강철 이상. 촉촉이 젖은 혓바닥으로 버릇처럼 그 손톱을 사랑스럽게 핥으며 자신의 타액을 묻혔다.

애초에 이블 스파이더인 나가와 마족은 비교하는 자체가 어리석을 정도로 격차가 있는 존재다.

하지만 한눈에 봐도 나가는 평범한 몬스터가 아니고 마족 여인에게는 아직 자신의 힘을 억제하는 봉인과 함께 백여 년을 신전 안에 갇혀 있다가 막 나온지라 온몸에 녹이 슬어 있었다.

싸움은 어떻게 될지 모른다. 종족을 초월한 두 여인의 생각은 하나로 이어지고 있었다.

대치하는 각자의 몸에서 본래 보이지 않는 마나가 각각 주황색과 푸른색을 띠며 피어오르기 시작했다.

마나는 그 순도가 높을수록 분명한 형체와 색깔을 가진다. 결국 형태가 선명하고 색깔이 진할수록 더욱 강한 힘을 지니고 있다는 것이다. 겉으로 보이는 마나의 힘은 거의 막상막하. 연료가 같다면 결국 승패를 가르는 것은 파워냐 스피드냐로 나누어진다.

파워는 당연히 나가의 승리. 힘이 같다 해도 덩치와 질량에서 압도적인 차이가 있다. 그에 비해 스피드는 미족 여인의 우세다. 게다가 여덟 개의 눈은 한곳으로만 향하고 있기에 덩치가 큰 몸에서 사각은 얼마든지 만들 수 있지만 거미 몬스터 특성상 눈 따위는 크게 의미가 없다. 대신 다른 감각이 극도로 발달되어 있을 게 분명했다. 또한 저 거대한 몸에 작은 충격 따위는 씨알도 먹히지 않을 터.

그녀의 필승 전략법은 단 하나. 어떻게든 정면으로 파고들어 일격에 머리를 터뜨리는 것. 그것 외에는 딱히 공략법이 보이지 않았다. 이때 주의할 점은 가장 길고 거대한 다리 찌르기 공격. 일단 한 번이라도 저 거대한 발에 걸리면 몸은 단번에 이등분. 운이 좋으면 배에 거대한 단면이 생기는 정도가 될 것이다.

"한 번만 더 말하겠어. 난 저 아이의 몸에 든 물건 하나만 원해. 그것만 양보해 주면 아무 일도 없었던 것처럼 가겠어."

"이건 내가 먼저 찜했어. 누구에게도 양보하지 않아."

나가에게 있어 로빈은 자신의 오랜 염원을 이루어줄 수 있는 유일한 존재. 처음 보는 미족 여자의 말을 곧이곧대로 믿다가 그 가능성을 잃고 싶을 리가 없었다.

"참말로 이 문디 가스나가! 니는 핵교도 안 나왔나!"

그 외침을 신호로 싸움이 시작되었다. 꼬치 구이로 만들 생각인 양 날아오는 거미의 발을 살짝 피한 뒤에 손을 짚고 발 위에 타고 올라가서 정면을 향해 달려들었다.

정면 돌파를 시도할 거라고 확신을 하고 기다리고 있었다는 것마냥 네 개의 다리가 상하, 좌우에서 자신을 향해 쇄도했다. 자신의 단점은 스스로가 더 잘 알고 있다는 것. 정말 백 년 만에 첫 상대가 이렇게 만만치 않은 상대라니…….

씨익.

슬금슬금 흥이 오르기 시작한다.

고속의 공격. 노리는 곳은 하나하나가 치명적인 급소. 그것만으로도 네 개의 방향에서 동시에 날아오는 일격은 단순한 공격의 차원을 넘어선 필살에 가까웠다.

"흥, 멋대로 내 몸에 구멍을 뚫게 놔둘 것 같아? 뚫려 있는 구멍은 두 개로 충분해!"

챙캉! 챙캉! 챙캉! 챙캉!

그러나 한 번에 쇄도해 오는 공격이 번쩍임과 함께 한순간에 무용지물이 되고 말았다. 금속끼리 맞부딪친 듯한 소리의 정체를 보여주듯 주홍빛으로 물들어 있는 마족 여인의 손톱에서 하얀 연기가 살짝 피어오르다가 사라졌다.

그리고 나가를 바라보며 미소를 짓는다. 남의 믿음을 깨뜨리는 것은 언제나 즐겁다. 부도덕한 존재인 그녀는 마치 그렇게 말하고 있는 듯했다.

"그런 음탕한 말을 아무렇지도 않게 내뱉으면서 어쩌고 어째?"

"어머, 난 귓구멍을 말한 건데 무슨 생각을 한 거야? 저속해라. 이래서 삼류 몬스터는 어쩔 수 없다니깐."

보란 듯이 귀걸이를 내미는 행동에 결국 스팀이 폭발해 버린 나가는 자신의 몸 위에 올라온 벌레를 털어버리듯 발을 난폭하게 휘둘렀다. 하지만 그전에 그녀는 이미 점프를 하며 벽을 타고 지나가듯 옆에 있는 나무들을 밟으며 순식간에 나가의 옆에서 뒤로 이동했다.

스으윽!

빛이 지나간 자리로 나무가 기묘하게 어긋나기 시작했다. 나가는 날카로운 다리로 말과 적장을 한 번에 베어버리는 참마도처럼 나무와 함께 마족을 베어 넘기려 했지만 애꿎은 나무만 차례대로 베어 넘길 뿐이었다.

"마족 주제에 도망만 치기야, T팬티!"

"이건 T팬티가 아니라 옷이야! 그리고 난 건강을 생각해서 속옷 같은 거 안 입는 주의라고."

나무를 타고 뒤를 잡는 데에 성공한 마족 여인은 회심의 미소와 함께 일격을 날렸다. 공격은 완벽하게 먹혔다고 생각이 들었지만 그 육중한 몸은 그 상태로 한순간 십 미터에 달하는 높이를 뛰어올랐다. 그야말로 닭 쫓던 개 지붕 쳐다보는 꼴이 되고 말자 이제 호승심보다 악이 뻗쳐 올랐다.

"너, 사기야! 반칙이야! 한 수 물려!"

"네 등 뒤에 붙어 있는 건 폼이냐?"

하늘 높이 떠오른 나가의 몸은 어느 순간 공중에 멈추더니 일순간에 시야에서 사라졌다. 그 광경은 물총새가 먹이를 노리는 모습과도 흡사했다.

콰과과광!

지축이 뒤흔들리는 굉음과 함께 폭약을 터뜨린 것 같은 분화구가 생겨났다. 몸을 던지는 공격을 행했음에도 불구하고 아쉽게도 성과는 없었다.

"그만 도망가고 딱 한 대만 맞아라! 응?"

"웃기지 마! 이딴 거, 나 같은 연약한 여자애가 맞으면 가루가 된다고!"

그리고 후폭풍이 주위에 있던 나무와 바위와 로빈을 한 번에 날려버렸다. 어느새 로빈 쟁탈전에서 감정 싸움으로 번져 버린 두 여인의 싸움은 난투극으로 바뀌고 있었다. 거미의 발과 마족 여인의 손톱이 교차할 때마다 강철을 제련시킬 때와 같은 굉음과 불꽃이 튀어올랐다.

그 불꽃은 단순한 마찰이 아닌 그 일격 하나하나가 마나끼리의 부딪침으로 인해서 생겨난 것이었다.

캉! 챙! 챙캉! 캉캉!

리듬과 날뛰는 불꽃은 봄날의 화려한 음악회를 연상시켰다.

몸을 보호하던 마력의 대부분을 공격으로 집중시켰다. 서로의 공격이 맞부딪칠 때마다 마나가 휘몰아치는 광경은 눈을 뗄 수 없을 만큼 아름다우며 동시에 두렵기 짝이 없었다. 그 기세만으로 따지자면 서로의 나라를 걸고 좌웅을 겨루는 소드 마스터를 능가하는 듯했다.

이러니 여자를 화나게 해서는 안 된다는 말이 있구나 하고 납득해 버릴 정도다. 하나 그녀들이 싸움에 빠지면 빠질수록 그 주위에 방치되어 있던 로빈은 소나기처럼 날아오는 파편으로 인해 점점 더 걸레가 되어가고 있었다.

로빈의 몸속에 감추어져 있는 드래곤의 하트는 심장을 복구시키는 것쯤은 아무 일도 아니었다. 하지만 심장을 거의 다 복구시키려고 하자 갑자기 하늘에서부터 커다란 충격과 함께 사지의 뼈가 부러지질 않나, 또 그 뼈를 원래대로 맞추어놓자 이번에는 박투전의 여파로 상처가 계속 끊이지 않았다.

반지 안에서 헤츨링에게 마나를 보내주던 드래곤 하트는 이렇게 극소량의 마나를 보내서는 절대 완치가 불가능하다고 판단했다. 이번에도 폭주의 위험이 있겠지만 그래도 일정량을 보내 한 번에 모든 상처를 회복시키는 것이 나을 거라 판단하고 마나를 흘려보내기 시작했다.

역시 헤츨링. 처음에 마나 포화 상태가 되었을 때보다 그 몸은 열 배에 가까운 마나를 저장할 수 있는 마나 회로로 발달되어 있었다.

이미 죽은 듯 보이던 로빈의 눈이 번쩍 뜨였다. 그 눈과 모습은 과거 몬스터 랜드에서 몬스터들과 대혈투를 벌리던 그때와 똑 닮아 있었다. 하나 갑자기 몸을 휘청거리더니 그 눈빛이 점점 분노에서 욕정으로 변해가기 시작했다.

실은 로빈의 체내에는 조금 전 마족 여인의 몸에서 뿜어져 나왔던 매혹향이 아직도 남아 있었던 것이다. 마나의 조절을 확실히 할 줄 아는 이였다면 매혹향을 정화시키는 것쯤이야 아무것도 아니겠지만 그 기운은 하필이면 내부에서 흘러나오는 마나의 흐름을 타고 온몸 구석구석까지 빠르게 흘러들어 갔고, 그로 인해 로빈의 몸속 깊은 곳에 잠들어 있던 짐승을 깨우고 말았다.

의식을 잃은 로빈의 마음 깊은 곳에서부터 끊이지 않는 짐승의 목소리가 들려왔다. 지상 최강의 종족이라는 이름에 비해 너무나도 동족의 수가 작았던 그들의 슬픔과 본능이 계속 머리 속에 메아리치듯 퍼져 나가고 있었다.

'번식은 너의 의무다'라고.

이미 두 사람의 주위는 온통 폐허가 되어 있었다.

아무리 봉인당하고 있다지만 그 위대한 마족의 한 명인 자신이 겨우 이깟 변종 거미 몬스터 하나를 어쩌지 못하고 있다니 수치나 다름없었다.

그녀는 평범한 마족이 아니었다.

마족이라면 누구나 부러워하는 마왕의 혈통을 이어받은 자. 그중 한 사람이 바로 그녀 카리나였다.

마계는 강자 생존의 법 이외에는 아무것도 없는 곳이다.

그런 법칙이 있는 곳에서 아무리 마왕의 자식이라도 그들은 결코 차별도 우대도 받지 않는다.

아니, 마왕의 자식이기에 더 큰 시련을 받게 된다.

그 시련이란 바로 걸음마를 할 수 있는 순간부터 버려진 뒤 성인식을 치르게 될 때까지 살아남는 것이었다.

마왕의 자식이란 그런 것이었다.

강하기만 해서는 안 된다.

혼자의 힘으로 세상을 헤쳐 나가는 방법을 알고 있어야 하고 무엇보다 권력을 지니게 되는 이상 행운을 쥐고 있어야 한다.

그 시련은 단지 살아남는 강함뿐만이 아닌 운 같은 미지의 변수 같은 것을 통틀어 아이들의 모든 것을 알아내기 위한 목숨을 건 시험이었다.

인간들은 잘 알 수 없겠지만 마계에서 이백 년간 그 누구의 도움도 없이 살아남는다는 것은 상식적으로 거의 불가능에 가까운 일이었다.

그녀가 살 수 있었던 것은 마왕의 혈통을 지닌 몇 안 되는 여자 아이였기에 가능한 일이었다.

그녀는 이십여 명이 넘는 형제들과 함께 버려졌다.

세 명의 형제들이 마수의 간식거리가 된 모습을 본 그녀가 다음으로 한 일은 자신을 보호해 줄 사람을 찾는 것이었다.

마왕의 성에서 벗어난 마계는 끝이 없을 정도로 넓고 삭막했다.

죽을 때까지 걷기만 해도 다른 마족을 만날 수 있을지 장담할 수 없는 그 넓은 죽음의 사막에서 그녀는 굶어 죽기 직전 한 늙은 마족으로부터 구원을 받았다.

그 늙은 마족은 우연히도 어린 여자 아이에게 성욕을 느끼는 이상성욕자 중 한 명이었다. 어린 여자 아이의 몸을 탐낸 늙은 마족 덕분에 카라나는 겨우 목숨을 건질 수 있었다.

늙은 마족의 성 학대는 가끔씩은 발작을 일으킬 때도 있었고 과도한 스트레스로 인해 피 소변을 봐야 했던 적도 많았다. 하지만 강인한 마족의 육체는 늙은 마족의 고문을 모두 견뎌내 주게 만들었고 더욱 강한 정신력과 육체를 갖게 해주었다.

그녀가 늙은 마족의 곁을 떠난 것은 오십 년이 흐른 뒤였다. 그 집을 나올 때 그녀의 손에는 늙은 마족의 목이 들려 있었다.

카라나는 두 번 다시 꼴도 보기 싫은 늙은 마족의 얼굴을 단번에 터뜨리고 자신의 힘을 시험하기 위해 마물의 숲으로 들어갔다.

성인식을 치르기까지 백오십 년간 그녀가 한 일이라고는 마물과 싸워 강해지는 것뿐이었다.

그녀는 약한 자는 죽는 것이 당연하게 생각되는 곳에서 이백 년이 넘는 세월 동안 살아남으며 당당한 마왕의 혈통을 잇는 마족임을 증명했다.

과거에 헤어졌다가 다시 살아서 만날 수 있었던 형제는 자신 외에 단 한 명밖에 없었다.

정식으로 마왕의 딸로 인정을 받고 공주가 된 이후에도 그녀의 생활은 변함없었다.

집이라는 생각조차 들지 않는 마왕성에 머물지 않고 언제나 밖을 돌아다니며 마물 사냥이나 이름있는 마족들과 싸웠다.

이길 때도 있었지만 특히 몇몇 상상을 초월할 만큼 강한 마족들과의 싸움에서는 제대로 손 한 번 휘두르지 못하고 나가떨어진 적도 있었다.

도전자로서 패배할 때마다 자신을 이긴 상대에게 안겨야 했지만 크게 불만은 없었다.

아니, 오히려 그 점을 이용해 목숨을 구하고 대가로 힘을 손에 넣었다.

게다가 강하다는 것은 곧 멋지다는 것과 일맥상통했다.

남자가 예쁜 여자를 안고 싶은 것처럼 멋진 남자에게 안기고 싶은 것 또한 그녀가 바라는 일이었다.

그렇게 세월이 흐를수록 그녀는 더욱 강해졌고 외모 또한 더욱 아름다워지면서 어느덧 마계에서 소문난 미녀 중 한 명으로 손꼽히기 시작했다.

여기저기에서 청해오는 프로포즈 따윈 관심없었다.

이 따분한 일상을 좀 더 즐겁게 보낼 자극적인 일을 원할 뿐이었다.

그때 그녀는 좋은 생각을 떠올렸다. 그것은 바로 인간과 계약을 맺어 인간 세상에 놀러 가는 것이었다.

그 생각으로 시작된 일이 결국 재수없는 노인들에게 붙잡혀서 힘을 봉인당하고 쇠사슬에 감겨 남들 앞에서 티끌 하나 없는 선인 행세를 하는 자들의 노리개가 되어버리고 말았다.

"난 마계의 프린세스라고까지 불린 몸이야!"
"겨우 공주 가지고 재는 거야? 난 진짜 여왕이었어!"
그 잠깐 옛일을 떠올리는 사이에도 수십 합이 교차했다.
하나하나 끝내 지려고 하지 않는 거미가 왜 그렇게 얄미운지 이해를
할 수 없었다. 물론 그럴 것이다. 그 감정은 동족 혐오라 불리는 것의
일종이었기 때문이다.
두 사람은 종족은 달라도 너무 닮았다. 강함을 추구하는 것부터 상
대를 살살 도발하는 말버릇에서 전투 방식까지. 다만 자신들은 인정하
지 못한 채 이유도 없이 싫다는 감정만 앞세우고 있었다.
"이러다가 해 뜨겠네, 정말!"
나가는 이 일 분 일 초라도 더 로빈의 마나를 받아 먹을 수 있는 황
금 같은 시간이 너무 아까워 견딜 수가 없었다. 결국 자존심을 죽이면
서까지 그녀는 최선책을 쓰기로 마음먹었다.
푸슈슉!
나가의 여덟 개 눈 밑에 위치한 데드마스크의 입에서 새하얀 거미줄
이 분사되며 카리나의 몸을 꼼짝도 못하게 구속했다. 강철같이 강하면
서 살짝 닿는 것만으로도 접착제처럼 달라붙어 버리는 끈적끈적한 거
미줄은 아무리 날카로운 카리나의 손톱이라 해도 잘라낼 수 없었다.
"이, 이런 치사한! 네가 그러고도⋯⋯! 뭐지?!"
말을 다 끝내기도 전에 근처에서 느껴지는 거대한 기운을 느끼며 함
께 고개를 돌렸다.

그곳에는 놀랍게도 그녀가 심장을 터뜨린 아이가 서서 이쪽을 바라보고 있었다. 어떻게 아직도 살아 있느냐는 의문은 생기지조차 못했다. 그 아이에게서부터 뿜어져 나오는 엄청난 마력과 강자의 기운이 매섭게 휘몰아쳤기 때문이다. 이 무지막지한 소용돌이에 비하면 조금 전 자신들의 싸움은 개미들의 영역 싸움에 불과하리라. 그만큼 상대는 강하다. 그것도 압도적으로. 이만한 힘을 지닌 존재는 마계에서도 보기 드물었다.

만약 그녀의 예상대로라면 중간계에서 마계의 대공 이상의 작위를 지닌 자들만이 상대가 가능할 정도로 힘을 지닌 존재라면 단 하나밖에 존재하지 않았다.

"위, 위대한 존재. 빌어먹을 영감탱이들. 쓸모가 없으면 그냥 죽이지 잠자던 드래곤을 건드리게 하다니."

눈앞이 노랗게 변했다. 건드릴 상대가 따로 있지 유희 중의 드래곤을 건드리게 되다니. 다른 건 몰라도 한 가지만은 분명했다. 편하게 죽긴 글렀다는 것.

과거의 기억들이 주마등처럼 스쳐 지나가며 그중에서 너무나 잔인한 내용이 수록되어 마계의 금서로까지 지정된 '드래곤을 피해야 하는 백 가지의 이유—마계편' 의 기억이 스멀스멀 떠오르자 얼굴이 금방 새파랗게 변해 버렸다.

도망치고 싶다. 당장 도망치고 싶지만 다리는 대지와 함께 얼어붙은 듯이 움직이지 않았다. 그런 감정을 느끼는 것은 그녀뿐만 아니었다. 이블 스파이더 퀸 나가 역시 온몸을 덜덜덜 떨면서 간신히 몸을 웅크리고 있었다.

"끄르르르르르!"

뒤집어진 눈동자로 이상한 소리를 내는 그 모습은 카리나와 나가의 등줄기를 섬뜩하게 만들기에 충분했다.

이성을 잃은 로빈이 그녀들에게로 다가갔지만 압도적인 힘의 차이를 명백히 느낀 그녀들은 도망칠 생각조차 하지 못했다.

그녀들에게로 다가간 로빈은 우선 그 작은 손을 나가의 머리 위에 갖다 대었다. 그 순간 나가는 자신의 몸보다 몇십 배는 거대한 손이 쓰다듬는 느낌을 받았다.

로빈의 손에서부터 생겨난 빛이 점점 나가의 몸 전체를 감싸기 시작했다.

그러자 나가의 내부에서는 지금껏 그녀가 섭취했던 마나석이 모두 분자 단위로 잘게 부서지며 나가의 몸속으로 모조리 흡수되기 시작했다.

"카악! 아으으윽!"

빛으로 물든 나가의 거대한 몸이 뭉쳐지기 시작했다. 고통스런 비명 소리를 지르며 쪼그라드는 그 잔인한 광경에 마족인 카리나조차 눈을 피하고 싶었지만 카리나의 예상과 달리 쪼그라든 나가의 몸은 점점 빛과 함께 무언가로 변해가고 있었다.

파앗!

그리고 빛이 사라진 곳에는 이십대 초반으로 보이는 회색 생머리를 지닌 눈이 돌아가 버릴 만큼 아름다운 여자가 나체로 서 있었다.

"어, 어떻게 내가 인간으로?"

스스로의 변화에도 놀라운 듯 나가가 중얼거렸다.

그러고 보니 목소리마저 소녀풍에서 성숙한 처녀로 변해 있었다.

과거 그녀는 자신의 가족들을 모두 인간에게 잃은 뒤 자신보다 강한 인간이 되고 싶다는 꿈을 가졌다. 그 꿈을 위해 마나석을 먹고 변신 마법을 익히기 위해 노력한 시간만 해도 삼백여 년. 그런데 그 꿈이 일순간에 이루어졌으니 도저히 믿을 수가 없었다.

"크르르르! 내게 복종하겠느냐, 아니면 지금 나의 먹이가 되겠느냐?"

인간의 몸이 익숙하지 않았는지 로빈의 목소리에 나가는 그만 쾅당 소리를 내며 뒤로 넘어져 버렸다. 그 상태에서 뒤집어진 거북이처럼 바로 일어나지 못해 바둥바둥거리는 모습을 잠시 지켜보다 시선을 카리나에게로 옮겼다.

"보, 복종하겠습니다. 부디 자비를⋯⋯"

두말할 것도 없이 대답하자 로빈은 카리나의 머리에 손을 갖다 대었다.

빛과 함께 백 년간 그녀를 구속하고 있던 지긋지긋한 봉인이 단번에 해제되었다.

본래의 마력을 되찾자 제어를 못하고 뿜어 나오면서 단단하던 거미줄을 썩은 동아줄처럼 쉽게 끊어버렸다.

몸에서 피어오르는 그리운 적혈구의 색깔에 마치 오랫동안 헤어져 있던 가족을 다시 만난 것 같은 감동에 휩싸였다.

그동안에도 나가는 인간의 모습이 적응이 안 된 듯 땅바닥에 엎어진 채 등에서부터 네 개의 은색 거미의 발이 튀어나오고 나서야 다시 일어날 수 있었다.

예전보다는 훨씬 작아졌지만 은색으로 변한 자신의 다리를 보니 얼마나 강해졌을지 가슴이 두근거렸다.

별빛도 무색해질 만큼 아름다운 미소를 지으며 나가는 어린애처럼 방방 날뛰다가 넘어지기를 두 번 반복했다.

"크으으윽."

로빈은 다시금 신음 소리를 내며 주저앉았다.

지금껏 겨우 이성이 충동을 억누르고 있었지만 방금의 고통으로 인해 본능이 이성을 앞지르기 시작했다.

로빈은 두 여자를 안아서 단숨에 풀숲에 눕혔다.

나가는 둘째 치고 이 행동이 무엇을 의미하는지 모를 카리나가 아니었다.

또한 그녀는 수컷 드래곤들은 개체 수가 적기에 어떤 종족이든 여성만 보면 임신을 시키려는 나쁜 버릇—본능—을 지니고 있다는 것 역시 잘 알고 있었다.

그녀들은 로빈이 싫지 않았다.

오히려 각각 원하는 것을 이루어줬으니 은혜를 입었다고 생각하고 있었고 거기에 강자 생존의 법칙 속에서 살아온 그녀들에게 있어 로빈은 두말할 필요가 없는 매력적인 남성이었다.

숲 안을 골고루 비추는 만월의 빛이 두 여자의 매혹적인 나체를 유감없이 비추고 있었다.

그리고 곧 숲에서 시작된 열락의 몸부림과 사랑에 취한 목소리는 어둠이 가시고 아침까지 쭉 이어졌다.

제9장
제국 입성

제국
입성

거대한 원탁이 중심에 자리잡고 있는 회색의 공간 안. 가장 상석을
제외한 열한 명의 붉은 옷을 입은 노인들이 차가운 안색으로 보고를
듣고 있었다.

"이와 같이 여러 정황으로 보아 그녀는 틀림없이 소멸한 것으로 추
정됩니다."

초록색 옷을 입은 서기관의 보고에 소란이 커졌다. 그도 그러할 것
이 그들이 보낸 것은 마족치고 어리기는 하지만 백작이라는 작위를 가
지고 있는 상급 마족이었고 제거할 대상은 이제 갓 열세 살의 어린아
이였다.

남의 이목만 두려워하지 않는다면 어린아이 한 명이 아니라 한 왕국
자체를 몰살시킬 여력이 그들에게는 있었다. 하지만 그들은 대외적으

로 언제나 깨끗하고 고상한 존재로 남아 있어야 했다. 그렇기에 구속된 상급 마족을 보내 아이를 제거하고 반지를 손에 넣으려 했는데 믿을 수 없게도 제거당한 쪽은 오히려 상급 마족이었다.

"우리가 지닌 열두 개의 병단과는 비교가 되지 않기는 하나 나름대로 엘리트를 모아놓은 제1보안대를 전멸시킨 그녀가 당할 줄이야. 혹 봉인이 풀어졌을 가능성은 없는가?"

서기관이 가지고 있는 서류를 몇 장 넘기면서 말을 이으려고 할 때 원탁에 앉아 있는 한 노인이 대신 나섰다.

"내가 설명하도록 하겠네. 우선 단호히 말하겠네만 그럴 가능성은 제로일세. 다른 마족들과 달리 거물급에 속했던 만큼 그녀를 옭아매고 있는 봉인 역시 평범한 봉인이 아니었지. 무엇보다 내가 직접 걸어둔 것이니까 말일세. 그 봉인 마법을 풀기 위해서는 단순한 봉인 해제 공식뿐만 아니라 내가 따로 설정해 놓은 패스워드를 맞추어야 하네. 그 패스워드는 숫자일 수도 있고 문자일 수도 있으며 또한 그림일 수도 있지. 그리고 나는 그 봉인을 내 제자 둘과 동시에 해놓았지. 무슨 말인지 알겠나? 그 봉인을 풀기 위한 최저 조건은 나와 내 제자들이 납치된 이후에나 가능한 일이라는 말이지. 그 외에도 만약 누군가가 봉인에 손을 대려고 하면 내가 곧바로 알 수 있도록 특별히 손을 써두었네. 하지만 아무런 반응도 없이 표식이 소멸해 버렸어."

설명을 듣는 동안 다른 이들의 얼굴에 잘도 터무니없는 봉인 마법을 만들었구나 하는 표정이 잠시 떠올랐지만 어쨌든 좋았다. 그는 봉인 마법의 달인. 그것도 대마족 봉인 기술만으로 자신들과 같은 권리를 손에 넣은 자이니만큼 그 정도의 실력이 없으면 오히려 잘려 나갈 판이었다. 그리고 무엇보다 그 실력은 자신들이 속한 이 단체를 영원히 최고로 만드는 밑거름이 될 게 분명하니까 말이다.

"만약 유일한 변수가 존재한다면 드래곤뿐이겠지."

노인의 농담에 목소리를 죽인 웃음소리가 살짝 들려왔다. 마도 최강의 생명체 드래곤. 마법의 본래 주인이자 마나의 집합체인 그들이라면 눈 감고도 가능한 일인지 모르겠지만 이 대륙에서 드래곤들이 자취를 감춘 것이 이미 몇백 년, 아니, 그보다 훨씬 더 전의 일이다.

"그렇군. 자네의 설명을 잘 들었네. 하지만 나는 내심 봉인을 풀고 마계로 돌아갔기를 기대하고 있었네. 결론은 그녀의 소멸은 확정 사실로 받아들여도 되겠군. 결국 우리의 일을 가로막는 정체 불명의 강자가 있다는 것인가?"

그것도 최소한 카라나 이상의 힘을 가진 이가 있다는 말일 터. 그럴 바에야 차라리 봉인을 풀고 달아났으면 하고 바라는 것도 무리가 아니었다.

"다시 한 번 더 암살자를 보내는 게 어떻겠습니까?"

"하지만 우리에게는 제대로 암살 훈련을 받은 이가 없지 않습니까? 더구나 그녀보다 강한 힘을 지닌 마족은 없습니다. 차라리 그림자에게 이번 일을 넘기심이……."

"그림자에게 넘기다니? 그건 절대 안 되오. 그분께 조금이라도 더 잘 보여야 할 이 판국에 어찌 지금껏 힘겹게 쌓아 올린 공을 울며 겨자 먹기 식으로 그림자들에게 넘기려고 하는 것이오."

"잠깐, 여러분. 제게 좋은 생각이 있습니다."

뜻하지 않은 구원의 소리에 황금의 지팡이를 들고 있는 노인에게로 모든 시선이 이동했다.

"이번 일은 모두 숨겨진 실력자에 의해서 벌어진 일. 저쪽의 모습을 볼 수 없는 한 우리들은 몇 번을 시도해도 결국 실패할 수밖에 없을 거라 저는 생각합니다. 그러니 마족을 이용해서 그 숨겨진 실력자를 우선 알아봐야 한다고 생각합니다."

맞는 말이라는 듯 저마다 고개를 끄덕였지만 그렇다고 해서 모든 문제가 해결된 것은 아니었다.

"지당하신 말씀이십니다만 우리에겐 시간이 많지 않습니다."

"아아, 그건 저 역시 잘 알고 있습니다. 하지만 제가 알고 있는 이 도미노라는 이름의 마족이라면 숨겨진 실력자뿐만 아니라 분명히 그 반지도 들고 올 수 있을 거라 조심스레 판단합니다만……."

"도미노!"

"그 저질스러운 자를 쓰자는 말인가?"

"두 번 다시 얼굴도 맞대고 싶지 않은 자이긴 하지만 확실히 이번 일에 제격일 수도."

한결같이 차마 입에 올리기도 싫다는 듯이 말하는 마족 도미노. 그는 과연 어떤 인물이기에 이런 반응을 보이는 것일까?

"나쁘지 않군. 그럼 이번 일은 자네에게 맡기겠네. 그분을 위해 그 어떤 방법을 동원해서라도 만족할 만한 성과를 이루기를. 신성 라디언트를 찬양하며."

"신성 라디언트를 찬양하며."

짙은 음모의 냄새가 풍겨오는 회의는 일단 거기에서 멈추었다. 서서히 다가오기 시작하는 음모의 손길이 본격적으로 로빈을 노리기 시작했다.

제국으로 가는 여정도 절반에 이르렀다.

그동안 로빈은 제국 무투회를 앞두고 테이번과 테카로부터 번갈아 가며 열심히 수련을 쌓고 있었다.

이미 기초 체력이 완성되어 있는 로빈에게 가장 절실히 필요한 것은 전투 경험과 지식, 바로 이 두 가지였다.

이를 잘 파악한 테이번은 마차로 이동 시에는 테카로부터 마법과 일반 상식에 대한 기초적인 지식을 중점으로 배우게 하고 마차가 멈추면 곧바로 자신과의 모의 대련을 통해 현재의 로빈의 실력을 꼼꼼히 점검했다.

판에 박히고 고리타분한 검술 공부를 생각했던 로빈이었기에 대련 중심의 검술 공부는 생각보다 흥미를 불러일으켰다.

마차가 멈추자 세 사람은 점심을 준비하느라 분주한 사람들을 지나 한적한 자리에 앉았다.

"현재 네게 가장 필요한 것은 싸움이라는 원인으로 이어지는 결과, 즉 죽음을 겪는 것이다. 마침 테카 선생이 좋은 마법을 가지고 계셔서 다행이군."

테이번의 말을 듣고 옆을 보자 마법책을 들고 무언가를 캐스팅 중인 테카를 볼 수 있었다.

알아듣지 못할 몇 마디와 함께 책이 빛나면서 곧 지름 이 미터가량 의 원이 새겨지고 그 안으로 또 하나의 원과 함께 육망성의 마법진이 생성되었다.

"자, 로빈, 원 중앙에 들어가서 가만히 있어보렴."

로빈은 그가 말한 대로 두 개의 원 중 중심부에 있는 원 안에 섰다. 혹시 밟으면 그림이 지워지지 않을까 걱정이 되었으나 마법이라 그런지 기우에 불과했다. 로빈이 들어간 것을 확인하자 테카는 다시 캐스팅을 시작했다.

"이야, 저기 봐! 마법이야!"

막 점심 준비를 끝낸 용병들 중 몇몇이 우리 쪽을 보며 소리치자 마법을 볼 수 있다는 사실에 금방 사람들이 모여들었다.

캐스팅이 끝나자 이윽고 한 자루의 검이 로빈의 눈앞으로 나타났다. 마법으로 만들어졌다고는 생각이 들지 않을 정도로 멋이나 기품이 느껴지지 않는 아주 단순한 철검이었다.

"로빈, 그 검은 단순한 환상일 뿐이란다. 그 검에 베인다고 해서 절대 죽는다거나 다치지 않아. 그래도 검은 계속해서 네게 공격을 강행할 것이다."

즉, 그가 말하고자 하는 것은 마법으로 만들어낸 환상의 검을 재주껏 피해봐라 이건가? 로빈은 두 번 정도 가볍게 몸을 풀고 기지개를 쭉 켠 뒤에 자신있게 대답했다.

"알았어. 준비 완료."

"그럼 조심해라, 로빈. 비록 환상의 검이지만 혹시 베이면 그 고통은 고스란히 받아들일 수밖에 없단다."

"에엑?"

황당한 표정을 지으며 막 따지려고 하기 직전 이미 검은 움직이기 시작했다. 네 가슴에 커다란 구멍을 내주겠다는 듯이 곧장 날아오는 검을 바닥을 구르면서 간신히 피한 뒤에 재빨리 일어서서 다음 공격을 대비했다. 무언가 몸의 상태가 좋지 않다고 깨달았을 때 테카가 잊고 있었다는 듯이 로빈에게 말했다.

"아, 참고로 지금 그 마법진 안에는 그라비테이션(Gravitation) 마법이 걸려 있다 보니 평소 움직임의 절반밖에 못 움직인단다."

"그런 중요한 건 먼저 말을 해달란 말이야!"

차라리 몰랐으면 좋았으련만 알게 된 이상 몸의 움직임이 둔해졌다는 사실이 뼈저리게 느껴졌다.

이어 검은 풍차가 돌아가듯 무시무시한 회전을 하며 이번에는 기필코 이등분시키겠다는 의지를 담아 공격해 왔다.

막 검이 몸에 닿기 전 먼저 발이 움직였다. 지면을 날아가듯 발이 사선으로 뻗고 그대로 빠르게 턴. 그것으로 검은 로빈의 몸을 살짝 스치는 데에 그치고 말았다.

"이야, 도련님, 보기보다 한실력 하잖아?"

"푸하하! 그렇게 움직여서야 쓰나! 좀 더 잘 피해보라고!"

"이 악마들, 당장 죽어버려!"

소리치는 이들의 얼굴을 전부 외워서 후에 처절한 응징을 맹세했지만 실제로 얼굴을 보기는커녕 들려오는 환호 소리조차 신경 쓸 여유가 없었다.

"자, 잠깐! 스토옵!"

로빈이 애타게 외칠수록 구경꾼들의 흥은 들끓어올랐다. 한 번의 공격을 피할 때마다 한 번의 탄성이 쏟아져 나오기만 할 뿐 그 누구도 말릴 생각조차 하지 않았다.

'아아, 그래. 세상이란 원래 다 이런 거야. 인생은 혼자 가는 나그네 길.'

인생의 아픔을 깨닫고 한층 더 내적인 성장을 맞이해 보지만 그 순간 어깨가 살짝 베이는 느낌에 역시 현실 도피란 좋지 않다는 것을 다시금 깨닫게 되었다.

그리고 동시에 자신이 왜 이렇게 멍청하게 당하고만 있는지에 대해 의문이 생겨났다.

누가 가만히 놀아줄 성싶으냐! 로빈은 최대한의 기력을 모아서 힘껏 원 밖으로 몸을 날렸다.

타당!

마치 새가 투명한 유리창으로 날아오다가 쾅 하고 부딪쳐 버린 것처럼 로빈의 몸은 보이지 않는 막에 튕겨 나가며 내팽개친 개구리마냥 바닥으로 털퍼덕 쓰러졌다.

"아하하, 이것 참. 리플렉스(Reflex) 마법이 걸려 있다는 걸 깜빡 잊고 말 안 해줬구나. 미안해, 로빈."

의도적이다. 저건 틀림없이 의도적이다.

분노와 함께 이런 꼴사나운 모습을 만인들 앞에 보였다는 부끄러운 사실에 이성을 잃은 것이 실수였다.

푸숙!

검이 어깨에서부터 오른팔을 완전히 절단해 버렸다.

오른팔이 잘렸다. 거짓임을 알지만 너무나 리얼한 환상과 통증에 모든 것을 잊어버리고 잘려 나간 그것을 멍하니 바라볼 뿐이었다.

동시에 잘려 나간 팔의 환상이 검은 연기처럼 사라졌지만 그 짧은 시간 동안 분명히 죽음을 체험했다.

눈앞의 환상은 사라졌으나 로빈의 머리 속에서 자신의 몸은 사지가 차례대로 절단되고 있었다.

착각 같은 현실, 현실 같은 착각. 어디까지가 현실이고 어디까지가 착각인지 그 경계가 모호해지자 식은땀이 온몸을 적시고 안색이 시퍼렇게 변하며 자욱한 구토감이 피어올랐다. 그리고 한계가 찾아왔다.

"으아아아아악!"

큰 비명을 질러대며 땅바닥을 굴러댔다.

주위 사람들의 표정이 변하며 로빈에게 달려가려 했으나 테이번이 앞서 제지했다.

그러는 동안 죽음, 공포, 절망, 시련, 아픔, 번뇌, 욕망의 감정들이 차례대로 로빈의 목을 졸라왔다. 그 감정들은 이윽고 삶에 대한 미련으로 바뀌면서 순간 작은 눈동자에는 더 이상 존재하지 않는 하나의 검이 떠올라 있었다.

'나는 언제든 널 죽일 수 있다.'

검은 그렇게만 말할 뿐 더 이상 아무런 움직임도 없었다. 그리고 어느새 그 검의 옆에는 과거 자신을 죽이려고 힘껏 검을 내려치려는 칼의 모습이 나타나 있었다.

저것이야말로 검을 향한 공포의 근원이자 두려워하게 된 계기.

"우욱!"

밀려오는 구토감에 정신을 차렸다.

검도, 칼의 환상도 모두 사라져 있었지만 땀으로 인해 온몸이 흙투성이가 된 로빈은 현재의 몰골 따위는 조금도 신경 쓰지 않고 당장 목

밖으로 튀어 올라올 것 같은 심장을 움켜잡고 숨을 몰아쉬었다. 환상이 사라졌다 해서 남아 있는 공포라는 감정이 사라진 것은 아니었다.

"검은 장난이 아니다. 검을 든 순간부터 너의 곁에는 항상 죽음이 따라다닐 것이다. 그 죽음이 너일지, 아니면 타인일지는 모두 네 실력에 달렸다. 십 분이라……. 처음치고는 잘 견뎠구나."

이런 꼴사나운 광경을 예상이라도 한 듯 미리 준비해 둔 수건으로 땀과 흙을 닦아주는 테이번 선생의 모습도 눈에 들어오지 않았다.

눈앞에 보이는 것은 과거 자신을 죽이려 했던 칼의 모습뿐. 그 모습에서 로빈은 오랫동안 부정해 왔던 하나의 진실을 인정해 버릴 수밖에 없었다.

"젠장!"

쾅!

애꿏은 바닥을 주먹으로 강하게 내려쳤다. 피부가 찢어지는 아픔도 이 분함에 비하면 아무것도 아니었다.

로빈은 칼의 강함을 한편으로 동경했었다.

그 인정할 수 없지만 인정해 버리고 만 사실이 스스로를 끝없는 절망의 구렁텅이로 몰아넣는 것 같아서 스스로가 불쾌하기 짝이 없었다.

"강해져 주겠어. 너 따위는 한 손에 쓰러뜨릴 수 있을 만큼."

우선은 무엇이든 닥치는 대로 먹고 힘을 늘려야 했다.

로빈은 제대로 식사를 할 수 있겠느냐는 주위 사람들의 염려를 탓하기라도 하듯 평소의 두 배에 달하는 식사량을 가뿐히 해치웠다.

현재 로빈은 높은 정신적 수양을 지닌 고인이 명상에 잠겨 있는 것처럼 정돈된 자세로 육망성의 마법진이 그려진 땅바닥에서 정좌를 하고 호흡을 정돈하고 있었다.

그사이에 오늘도 여김없이 검 한 자루가 공중에 떠올라 있었다.

로빈은 눈앞에 떠다니고 있는 예리한 한 자루의 검과 마주했다. 그것이 신호였는지 가만히 있던 검이 조금씩 움직이며 춤을 추기 시작했다.

소용돌이를 연상케 하는 춤이 어느 정도 흥에 겨워 힘찬 움직임으로 바뀔 때쯤 갑작스럽게 허를 찌르듯 기세와 방향을 바꾸며 날아들었다.

휘익!

피했다. 그것도 여유를 머금은 상태로. 하지만 이미 몇 번의 경험을 통해 한 번 피한 정도로 이 집요한 검을 떨칠 수가 없음을 잘 알고 있었다.

들뜨지 마라. 집중하라. 눈으로 보고 쫓는 것은 늦다. 온몸의 피부와 살기를 내포한 공기로 공격의 방향을 예측하고 피해내라.

휘릭!

소리가 들리기도 전에 이미 보이지 않는 사각에서 날아오는 검을 직감으로 느끼고 몸을 피하자 뒤늦게 서 있던 장소를 꿰뚫고 지나갔다.

애초부터 적의를 지닌 존재를 감지해 낼 정도로 뛰어난 감각이 이 훈련을 통해 이제는 살기도 형체도 없는 환상의 검을 느낄 정도로 예민해진 것이다.

"또 당할 줄 알고? 지금껏 네 멋대로 내 사지를 자르고 심장을 꿰뚫었겠다? 오늘도 잘난 척하며 덤벼보시지."

자신의 자신감 가득 찬 목소리에 반응을 했는지, 아니면 가운뎃손가락을 보였기 때문인지 검은 난무(亂舞)를 그렸다.

제아무리 명검이라 해도 닿지 않는 이상은 이리저리 휘젓는 나뭇가지에 지나지 않는다.

다른 이의 지식 전수로 배운 것이 아닌 과거의 경험으로 얻은 배움은 자각은 하지 못해도 무의식 중에 뼛속까지 깊게 스며들어 있었다.

그러나 드디어 완벽하게 검을 피할 수 있게 된 기쁜 마음이 채 가시기도 전에 검은 제자리에 멈추어서 부들부들 떨기 시작하더니 갑자기 두 개로 분열했다.

"이, 이봐, 농담이지?"

그 순간 로빈의 귓가에 환청이 들려오는 것 같았다.

'아니.'

그리고 보았다. 미소를 짓고 있는 검의 모습을.

어린 나이에 벌써 갈 때가 된 게 아닌가 하고 의심이 든 순간 검은 인정사정없이 로빈을 향해 날아왔다.

빨랐다. 게다가 무작정 공격이 아니라 마치 보이지 않는 두 사람이 합공을 펼치는 듯한 모습은 1+1=3의 효과를 불러일으키고 있었다.

로빈은 발밑을 공격하는 검을 살짝 점프하여 피하고 막 뛰어오른 자신의 머리를 일 합에 날리려던 검을 유연하게 몸을 절반에 가깝게 접어 간신히 피해냈다.

그날 로빈은 최초로 네 개의 검을 나타나게 하는 신기록을 세웠다.

"굉장한 재능이로군요. 설마 대기사 훈련용 마법을 4LV까지 발동하게 하다니."

또다시 반쯤 시체가 되어 뻗어 있는 로빈을 바라보며 테카가 말했다.

"확실히 자신감은 전에 비할 바가 안 될 정도로 많이 붙은 것 같지만 이제부터 진짜 문제로군."

"문제라니요? 설마 지금 저 모습만으로는 성에 차지 않는다는 말씀이십니까?"

그의 놀람은 당연했다.

저 환상 마법은 복합 마법의 일종으로 탑메이지로 이름 높은 그로서도 상당히 정교하고 세밀한 작업 뒤에야 구현 가능한 난이도가 높은 마법이었다.

그만큼 자부심 또한 대단했다. 하지만 로빈은 그 수준 높은 마법을 단 삼 일 만에 최대 난이도에 이르렀다. 로빈의 나이를 생각하면 기사들의 눈이 뒤집어지는 것도 예상될 법한데 기특하다고 칭찬을 해도 모자랄 판국에 성에 차지 않는다니.

"현재 가장 큰 문제는 꼬마 주제에 필요 이상으로 똑똑하다는 거지. 어린아이들은 무지하기에 한계를 모르나 나이를 먹고 지식을 쌓게 되면 유한이라는 것을 알게 되는 법. 하지만 로빈은 이미 스스로 두목만큼이라는 한계와 목표를 정해 버린 탓에 애초 예상만큼의 진전을 보지 못하고 있으니. 휴우~"

그 말에 테카의 머리 속으로 자신의 옛 기억이 떠올랐다. 자신의 스승님은 무지한 어린아이였던 자신에게 비행 마법을 보여주며 마법사가 되면 하늘나라로 올라가 죽은 엄마를 만날 수 있을 거라고 말했다. 비록 그 말에 속아 죽자 사자 시작한 마법 공부였지만 그 결과 그는 삼십대 초반의 나이로 탑메이지라는 칭호와 그에 걸맞은 실력을 손에 넣게 되었다.

"듣고 보니 그렇군요. 마법이란 유한을 먼저 앎으로써 무한을 깨달아가는 학문이다 보니 어느새 저 또한 그것을 잊고 있었던 것 같습니다. 그렇다면 지금 테이번님께서는 로빈이 어느 정도 수준에 이르렀다고 보십니까? 그래도 저 정도라면 얼마 못 가 제국에서 최연소 견습기사 소리는 듣지 않겠습니까?"

"견습기사? 하하하하! 아, 이거 미안하네. 큭! 후우~ 이런, 진심으로 사과하겠네."

웃는 얼굴이 애초부터 존재하지 않는다는 착각마저 들게 하는 사람의 처음 보는 웃는 모습에 테카는 무안해지기는커녕 동그랗게 뜬 두 눈으로 쳐다볼 뿐이었다. 겨우 웃음을 멈춘 그는 헛기침을 두 번 한 뒤 설명을 하기 시작했다.

"물론 지금 저 모습을 보면 그렇게 생각하시는 것도 무리가 아니지. 중력 마법으로 인해 움직임이 절반으로 둔해진 상태에서도 저 정도의 민첩한 움직임은 분명히 견습기사 수준의 몸놀림을 훨씬 뛰어넘고 있어. 하지만 그것뿐. 수준이라고 했나? 지금의 로빈이라면 견습기사에 합격한 아이들 중 그 누구와 붙여봐도 진다는 데에 나의 검을 걸지."

"예. 예?"

테이번은 이미 만인에게 인정받은 최고의 스승이었다.

그에게 자신의 자식들을 맡기고 싶어했던 이가 얼마나 부지기수였는지 마법사인 테카가 알고 있을 정도로 말이다.

기량 면에서는 테이번이 테카를 따라올 수 없듯이 남을 가르치는 점에서 또한 테카는 결코 테이번을 따라올 수가 없을 정도로 그 재능은 실로 하늘이 내려준 것 같은 천부적인 재능이었다.

테카는 그 점을 누구보다 잘 알고 있었다. 왜냐하면 테이번은 여러 모로 자신의 스승님과 아주 닮아 있었기 때문이다. 그럼에도 불구하고 그의 단호한 말은 도저히 믿어지지가 않았다.

"견습기사에 합격한 아이라 봤자 평균 십오 세 아닙니까? 이거 아무리 테이번님의 말씀이지만 쉽게 믿을 수가 없군요. 로빈은 오크 다섯 마리 정도는 가볍게 해치울 수 있다는 말을 분명히 텐텐 산의 두목에게서 듣지 않으셨습니까?"

오크 한 마리의 전투력은 일반인 두 명이 감당한다. 그런 오크 다섯 마리를 단신으로 가볍게 상대할 수 있다는 것만으로도 이미 기사의 자격을 갖춘 것이나 다름없었다.

"물론 확실히 들었네. 하지만 그건 어디까지나 상대가 몬스터일 때와 손에 활을 쥐고 있을 때의 일이지."

그 순간 그는 테이번이 하고자 하는 말의 절반 정도를 알아차렸다.

"설마……?"

"설마가 아니야. 지금껏 주의 깊게 본 결과 저 아이는 몬스터와는 질릴 정도로 전투를 치러봤지만 같은 사람과 전투를 해본 경험은 터무니없을 만큼 적어. 그것도 일 대 일이나 혹은 백병전으로 몬스터와 싸운 경험만을 센다면 아마 열 손가락도 채 안 되겠지. 그에 비해 공식적으로 견습기사 훈련생으로 합격할 수 있는 아이들의 나이는 최소 열다섯 살이라고 하나 어렸을 때부터 훈련을 받는 것이 일반적. 그리고 훈련생이 되기 위해서는 공증인이 참여한 가운데 대련에서 승리 경험이 백 회 이상이어야 하지."

제국은 인재 양성 및 부국강병이라는 목표 하에 평민은 물론 천민들도 소질과 능력만 있다면 출세길이 확실히 보장되어 있는 사회 시스템으로 운영되고 있었다.

예를 들어 견습기사 시스템에 대해 설명을 하겠다. 견습기사란 현역 기사 밑에서 시종의 역할을 하며 동시에 그들에게서 검술과 몸가짐, 기본 소양 등을 배우는 아이들을 뜻한다. 이는 기사를 목표로 하는 한 귀족, 평민, 천민 가릴 것 없이 모두가 평등하게 지나쳐야 하는 것이다. 단, 이 견습기사가 되기 위해서는 기본 자격이 필요한데 바로 그 자격이란 공증인이 참가한 가운데 동갑인 상대와 정식 대련을 통해 백 회 이상 승리를 얻은 자만이 가능하다는 것이다. 하나 백 번의 승리. 이것을 이루는 것은 지극히 어렵다.

직위 상승이나 기사가 되는 꿈을 가지고 있는 많은 동갑내기 지원자들과 공증인이 존재한다는 것은 그나마 위안이 되나 그 자격을 손에 얻기 위해서는 보통 두 배에 달하는 정식 대련과 또 그 두 배에 달하는 연습 대련이 필수적이다.

다른 나라의 어린이들이 장난감을 가지고 놀 때 그 아이들은 이미 검을 휘두르고 있다. 이 차이는 상상외로 컸다.

"어느 정도 경지에 오른 자의 눈에는 공격해야 할 것이 자연스럽게 보이게 되네. 바로 그것이 일류와 삼류를 나누는 경계일세. 마법사들도 그리 다를 게 없다고 생각이 드네만 어쨌든 지금의 로빈은 완벽한 삼류, 아니, 오류나 그 이하. 제아무리 빠르게 움직여도 검에 의지가 깃들지 않아서는 썩은 무도 벨 수 없지. 이쯤 되면 서서히 검에 죽을 수도 있다는 것을 뼈저리게 느꼈을 테니 다음 단계로 넘어가야 할 텐데……."

하나하나가 옳은 말뿐이었다. 하지만 로빈에게 이런 의외의 약점이 있을 줄은 생각도 못했다. 그리고 그 약점은 대부분의 무기는 허용하나 암기와 활의 사용을 금하는 무투회의 규칙에 따라 더욱 암울하게 느껴졌다.

"촉이 없는 화살만이라도 쓸 수 있게 규정이 바뀐다면 희망이 보일 텐데……. 테이번님께서는 이미 무투회까지 예상하고 로빈에게 검을 가르쳐 준다고 하신 거로군요? 그럼 다음 단계는 무엇입니까? 제가 다 궁금해집니다."

테카의 익살스런 모습에 테이번의 입가에 작은 웃음이 생겨났다. 스승의 입장에서 볼 때 로빈이나 테카 같은 제자가 한 명이라도 있으면 여생이 심심치 않을 것 같았다.

"휴우, 다음 단계는 패배를 아는 것. 자기가 얼마나 약한지 그걸 알게 해주려고 하네. 사실 이곳에 있는 아무 용병이나 붙이면 그만이지만 그래 가지고는 오히려 변명만 하는 녀석이 될 수도 있지. 어른이니까 난 졌어, 경험이 부족했기 때문에 졌어 하고 남 탓을 하는 것 말이야. 왜 대부분 어렸을 때는 그런 게 있지 않나? 이왕이면 약발이 먹히는 걸로 해야지."

"약발?"

"저택에 도달하자마자 또래 아이 몇 명이랑 맞붙어서 자신이 얼마나 무력한지를 깨닫게 해줄 생각이지. 저 지고는 못사는 성격에 아마 무척 재밌는 일이 벌어질 것 같지 않은가? 물론 그전까지는 죽도록 고생을 시켜야겠지만 그래야 나중에 더욱 충격을 받을 게 아닌가."

한숨을 내쉴 때만 해도 안타깝게 보이던 얼굴이 어느새 원기 왕성한 이십대 젊은이처럼 빛나고 있었다. 게다가 질 것을 뻔히 알면서도 고생을 시켜 그 고난의 순간들을 모조리 물거품으로 만들 계획을 가지고 있다니. 치밀하다 못해 실로 두렵기까지 했다.

"테이번 선생님께서는 로빈을 아주 높이 평가하시는 것 같군요. 제겐 그냥 독특한 아이로밖에 보이지 않는데 말입니다. 실례가 되지 않는다면 로빈이 얼마나 성장할 수 있을지 들을 수 있을까요?"

테이번은 별 고민도 없이 아주 담담한 태도로 말했다.

"아마 스승의 밑천이란 밑천은 다 빼먹을 도둑놈 같은 녀석이라고 나는 생각하네.

밑천이란 밑천은 다 가져가 버리는 제자라……. 아마 스승으로서 이보다 더 보람있는 일은 없을 거라고 테카는 문득 생각했다.

숲을 질주하는 세 명의 남자가 있었다.

얇은 은색의 금속판으로 이루어진 비슷비슷한 경갑(輕鉀)과 검집 한가운데 붉은색 여우의 인장이 새겨진 검을 똑같이 허리에 차고 있는 모습으로 보아 어딘가의 사병으로 보였다.

그런 사병들이 왜 대로를 피해 이런 깊은 숲 속까지 들어와 있는 것일까? 또한 그들의 표정은 하나같이 창백하기 그지없었다.

"으아아아! 아, 악마, 악마 같은 놈!"

심상치 않은 분위기. 그 목소리는 확실히 공포라는 괴물에게 사로잡혀 끊임없이 중얼거리고 있는 것이었다.

여기서 그들이 말하는 악마는 단순히 악마처럼 무섭거나 강한 이가 아니었다.

그 존재는 아무리 찌르고 베어도 의미 모를 미소와 함께 불사신처럼 일어났다. 그리고 닭의 목을 비트는 익숙한 요리사의 손길처럼 너무나 자연스럽게 동료들을 하나씩 죽음의 길로 인도하였다. 그리고 가장 그들을 고통스럽게 만든 것은 바로 끝없는 절망감만을 불러일으키는 웃음소리였다.

"킥키키키키, 그토록 시간을 줬는데 겨우 여기까지밖에 도망가지 못하다니. 이래서야 게임의 의미가 없군요."

"으아아아아!"

바로 이 목소리였다.

알록달록한 색깔의 옷, 잔뜩 부풀린 바지, 두 갈래로 갈라진 모자, 그리고 새하얀 화장 위에 우스꽝스럽게 꾸민 화장을 하고 허공에서 갑자기 나타난 악마. 그 모습은 서커스에서 자주 볼 수 있는 광대와 흡사했으나 비명을 지르는 사내들에게 있어서는 사신(死神) 그 자체였다.

평소라면 웃으며 보았을 광대의 모습. 그러나 지금은 그 하얀색 화장과 하얀 장갑에 덕지덕지 붙은 붉은 핏자국에 눈을 뗄 수가 없었다.

"게임에서 졌으면 벌칙을 받아야 하는 법. 자, 여기 당신의 동료들이 기다리고 있답니다."

그가 손을 휘두르자 어두운 숲 아래에서 묘한 아지랑이와 함께 하나둘 익숙한 모습들이 보이기 시작했다.

그 모습을 어떻게 잊을 수 있을까? 손을 머리에 두르며 절규했다.

"아냐! 그럴 리가 없어! 너희들은, 너희들은 죽었단 말이야!"

그랬다. 저들의 가슴에 뚫려 있는 구멍이 그것을 증명했다.

저 어릿광대의 모습을 하고 있는 악마는 칼에 사지가 베이고 머리를 찔려도 불사신처럼 사병들에게 다가가서 정확히 가슴만을 뚫었다. 가슴과 폐에 구멍을 내고 몸 반대편으로 튀어나온 광대의 팔에 벌떡이며 피를 흘리는 심장이 손에 잡혀 있던 광경이 아직도 눈에서 사라지지가 않았다.

하긴 일 년도 아닌 이제 겨우 한 시간 전에 벌어진 그런 충격적인 일을 잊는다는 게 불가능하리라.

휘익! 캥!

검을 들고 몇 시간 전까지 함께 웃었던 동료의 목을 향해 힘껏 내려쳤다. 호쾌한 호를 그리는 검의 움직임은 죽었는데도 살아 움직이는 기묘한 생명체의 목을 단번에 베어 내릴 기세였으나 어이없게도 검과 인간이 부딪치는 순간 마치 무쇠덩어리를 내려친 듯한 소리와 감각이 느껴졌다.

"미쳤어. 누, 누가? 내가 미친 건가? 하, 하하, 하하하!"

욕을 내뱉고도 누구에게 향하는 것인지 자신도 알지 못했다.

개념을 상실한 괴물에게 하는 말인지, 재미있는 듯한 쇼를 감상하고 있는 광대에게 한 말인지, 아니면 나쁜 꿈을 꾸고 있는 자신에게 하는 말인지 말이다.

짧은 신음 소리가 등 뒤에서 두 번 들렸다. 아마 남아 있는 동료들마저 모두 당하고 자신만이 남았을 게 자명했다.

"싫어! 난 아직 죽기 싫어! 살려줘, 엄마! 으아아!"

캉! 챙캉! 키링! 카캉! 치칭!

온 힘을 다해 몇 번을 내려치지만 달라지는 것은 없었다. 특별히 방어하는 동작이 없음에도 불구하고 날카로운 검은 머리, 목, 어깨, 다리 어디 한 군데 상처를 입히지 못했다. 검을 휘두를수록 도리어 저 괴물이 얼마나 단단한지를 더 알게 될 뿐이었다.

푸슉!

사내는 가슴에서 무언가 차가운 것을 느꼈다. 눈에 들어오는 것은 눈앞에 서 있는, 가슴에 주먹만한 바람구멍이 뚫린 채 붉은 안광을 흘리고 있는 인간의 탈을 쓴 괴물. 그리고 등 뒤에서 뻗어나온 자신의 것으로 추정되는 심장이 쥐어져 있는 다른 괴물의 손이었다.

점점 가물가물해지는 의식 속에서 유난히 자세히 보이는 그 손은 자신 역시 괴물이 된 그들의 전철을 밟고 있다고 말해 주는 것 같았다.

"킥키키키키, 나는 몇 번을 쓰러져도 다시 일어나는 어릿광대. 이 도미노님의 좀비 군단에 합류한 것을 축하해 주마."

배우도 극본도 전부 만들어졌다. 악마는 자신이 탄생시킨 강철의 괴물들을 데리고 다시 어둠 속으로 들어갔다.

로빈은 검을 들고 있었다.

차가운 밤공기가 얼굴을 살짝 건드리자 기다렸다는 듯 무수한 땀방울들이 투두둑 떨어져 내렸다.

땀으로 인해 흠뻑 젖은 옷에서는 그 작은 몸에서 피어오르는 열기로 인해 아지랑이를 피우고 있었다.

그리고 얼마 뒤 멀리서 미동도 하지 않고 가만히 서 있는 로빈을 지켜보던 테이번은 지금과는 반대로 작대기를 하나 그었다. 그렇게 해서 새겨진 총 다섯 개의 작대기는 하나에 한 시간이라는 의미를 가지고 있었다.

그때 로빈의 몸이 이 긴 시간 동안 처음으로 움직이더니 이내 중심을 잃고 쓰러졌다.

"크헉! 우웨에에엑!"

익숙지 않은 방식의 체력 소모는 로빈의 온몸을 비틀어대고 있었다. 코로 숨을 쉬는지 입으로 숨을 쉬는지조차 모른 채 로빈은 자신이 토해낸 토사물 옆에 누워서 거친 호흡만을 겨우 이어갈 뿐이었다.

움직이지도 못하는 로빈을 들어서 준비해 둔 모포 옆에 눕히자 기다렸다는 듯 숲 저편에서 테카가 걸어나왔다.

"이런, 제가 조금 늦었군요."

"아닐세. 실은 방금 막 쓰러졌다네. 그보다 오늘의 메모라이즈는 평소보다 길었던 것 같군."

메모라이즈란 간단히 말해서 마법을 사용하기 전에 미리 저장해 두는 작업을 말한다. 이렇게 메모라이즈된 마법은 빠른 시간 내에 캐스팅되므로 마법사들에게 있어서는 가장 기초적인 것이자 가장 중요한 작업 중 하나였다.

"네. 본의 아니게 로브가 밤이슬에 젖어버린 터라. 혹시나 싶어서 단단히 준비를 했습니다."

마법사들이 로브를 입는 데에는 마법사답다던가 마법 물품을 사느라 옷을 살 돈이 없는 이유도 있지만 실은 실용성을 가장 중시했기 때문이다.

그 실용성이란 마나의 갈무리를 뜻했다. 항상 몸 안에 넘칠 듯 말 듯 최대 양의 마력을 저장해야 하는 마법사들에게 로브는 빠져나가는 마나를 최대한 막아주는 역할을 해주었다. 덕분에 항상 마나로 뒤덮여 있는 로브가 이슬 정도에 젖을 리가 없었다.

"으음, 위험을 대비해서 나쁠 게 없으니 일어나는 대로 언급을 해야 겠군."

그럼에도 불구하고 로브가 젖게 되는 것을 마법사들 사이에서는 대흉(大凶)의 징조라는 징크스를 상징했다.

마법사의 빈말에 귀를 기울여라. 여행자들에게는 기본 상식 중의 하나였다.

"지쳐 있는 자에게 건강과 활력을."

하얗게 빛나는 손이 로빈을 스쳐 지나가자 로빈의 몸 역시 잠깐 동안 빛으로 물들었다. 그리고 그 빛이 사라지자 조금 전까지 끔찍하게 온몸을 괴롭히던 고통과 극한까지 쌓인 피로가 사라지면서 안정을 되찾았다.

"대단한 인내력입니다. 어른도 힘겨워할 일을."

미동도 하지 않고 제자리에 다섯 시간이 넘게 서 있는 것은 같은 시간 동안 걷는 것 이상으로 힘겨운 일이다. 거기에 모자라 철검까지 들고 있다니. 수련이라기에는 너무나 가혹했다.

"학문에는 왕도가 없는 법이지. 강해지기 위해서는 그에 걸맞은 노력과 경험이 필요해. 그리고 나는 지금 확신했네. 이 녀석이라면 내가 이상을 품던 강함을 손에 얻을 수 있을 거라고."

테이번의 말에는 힘이 있었다. 테카는 그 힘이 현실로 실현되는 것을 보고 싶다고 생각했다.

깽깽깽깽깽!

국자로 프라이팬을 때리는 요란한 소리와 함께 사람들은 모두 자리에서 일어나 자신이 속한 조에 따라 맡은 일을 시작했다.

서로 분담한 일을 모두 완벽하게 해내자 천막이 전부 걷히며 순간 아침밥이 완성되었다. 풍미감을 돋우는 향긋한 냄새에 모두 기분 좋게 아침 식사를 시작했으나 단 한 사람 그러지 못한 이가 있었다.

"음냥음냥."

수프가 입으로 들어가는지 코로 들어가는지도 모른 채 꾸벅꾸벅 졸고 있는 모습을 보던 테이번은 조용히 로빈을 안아서 리켈푸스의 마차 안으로 데리고 갔다. 엄한 말투에 얼굴에 새겨진 깊은 검상은 무시무시해 보일지 몰라도 속은 자상하고 배려가 많은 전형적인 신사였다.

"로빈의 상태는 어떻던가? 한창 성장기에 배를 곯게 해서야 아이를 떠맡은 면목이 서지 않거늘."

막 마차를 나와 다시 식사 장소로 돌아온 그에게 리켈푸스가 물었다.

"단순히 피로가 쌓인 것뿐입니다. 한숨 푹 자고 일어나면 언제 그랬냐는 듯이 날아다닐 겁니다. 그리고 가끔씩 배를 비우는 것은 건강상 오히려 더 좋습니다. 한데 그것들 있지 않습니까."

"그것들이라면? 로빈의 애완동물 말씀이십니까?"

첫날 숲 속에서 돌아오지 않은 로빈을 찾기 위해 돌아다녀야 했던 그들은 탐색 범위를 꽤 넓힌 후에야 아이의 배 위에서 기분 좋게 누워 있는 검은색 고양이와 어른 손바닥만한 크기의 회색 거미와 함께 잠을 자고 있는 로빈을 찾을 수 있었다. 그때를 떠올리며 테이번은 말했다.

"단순히 기분 탓이면 좋겠지만 그 거미랑 고양이, 보면 볼수록 묘한 기분이 듭니다. 로빈을 저렇게 따라다니니 어쩔 수 없이 놔두기는 했습니다만 위험한 느낌이 계속 가시지를 않는군요."

테이번의 말에 테카 역시 고개를 끄덕였다.

"허허허, 산에서만 자란 아이다 보니 인간이 아닌 것들과 친해지는 방법을 알고 있는 것도 이상한 일은 아니지 않는가? 말썽을 부리는 것도 아니고 로빈에게 해가 되는 것도 아니니 너무 신경 쓸 필요가 없는 것 같으이."

여유롭기 그지없는 리켈푸스의 말에 테이번은 어쩔 수 없다는 듯 마지못해 고개를 끄덕였다.

움직이는 도서관이라는 별명이 붙어 있던 그의 마차는 더 이상 그 별명을 사용할 수 없게 되었다.

여행에서 가장 큰 문제점이라면 먹는 것과 자는 것. 건강한 것 빼면 시체인 로빈이라 해도 이 두 가지에서 제외될 수 없었다고 생각한 리켈푸스는 원래 있던 책들을 전부 빼내고 그 남은 공간을 침대식으로 개조시켜 놓았기 때문이다. 하지만 그 예상은 보기 좋게 빗나가 버렸다. 마을을 들를 때를 제외하면 매번 똑같은 메뉴도 없어서 못 먹고 잠은 노숙으로 단련이 된 덕인지 마차 위에서 침낭을 덮고 잤다. 결국 그로 인해 단 한 번도 쓰이지 못했던 침대가 이제야 처음으로 제 역할을 하게 된 것이다.

"냐옹."

색색거리며 침대 위에서 잠을 자고 있는 로빈의 몸 위로 훌쩍 올라간 검은 고양이는 볼을 핥았다. 까칠까칠한 혀의 느낌에 로빈은 살짝 뒤척일 뿐 깨어나지 않았고 고양이는 결국 잠을 깨우는 것을 포기한 듯 몸을 쭉 뻗고 누웠다.

잠시 뒤, 로빈의 머리에 기어오르는 거미 한 마리가 있었다. 징그러운 벌레라기보다는 귀여운 인형의 느낌에 훨씬 가까운 회색 거미는 폴짝 뛰어올라서 고양이의 머리 위에 털썩 앉았다.

"뭐야? 또 시비 거는 거야?"

"뾰족하기는. 뭐 때문에 삐쳐 있는지는 모르겠지만 그만 풀지 그래?"

검은 고양이와 회색 거미는 다름 아닌 카리나와 나가였다.

두 사람은 그날 밤 이성을 잃은 로빈에 의해 종속의 계약을 맺어 일종의 패밀리어이자 연인이 되었다. 하지만 어찌 된 영문인지 다음날 로빈은 자신들을 전혀 모르고 있는 듯한 태도가 아닌가? 말을 먼저 걸려고 해도 드래곤의 유희를 방해했다는 이유로 크게 혼이 날까 봐 차마 이러지도 저러지도 못하고 있었다.

"삐칠 줄도 알고 너 은근히 귀엽다? 마계의 프린세스니 하면서 우쭐대는 것보다 지금의 모습이 훨씬 더 좋은데? 자, 대충 왜 그렇게 뚱해 있는지 알고 있으니깐 이 언니에게 상담해 보렴."

"남편 잡아먹는 거미 년이 뭘 안다고."

나가의 이마 한편에 굵은 혈관 마크가 새겨지며 두 발로 고양이로 변해 있는 카리나의 머리를 지그시 눌러댔다.

"호오, 그 시건방진 소리를 하는 게 요 도둑고양이일까나?"

"아아아아! 너, 그만두지 못해?"

"그렇게 외롭냐?"

나가에게 버럭 화를 내려던 카리나는 외롭냐는 한마디에 흥분을 가라앉히며 다시 누웠다. 제 딴에는 부정한다는 행동이었지만 누가 봐도 정곡이 찔린 것이었다.

"외로움을 잘 타는 천성을 타고나서 항상 사랑받고 싶고 사랑을 확인해야 직성이 풀리는 성격. 전형적인 쌍둥이자리의 특징이라지?"

"강아지도 아니고 조잘조잘 짖어대는 거미 한 마리 때문에 시끄러워 낮잠도 못 자겠네."

자리에서 벌떡 일어나서 머리에 앉은 나가를 떨어뜨린 카리나는 훌쩍 마차 창문을 타고 지붕으로 올라갔다. 인간의 입장에서는 고조할머니뻘의 나이였지만 수명이 긴 마족에게 있어서는 성인식만 치른 어린아이에 불과했다.

"순수한 마음으로 상담해 주려고 했는데 이거 은근히 재밌는걸. 그럼 로빈님이 정신을 차리기 전까지 조금 가지고 놀아볼까?"

나가는 마치 사냥감을 포착했을 때처럼 눈을 빛내며 미소를 지었다.

지이이이잉!

처음에는 무척 기분 나빴지만 어느새 익숙해져 버린 그 울렁거림이 다시 찾아왔다가 금세 사라졌다. 이 느낌에 로빈은 두 눈을 번쩍 뜨고 몸을 완전히 일으켰다.

그에 맞춘 듯 밖에서 작은 소란과 함께 마차가 멈추었다.

"무슨 일입니까?"

"웬 낯선 마차가 길을 막고 있습니다."

스콜피온 용병단의 대장 레이스의 말대로 대로 한편에 마차 하나가 덩그러니 놓여져 있었다. 말은 어디로 가버렸는지 보이지도 않고 큰 충격이라도 받은 듯 여기저기 부서져 있는 모습은 바다 한편에 떠 있는 유령선을 떠올리게 했다.

아침부터 불길한 징크스의 이야기를 들은 데 이어 갑작스러운 일이라 레이스는 손짓으로 주의하라는 명령을 내리고 두 사람과 함께 마차 곁으로 들어가 수색을 시작했다.

"도적들에게 습격이라도 당한 것일까요? 귀족 가문의 마차로 보이는데."

"그러기에는 시체나 전투의 흔적이 전혀 보이지 않군. 일단 돌아오기를 기다려 보지."

이윽고 거의 다 부서진 마차를 한쪽으로 밀어내고 돌아오는 레이스의 품 안에는 겉옷을 두른 한 소녀가 안겨 있었다.

아무리 어린 소녀라 해도 예의가 아닌지라 레이스는 소녀를 내려놓았다.

"안에는 이 소녀 외에 아무도 없었습니다. 정황으로 보아 누군가와 교전이 있었던 것 같은데 남겨진 흔적으로 봐서는 아마도 상급 몬스터일 가능성이 높다고 생각됩니다."

레이스는 이어 부서진 마차의 흔적은 대부분 일격에 부서지고 파괴된 것들뿐 검이나 창, 화살 같은 흔적은 찾을래야 찾아볼 수 없었다고 설명했다.

"이상하군요. 아무리 이곳이 외딴 곳이기는 하나 프하이엄 제국령과는 불과 하루도 안 될 거리에 난데없는 상급 몬스터라니. 그나저나 이 아이는……."

"그게 아무리 물어봐도 대답은커녕 대꾸 한번 안 해주니 저도 잘. 아마 큰 충격으로 아직 혼란에서 못 벗어난 것 같습니다."

이제 갓 아홉 살 정도의 어린 소녀였지만 황금을 녹인 실과 같은 머리카락은 여러 사람 속에서도 단연 돋보일 것 같고 투명한 청색의 바다를 떠올리게 하는 파란색 두 눈은 사파이어, 약간 옅은 붉은색의 입술은 루비와 같았다.

"그 소녀는 아마도 에바 라인벨츠 양인 것 같군."

뒤를 돌아보자 리켈푸스와 로빈이 함께 마차 안에서 내려오고 있었다. 로빈은 둘째 치고 만약을 위해서라도 마차 안에 있어야 할 리켈푸스가 이렇게 거침없이 나오니 레이스는 애가 타기 시작했다.

"리켈푸스님, 혹시 누군가가 꾸며놓은 음모면 어쩌려고 또 이렇게 함부로 나오시는 겁니까?"

"걱정 말게. 붉은 여우의 인장이 새겨진 옷을 입은 보석같이 빛나는 소녀라면 누가 먼저 떠오르는가?"

혹시나 누가 저격은 하지 않을까 노심초사하는 레이스를 제외한 테카와 테이번은 '아!' 하고 탄성을 자아냈다.

"레이디 오브 쥬웰(Lady of jewel)."

"다 피지 않았기에 더욱 정취를 자아낸다는 보석 소녀가 바로……?"

붉은 여우 인장이란 라인벨츠 가문의 상징. 무슨 일이 있었는지는 지금으로서는 알 수 없으나 식어서 말라비틀어진 애플파이처럼 건조하고 창백한 얼굴도 그 미모를 전혀 꺾지 못하고 주위의 모든 시선을 끌어 모으다시피 하고 있었다.

주위에서 제국 제일의 미녀가 나타났다는 소리에 로빈은 훌쩍 뛰어올라 잔뜩 모인 어른들의 어깨를 차례대로 밟으며 다시 훌쩍 뛰어내렸다.

"뭐야? 이제 겨우 코흘리개잖아?"

만약 다른 사람이 이런 말을 했다면 저만한 딸이 있어도 이상치 않을 법한 어린 소녀에게서 조금 전부터 눈을 못 떼던 스스로를 깨닫고 자책감을 느꼈을 터였다. 하나 이 자리에서 유일하게 이런 말을 해서는 안 될 사람이 그 말을 하니 모두의 심정은 이렇게 변했다.

'남 말 하네.'

비록 나이는 로빈이 더 많을지라도 어릴 때는 여자애가 더 성숙한 법이다.

게다가 한번 꼭 끌어안아 보고 싶고, 이런 딸이 있으면 소원이 없을 것 같은 에바와 에쎄의 관리로 깔끔하지만 그들—중년 남자—의 눈에는 한낱 징그러운 사내 꼬마에 지나지 않는 로빈.

둘 중 누가 코흘리개로 보일지는 두말할 필요도 없었다.

하지만 그 순간 모두가 헉 하고 숨을 거칠게 들이켜 버릴 수밖에 없는 일이 벌어졌다.

덥석.

지금껏 말 한마디는커녕 쓰러지지 못해 서 있는 것같이 느껴지던 소녀가 갑자기 로빈의 품 안으로 뛰어들며 끌어안았다.

저 어린 나이로 쟁쟁한 숙녀들을 모조리 물리치고 사교계에 군림한, 제국의 홍복(洪福)이라고까지 평가되는 소녀의 이 비상식적인 행동에 용병들은 물론 대부분 하나같이 패닉 상태에 빠져 버리고 말았다.

"오라버니! 흑, 오라버니! 으아아앙!"

"애, 얘가 왜 이래? 나, 네 오빠 아냐! 저리 가! 저리 가서 울어!"

아이든 어른이든 울음소리를 극단적으로 싫어하는 로빈은 필사적으로 소녀를 떼어내려고 안간힘을 다해봤지만 죽기 살기로 안겨드는 소녀의 두 팔에서 끝내 벗어날 수 없었다.

주위의 살기 어린 시선에 로빈은 그저 어깨를 으쓱거렸다.

"보아하니 몬스터들로부터 습격을 당한 것 같던데……."

죽어도 떨어질 수 없다는 듯 로빈의 오른팔에 찰싹 매달린 채 에바는 고개를 끄덕였다.

"정체는? 어떤 몬스터였는지 특징을 말해 줄 수 있겠니?"

잠시 머뭇거리다가 고개를 저었다. 이래서는 정보는 얻는 데에 한계가 있다.

그럼에도 테카는 여유를 가지고 다시 질문을 반복했다.

"그럼 다른 사람들은? 혼자 나온 것은 아닌 것 같고, 그럼 다른 사람들은?"

에바의 얼굴이 점점 새파랗게 변해갔다.

로빈은 자신의 팔을 파고드는 손톱에 눈물을 찔끔거리면서도 일단 주위 상황을 봐서 그저 참았다.

"…죽었어. 모두. 서로… 서로… 가슴에 구멍… 죽지 않고… 죽였어."

밖에서 로빈을 안으며 울음을 터뜨린 이후 처음으로 듣게 된 고운 미성이었지만 반대로 분위기는 주체하지 못할 정도로 무거워졌다.

소녀에게 벌어진 알 수 없는 일로 여정이 지체되고 혹시 이 근처에 일행이 에바를 찾고 있을지도 모른다는 생각에 일행은 제국을 눈앞에 두고 마지막 야영에 임하기로 결정했다.

한 치도 떨어질 수 없다는 듯 심지어 볼일 보러 갈 때조차 따라오는 에바 덕분에 로빈은 오늘 분의 훈련도 포기한 채 마차 안의 침대에서 함께 잠을 자고 있었다.

'오빠, 기다려. 기다려 달란 말이야.'

'하하! 에바, 빨리 안 오고 뭐 하는 거야? 어? 으아아아악!'

'오빠! 오빠!'

풀벌레 소리와 간혹 교대하는 용병들의 움직임만이 느껴지는 고요한 밤의 축복에 완전히 잠에 빠져 있을 때 에바는 홀린 듯이 자리에서 일어났다.

슬픈 꿈을 꾸고 있었던가. 감긴 눈에서 흘러나오는 눈물은 로빈의 옷자락을 적셔놓았다.

감겨 있던 눈이 갑작스럽게 떠졌다.

동그랗게 뜬 두 눈은 더 이상 푸른 바다를 떠올리는 사파이어 색이 아닌 피를 머금은 루비처럼 빛나고 있었다.

"움.직.여.라. 사.랑.스.런. 좀.비. 군.단.이.여."

놀랍게도 그것은 소녀의 목소리가 아니었다. 어느 정도 나이가 있을 법한 남자의 중저음은 듣는 것만으로도 소음이 돋아날 만큼 기분 나빴다.

깽깽깽깽깽!

시끄러운 비상 신호가 울려 퍼지자 밖은 금방 환한 불빛과 함께 수많은 사람들이 움직이는 소리가 들려왔다.

"적이다! 적이 쳐들어왔다!"

"젠장, 칼이 먹히지 않아! 이건 괴물이야!"

밖은 아수라장을 방불케 할 정도로 소란스러웠다.

하지만 이상하게도 로빈은 이 소란 속에서 전혀 잠을 깰 생각을 못하고 있었다.

평소 로빈의 행동을 생각하면 이상하기 그지없었지만 누군가에 의해 강제로 잠에서 못 깨어나는 상태라면 충분히 납득이 되었다.

붉은 안광을 흘리고 있는 에바의 얼굴에 기괴한 미소가 새겨졌다.

아무것도 모른 채 잠에 빠져 있는 로빈의 몸 위로 슬금슬금 기어올라 간 소녀는 약간 구부러진 모양의 기형 단도를 빼내서 높이 들어 올렸다.

"조심하십시오. 뭔가 심상치 않은 녀석이 나타난 것 같습니다."

테카는 항상 야영을 할 때면 마법의 문외한이라도 알 수 있는 알람 마법을 시전해 두었지만 사실 그건 속임수.

알람 마법을 해제하는 순간 진짜 함정 마법이 발동하는 이단 함정 마법을 즐겨 사용했다.

그런 뻔히 보이는 알람 마법조차 파훼하지 못하는 자라면 대부분 뼈대가 굵은 용병들에게 한주먹거리조차 되지 않는 애송이들이나 다름없기 때문이었다.

그렇지만 지금 이곳에 나타난 자는 달랐다. 아직 확실치는 않으나 탑메이지로서의 감각과 어느새 자취를 감춘 청량한 풀벌레의 울음소리가 들리지 않는 것이 그 증거라 할 수 있었다.

"로빈과 백작 영애는?"

"마차 안에서 자고 있는 듯합니다. 지금으로서는 오히려 그게 안전

합니다."

틀림없이 일부러 알람 마법을 건드렸을 터였다.

아마 혼란, 아니면 양동 작전일지도 염두에 두어야 했다.

'온다!'

실전 감각에서는 백전노장 테이번이 더욱 예리했다.

한 박자 뒤, 귓가에 어렴풋이 들려오는 공기를 가르며 들려오는 날카로운 바람 소리가 절대 자연적일 리가 없는 것임을 깨달은 테이번은 한 손으로 리켈푸스를 낚아채면서 즉시 뒤로 도약했다.

팍! 팍! 팍!

세 개의 무언가가 아슬아슬하게 리켈푸스의 다리 밑을 지나가며 방금 전 그들이 서 있던 자리를 지나 땅 깊숙이 박혔다.

저 정도라면 최소한 다리 하나 날려 버리는 것은 일도 아닐 터. 그 위력에 모두가 움찔하는 순간 주위 풍경에 비하면 비정상적으로 어두운 정면에서 방금 땅에 박힌 것과 같은 것으로 추정되는 물건이 무시무시한 소리와 함께 끝도 없이 쏟아져 나왔다.

이런 비상식적인 공격은 피하는 게 상책이지만 그 절망에 도전하듯 로브 속에서 빛나는 보석이 박혀 있는 지팡이를 꺼내며 앞을 막는 한 남자가 있었다.

"무너지지 않는 강철의 성벽!"

콰과과과광!

굉음과 함께 순식간에 높이 팔 미터, 넓이 십 미터, 두께 오십 센티미터 정도로 추정되는, 말 그대로 묵묵한 빛깔의 강철의 성벽이 땅에서 솟아나왔다.

막혀 버린 시계 너머로 튕겨 나가는 것도 아닌 강철 벽에 무언가가 한동안 계속 꽂히는 기분 나쁜 소리가 들려왔다.

"거침없이 가르는 메마른 쐐기의 가시!"

방어 마법 중 굳이 시계를 차단하면서까지 아이언 월 마법을 쓴 데에는 숫자조차 확실히 알지 못하는 미지의 적을 효율적으로 견제하기 위함이었다.

적의 공격이 끝나는 순간 이어지는 캐스팅과 함께 직사각형 벽이 작은 사각형으로 나누어졌고, 또다시 일제히 똑같은 모습으로 기묘하게 뒤틀리며 강철 가시로 변했다.

쐐기 같은 모양의 수많은 가시는 검은 안개가 생성되어 있는 정면을 향해 맹렬히 날아갔다.

콰과과광!

하늘을 뒤덮으며 날아가는 수많은 가시들은 분명히 놀라운 광경이었지만 그 직후에 벌어진 일에 비하면 새 발의 피도 되지 않았다.

가시는 검은 안개를 뚫고 지나가며 그곳의 연장선상에 있는 것이라면 나무든 바위든 전혀 개의치 않고 그 일대를 완벽한 폐허로 만들어버렸다.

이것이 마법의 힘. 사람들이 그토록 두려워하는 마도의 힘이다.

조부의 조부 때 싹이 났을 법한 거목이나 사람의 힘으로는 어찌할 생각조차 들지 않는 암석도 가루가 되어버렸거늘 만약 생명체가 있었다면 그 운명은 말할 필요조차 없었다.

한차례 강철의 탁류(濁流)가 지나가고 소음과 함께 피어 나오는 먼지 연기 속에서 무언가가 점점 모습을 드러냈다.

화려한 색의 우스꽝스런 복장과 하얀색 분을 잔뜩 바른 얼굴. 그 모습은 그들이 흔히 알고 있는 바로 그것이었다.

"어이가 없군. 여장까지 한 암살자나 기사 차림의 강도들은 봤어도 설마 광대라니?"

"게다가 방금 전 저희들을 공격한 것은 트럼프 카드입니다. 재질은 모르겠으나 동물 가죽도 벗길 수 있을 것 같군요."

"허허허, 참 재밌는 사람이로고."

테이번, 테카, 리켈푸스가 차례대로 말하자 광대는 천연덕스럽게 신사식으로 허리를 숙이며 예의 바르게 인사를 건넸다.

"나의 이름은 광대 도미노. 하지만 오늘은 특별히 여러분을 맞이하러 온 지옥의 사자랍니다."

"로우 에로우(Law arrow)!"

고개를 숙인 순간 미리 만들어놓은 세 개의 마력으로 이루어진 화살을 날렸다. 허를 찌른 만큼 완벽하게 먹혔다고 생각이 든 순간 결단코 있을 수 없는 현상과 함께 퍼벙 하고 폭음이 터졌다.

"킥키키, 예의는 지키라고 있는 겁니다. 방해를 하다니 못쓰지요. 제법 따끔한 공격이었습니다. 신관도 아닌 한낱 인간 마법사에게 마력 결계가 뚫릴 뻔했음은 물론 튕겨낼 찰나에 오히려 완성된 마법의 배열을 역전시켜 터뜨리다니, 역시 탑메이지의 칭호가 어울리시군요."

마항력이라는 것이 있다.

마항력은 마법에 대한 내성으로 마법으로 인해 입은 피해를 줄여주는 힘이다.

인간과 달리 태어나면서부터 천부적인 마항력을 지닌 신족과 마족은 그 마항력이 평범한 인간의 수준을 훨씬 능가하는 것이기 때문에 마항력보다 차원이 높은 마력 결계라 불렀다. 이 말은 결국 어지간한 마법 공격은 신족과 마족에게는 약간의 피해조차 주기 힘들다는 것을 말한다.

"그러는 당신이야말로 중간계에 놀러 온 마족이라면 마족답게 조용히 돌아다닐 것이지 굳이 알면서 공격한 이유는 뭐지?"

테카의 말에 모두의 표정에 놀라움의 기색이 새겨졌다. 차라리 이 황량한 산속에서 해적이라고 주장하는 강도들이 나타났으면 믿어주었으리라.

그 마음을 모르는 테카도 아니었다.

중간계로 넘어오는 마족이 있다는 사실쯤은 마법사이니만큼 당연히 알고 있었지만 테카 역시 마족과 만나기는 이번이 처음이었다.

왜냐하면 중간계로 넘어온 마족은 본래 지닌 힘의 절반 가까이를 억제당하게 되어 괜히 약해진 힘으로 실력자를 만나 목숨을 잃으니 조용히 애초에 자신의 목표였던 기분 전환을 끝내고 다시 마계로 돌아가고 싶어하기 때문이다.

"오오, 그렇게 무서운 눈으로 보지 말아주시길. 단지 저는 어떤 분의 사주를 받고 리켈푸스님 단 한 분의 목숨만 노릴 뿐이랍니다."

스릉!

마족도 거침없이 반으로 갈라 버릴 것 같은 성스러운 기운의 은색 검신이 그 모습을 드러냈다.

"우습군. 가능할 거라 생각하는가?"

"흥분은 그만. 이래 뵈도 저는 소프트한 마족이라서 말이죠. 그리고 피도 싫어하는 성격인지라 작은 거래를 하기 위해서 이렇게 나왔답니다. 그렇습니다. 거래. 리켈푸스님만 제게 넘겨주신다면 당신 모두를 살려 드리도록 하지요."

마족의 증거라는 도미노의 붉은 눈은 점점 기분이 나빠질 정도로 짙은 붉은색으로 변해가고 있었다. 사막에서 물을 찾지 못해 동료를 죽여 그 피를 탐하는 살인마의 눈처럼.

"허허, 내가 자네 손에 죽으면 남은 사람들에게는 손을 대지 않겠다는 것인가?"

"마족의 말은 들을 필요가 없습니다. 사악한 어둠의 자식 주제에 네 놈 말을 들을까 보냐!"

레이스는 검을 빼내 들고 도미노에게 말했다.

"그건 어디까지나 여러분의 선택이랍니다. 죽든지, 아니면 살든지 말이지요. 킥키키키."

"궁금하군. 마족이라는 자가 어째서 이렇게 뻔하게 리켈푸스님을 노리는 거지?"

"그야 갑자기 별미가 먹고 싶어서 말입니다. 통통하게 살이 오른 인간 고기나 아직 덜 여물었을 법한 어린아이의 심장을 톡하고 씹어 먹는 것도 맛있겠지만 늙은 인간도 때로는 먹고 싶지요."

"마족이 인간을 먹는다……. 감히 탑메이지의 칭호를 이어받은 나 테카를 우롱하는 것이냐?"

파지직! 파지직! 콰광!

무시무시한 마력의 힘이 방전된 전기처럼 폭발적인 기세로 흘러나왔다.

여태껏 사람 좋게만 보이던 테카의 강대한 힘이 비쩍 마른 광대 복장을 하고 있는 도미노를 강타했다.

하늘로 떠오른 도미노의 몸은 전속력으로 달려오는 말에 부딪친 어린아이처럼 바닥에 부딪치고도 수십 바퀴를 더 구른 뒤에야 사지가 부러진 인형처럼 쓰러졌다.

기사 수업의 한 부분에는 보석 지팡이를 든 마법사와는 싸움을 피하라는 말이 있다.

마법사라면 전부 지팡이를 들고 있는 게 일반적인 상식인데 무슨 엉뚱한 말인가 싶겠지만 그건 잘못된 상식이었다.

평범한 마법사들은 지팡이보다는 마법서를 더 많이 들고 다닌다.

마법서란 마법 주문이 적혀 있는 책으로 마법서는 완전히 익힌 마법에 한해서 메모라이즈할 필요 없이 사용할 수 있게 해주는 큰 장점이 있는 데 반면 마법 지팡이는 캐스팅하는 마력의 위력을 증폭시켜 주는 기능을 가지고 있다.

그래서 대부분 마법서는 초, 중급자, 그리고 지팡이는 상급자가 사용한다.

더 더욱 높은 경지에 이른 마법사는 어느 순간부터인가 마법 주문을 캐스팅할 필요 없이 단순한 언령만으로 마법을 쓸 수 있게 되는데 바로 이 경지에 이른 마법사에게 탑메이지라는 칭호가 붙는다.

이 칭호는 기사로 치면 기사의 한 단계 위 계급인 기사단장에 맞먹는 자리이며 보석 지팡이는 이들에게만 주어지는 권위와 선망, 그리고 힘의 상징인 것이다.

"크엑, 켁켁, 워낙 미족을 식인귀로 아는 인간들이 많아서 약간 장난을 쳐보았습니다. 탑메이지의 칭호를 지닌 분께 예의가 어긋나지만 그건 제가 답변해 드릴 수 없는 부분이라서 말이죠."

인간이라면 전신의 뼈가 가루가 되었을 법한 충격임에도 역시 마족답게 아무렇지 않은 듯 제자리에 일어섰다.

그 모습을 보고 테카는 천천히 보석 지팡이를 들지 않은 왼팔을 올려 허공을 향해 주먹을 쥐었다.

"끄에에에엑."

그러자 놀랍게도 도미노의 몸이 보이지 않는 거인의 손에 목이 잡힌 듯이 괴로워하며 점점 떠오르고 있었다.

테카는 특성상 마항력을 지닌 마족을 위협하기 위해 말로만 듣던 염동력(念動力)으로 어린애 목을 조르듯 꽉 잡아 쥐었다.

"점점 내 신발을 핥고 싶을 정도로 리켈푸스님을 노린 이유에 대해서 말하고 싶지 않은가?"

"크윽, 글쎄요. 확실히 조금만 더 있으면 그런 생각이 들지도."

매달려 있는 도미노의 두 손에 각각 다섯 장의 트럼프 카드가 나타나더니 곧바로 자유를 억압하고 있는 테카를 향해 날렸다. 강철의 성벽에조차 박혀 버릴 만큼 날카로운 공격임에도 테카는 방어 마법을 쓸 생각도 하지 않은 채 염동력을 유지하며 도미노를 잡고 있었다.

"위험합니다!"

레이스의 목소리보다 더 빨리 닿는 것이 있었다.

파파팟!

날아오는 공격을 향해 쉴 틈 없이 검로를 그리며 눈 깜짝할 사이에 그 공격을 전부 파괴해 버린 것은 바로 테이번의 은색 검이었다.

아직도 사라지지 않고 희미하게 남아 있는 검의 잔영만이 보일 뿐 눈에 보이지도 않은 그 신기에 용병들은 모두 넋이 나간 채로 바라볼 뿐이었다.

"어찌 소드 마스터도 아닌 자가 나의 공격을 막다니! 꾸에에에엑!"

도미노의 목에서 무언가가 강하게 조르고 있는 듯한 자국이 점점 더 깊게 새겨질수록 비명 소리는 깊게 낮아졌다.

"훗, 가소롭군, 마족. 나에 대해서도 알고 있었던 것 같군. 도대체 무슨 속셈인지는 모르겠지만 다시는 덤비지 못하도록 재밌는 사실을 하나 밝혀두지. 분명히 나는 소드 마스터가 아니다. 하지만 그렇다고 해서 기사의 혼과 검이 평범하다는 법은 없지."

"설마 마검?"

마족에게 있어 마검이란 최고의 가치를 지닌 물건이자 동시에 가장 두려울 수밖에 없는 무기였다.

마검에 의해 죽은 마족은 두 번 다시 환생하지 못한다.

사실인지 아닌지는 확인할 바가 없으나 대부분의 마족이 그렇게 생각하고 있다는 건 분명한 사실이었다.

"틀렸다. 아니, 나의 실수였군. 자기 분야가 아닌 한 모르는 것은 당연하지. 이건 지극히 평범한 검이다. 나 또한 평범한 퇴역 기사에 불과하다. 그러나 나의 혼이 담겨 있는 이 검을 내가 뽑는 한 이 검은 나와 하나가 되고 모든 것을 베는 빛이 된다. 이해가 되지 않나? 그럼 마족인 자네가 알아듣기 쉽게 설명해 주지. 이 검을 잡은 한 나는 소드 마스터와 싸워 패배한 적이 한 번도 없었다."

용병들은 도저히 눈을 뗄 수 없는 강인한 전사의 모습에 부르르 떨릴 정도로 희열을 느꼈다.

"탑메이지 한 사람은 다섯 개의 기사단에 필적한다고 하고 소드 마스터 한 사람은 두 개의 기사단에 맞먹는다 하지요. 어째서 당신 같은 자가 이 일곱 개의 기사단과 정면으로 싸울 생각을 했는지 모르겠군요. 틀림없이 꿍꿍이가 있을 터."

리켈푸스의 자신감에 찬 목소리가 비수가 되어 도미노를 찔렀다.

어이없는 이야기도 정도가 있지 '도둑이 빈집을 털려고 담을 뛰어넘으니 가디언 숙소더라' 라는 말보다 더 재미가 없었다.

일곱 개의 기사단에 맞먹는 전력. 이것이 바로 큰 호위 없이 항상 두 사람을 데리고 돌아다니는 리켈푸스가 지닌 자신감의 원천이었다. 뭐, 이 두 사람이 없다고 해서 절대 기가 꺾일 사람도 아니지만 말이다.

"허허허, 그래서 묻고 싶군요. 분명히 강하기는 하나 중간계에서는 힘의 제약이 따름을 모를 리가 없는 그대가 왜 나 같은 늙은 노인을 노리는 진짜 이유를 말입니다."

"키히히히, 그러는 저야말로 묻고 싶군요. 아무리 제가 전투 체질이 아니나 그래도 마족. 설마 마족의 힘을 우습게 보는 겁니까?"

도미노의 몸이 물속에 이십 일 정도 방치된 시체처럼 부풀어 오르기 시작했다.

예전에 마족 카라나가 로빈의 몸을 투과해서 그 심장을 터뜨렸던 것처럼 마족의 특성상 물질 투과 능력을 염두에 두고 염동력으로 잡고 있었던 테카였지만 백 점짜리 답안지를 내고 이름을 안 적은 실수를 한 우등생 같은 표정으로 외쳤다.

"모든 것을 날려 버리는 세 줄기 혼돈의 폭풍이여, 우리를 보호하라!

프로텍트 파이어 토네이도(Protect Fire Tornado)!"

원래 체격의 세 배, 네 배까지 부풀어 오르던 도미노의 몸은 끔찍한 소리와 함께 터져 버렸다.

보석 지팡이에서 다시금 빛과 함께 강한 마력이 전개되며 입이 쩍 벌어질 만큼 광대한 광경이 눈앞에서 벌어지기 시작했다.

이십 미터도 넘는 거대한 세 개의 회오리가 일정한 위치에서 꽈배기를 꼬듯 원을 그리면서 주위를 빠르게 맴돌았다. 그 불꽃의 폭풍은 날아오는 도미노의 파편과 자욱하게 피어오른 검은 연기를 남김없이 불태워 버렸다.

"테카님, 이건 도대체?"

세 개의 무시무시한 불꽃 회오리를 올려다보며 테이번이 물었다.

"제길, 어쩐지 너무 쉽게 잡힌다고 생각했더니. 우리와 방금 싸운 것은 도미노라는 자가 아니라 바로 자폭 인형입니다."

"자폭 인형? 네크로맨서들이 쓴다는 시체 폭파[Corpse Explosion] 같은 것입니까?"

네크로맨서란 과거 불로불사의 마법을 연구하던 마법사들 중에서 생겨난 이단자들로 자신의 목적—불로불사—을 위해서라면 그 어떤 수단과 방법을 가리지 않아 지극히 위험한 존재들로 인식되고 있다. 특히 그들은 시체를 이용한 온갖 신기하고 해괴한 기술을 지닌 것으로 유명한데 그 기술 하나하나가 너무 비인도적이라 대륙에서 공적으로 취급되고 있다.

"오히려 그것은 점잖은 축에 속합니다. 네크로맨서라 함은 마족에게 속아 엉뚱한 불로불사의 꿈을 찾아 헤매는 망령들, 즉 그들의 기술은 마족에 의해서 파생된 것이니만큼 이 자폭 인형은 시체 폭파의 오리지 날이라고 하는 표현이 맞을 겁니다."

테카의 마법은 터진 자폭 인형의 잔해에서 검은 연기가 모두 사라진 뒤에야 멈출 수 있었다.

털썩!

"테카님?"

"테카 선생, 괜찮으신가?"

마법의 해제와 함께 땅에 주저앉은 테카는 품에서 포션을 꺼내 들고 있는 물병에 절반쯤 희석시킨 다음 단숨에 마셨다.

약 일 분 정도 지나자 메마른 입술과 핏기없는 얼굴에 점점 화색이 돌았다.

"이제 괜찮습니다. 워낙 마력의 소모가 심한 마법이라. 일단 적은 물러간 것 같군요. 전부 괜찮으십니까?"

"허허허, 굉장하군요. 여기를 보세요. 시체 인형의 파편이 바위조차 녹여 버리고 있답니다."

주위 일대에만 아주 작은 화산이 터져 그 여파로 바위나 나무가 부분적으로 녹아버린 듯한 신기한 광경. 그러나 막 손을 대려는 리켈푸스를 서둘러 만류했다.

"그만두십시오. 만지면 즉사합니다."

손가락을 내민 상태로 그대로 굳어버리는 리켈푸스. 나이로 치면 자신의 아버지뻘 되는 사람이건만 호기심만은 마치 십대 아이들보다 더욱 왕성하니 하루도 마음 편할 날이 없는 테카였다.

"자폭 인형이란 죽기 직전의 인간을 좀비로 만든 뒤 몸속에 있는 모든 장기를 꺼내고 그 안에 고밀도로 압축한 고독(蠱毒)을 집어넣어 일정 시간이 지나면 터지게 만들어놓은 일종의 생체시한폭탄입니다. 도미노라는 마족은 이 자폭 인형을 조종해서 마치 자신인 것처럼 행세하며 우리를 한 방 먹이려고 했습니다. 다행히 아주 적절한 마법을 메모라이즈해 놓았기에 다행이지 만약 터져 버린 살점이나 연기의 일부라도 몸에 닿았다면 바로 중독당해 목숨을 잃어버렸을 겁니다."

"역시 마족이라는 것들은 만만치가 않군. 그보다 어떤가? 이제 슬슬 도미노라는 놈이 직접 움직이기 시작한 것 같은데."

스스슥, 스스슥.

테이번의 말이 있은 뒤에야 산짐승이 지나가고 있는 듯한 작은 소리를 모두가 들을 수 있었다.

"아니요. 그는 자신이 전투 체질이 아니라고 말했습니다. 강한 힘을 숭배하는 마족이 스스로 전투 체질이 아니라고 밝혔다는 것은 우리들이 흔히 말하는 사술(邪術)에 자신있다는 말일 겁니다. 게다가 방금 전에 있었던 일로 보아 그는 앞에 나서기보다 뒤에서 구경을 하는 것을 좋아하는 성격일 겁니다. 자칫하면 완전히 그 마족의 손아귀에서 놀아날지도 모릅니다."

"이거 골치 아프게 되었군. 광대 복장을 한 주제에 자기는 구경꾼이고 남을 광대로 만든다는 건가? 적반하장도 유분수지."

숲을 헤집는 소리가 점점 가까이 다가오고 있었다. 그것도 동서남북 사방에서 포위를 하듯이.

드디어 최초로 상대해야 할 적의 모습이 드러났다.

"최악이로군요. 좀비. 그것도 아이언 좀비입니다."

불에 그슬린 듯한 검은 피부로 붉은색의 안광을 흘려대고 있는 십여 기의 아이언 좀비의 등장은 한마디로 뒤통수를 얻어맞은 격이었다.

아이언 좀비는 좀비 중에서도 최강의 칭호가 어울리는 괴물이었다. 강철같이 단단해진 몸 탓에 어지간한 물리 공격에는 눈썹 하나 까딱하지 않으며 이미 죽어 있는 괴물이라 충격을 주는 공격조차 먹히지 않았다. 그리고 가장 큰 문제는 물리적 공격만큼이나 마법도 잘 통하지 않는다는 사실이었다.

"저들의 옷을 보십시오. 붉은 여우의 인장. 결국 백작 영애가 말하고자 한 것은 좀비로 변해 버린 사병과 아직 인간이었던 사병들의 전투였던 것 같습니다."

하나같이 심장 부근에 구멍이 나 있는 그들은 전부 라인벨츠 가문의 사병들임을 나타내고 있었다.

"헤이스트(Haste)! 스트랭스(Strength)! 스톤 스킨(Stone skin)!"

말하기가 무섭게 연달아 전개되는 빠른 캐스팅과 함께 이곳에 모여 있는 모두의 몸으로 빛이 흘러들어 갔다.

들고 있는 검이 깃털처럼 가벼워지고 피부는 부드러우나 돌과 부딪쳐도 손끝 하나 다치지 않을 것 같고 그 어떤 공격도 재빠르게 피해낼 수 있을 것 같은 자신감이 생겨났다.

"모두 이 마법이 끝난 뒤 근육통으로 고생할 각오 정도는 해두시죠."

"우선 살아남아야 가능하겠지."

"일단 저 좀비들은 자폭 인형처럼 독이나 유해 가스는 없습니다. 여러분께서 하실 일은 최대한 시간을 벌면서 저들을 한쪽으로 몰아넣어주셨으면 합니다."

전투에서 등 뒤에 마법사가 서 있는 것만큼 든든함을 느낄 수 있는 일이 또 있을까?

테이번이 먼저 선두로 걸어나가자 그 뒤를 이어 레이스와 용병들이 줄을 이었다.

"마법사의 지원을 받는 기사의 위력을 똑똑히 보여주마."

"강철 괴물 따윈 하나도 겁나지 않는다고."

"우오오오오!"

싸움은 난전으로 돌입되었다.

"스트라이킹(Striking)!"

건틀릿과 신발에서 은은한 빛이 감돌기 시작하며 테이번은 가장 선두에 있는 아이언 좀비를 향해 힘껏 달려들었다.

"우어어어억!"

단단한 몸에 비해 오징어처럼 흐느적거리는 움직임은 빠르면서 묵직한 아이언 좀비의 주먹을 한 손으로 튕겨내며 안으로 파고들어 보는 이조차 찔끔해질 정도의 난무를 펼치기 시작했다.

팍박팍팍퍽퍽투퍽콰광!

제아무리 단단한 강철 같은 불사신이라도 한계는 있는 법. 결국 테이번이 택한 방법은 몰매에는 장사 없다는 옛 격언이었다.

쉴 틈 없는 공격으로 만약 평범한 인간의 육체였다면 진작 부러졌거나 피범벅이 되었을 법한 두 손은 마법에 의해 강화되어 있었으나 속사포와도 같은 공격은 괴물에게 그다지 타격을 입히지 못하는 듯싶었다.

그러나 점점 미동도 없이 대지에 서 있던 괴물은 눈에 잘 보이지도 않는 무차별적인 공격에 바닥에 닿은 발이 즈즈즉 하고 밀려나기 시작했다.

쿠르르르르르!

물방울도 한곳에 집중되어 떨어지면 돌에 구멍을 내는 법.

고통을 느끼지 못하는 좀비지만 매서운 공격에 위기를 느낀 듯 반격을 감행했다.

휘익! 부우웅!

바위를 가루로 만들어 버릴 것 같은 괴력이 담긴 공격이 좌우로 교차되었지만 모두 성과없이 돌아가고 오히려 균형이 어긋난 틈을 타 다리를 잡고 넘어뜨린 뒤에 빙글빙글 돌리기 시작했다.

붕붕붕!

우에에에에엑!

"저, 저……."

좀비가 인간에게 잡힌 채 놓아달라고 애걸하는, 차마 눈 뜨고는 볼 수 없는 광경이 연출되었다.

용병들조차 그 모습을 얼이 빠진 듯 쳐다보고 있으니 말 다한 것이리라.

"흐리얍!"

퍼벅! 우당탕탕!

약장수의 오버하는 듯한 기합 소리와 함께 테이번은 반대편에서 다가오고 있는 두 마리의 아이언 좀비를 향해 힘껏 던졌다.

서로 맞부딪친 아이언 좀비들은 한참을 뒤엉키며 설쳐 댄 뒤에야 겨우 일어설 수 있었다.

　그 시간 내에 레이스와 다른 용병들이 남은 아이언 좀비들을 그곳으로 밀어넣었다.

　마지막 한 마리가 모두 합류한 순간 바람이 테카의 몸을 감싸며 로브를 펄럭이기 시작했다.

　"이 세상을 관장하는 질서의 왕이여! 그대의 법률에 따라 지금 이 자리에 있어서는 안 될 그릇된 자들에게 마땅한 처벌을 내리고자 하오니! 혼돈의 존재를 멸하는 백팔 개의 징벌의 철퇴!"

　어두운 배경을 뒤로하고 모두의 머리 위에서부터 백광이 쏟아지고 있었다.

　마치 태양과 달이 동시에 빛을 발하고 있는 것 같은 놀라운 광경에 말조차 나오지 않을 때 신음 소리를 내며 뒤로 물러서는 좀비를 향해 백광 속에서 백팔 개의 창 형태의 빛이 소나기처럼 쏟아져 나오기 시작했다.

　은하수를 떠올리게 하는 그 광경은 무척 아름다웠으나 아름다움에 비례하듯 그 파괴력 또한 지금껏의 마법과는 차원을 달리했다.

　콰광! 콰콰콰콰콰! 쿠과과과광!

　강한 마법으로 인해 주위는 전쟁이 터진 듯 아수라장이나 다름이 없다. 먼지구름은 제법 바람이 강하게 불어옴에도 불구하고 아직도 전부 사라지지 않은 채 그들의 눈앞에는 조금 전까지 좀비였다고 추정되는 시체의 잔해만이 널브러져 있었다.

　"대단해. 오싹오싹 소름이 돋을 정도야."

　사람들은 누군가의 말에 모두 공감했다. 잠깐의 교전으로 강철 좀비들이 얼마나 강한지를 깨달은 그들은 만약 테카와 테이번 두 사람이 없었다면 자신들 역시 저들과 같은 꼴이 되었을 게 분명하다고 확신했다.

"커억! 크으으윽!"

한쪽 무릎을 꿇으며 쓰러진 테카는 이번에는 물에 희석시킬 여유도 없이 남은 포션을 그대로 전부 삼켰다.

고순도의 마나 포션인만큼 독한 브랜디 한 병을 단번에 마신 것처럼 목줄기가 타오르는 듯한 열기에 테카는 한동안 괴로웠다.

"몸은 괜찮은가?"

"휴우, 지금까지는 괜찮았습니다만 이후부터 큰 마법을 쓰려면 제 목숨을 걸어야겠군요."

마법사들에게는 한계 마력이라는 것이 존재한다.

한계 마력은 개인이 하루에 사용할 수 있는 최대 수치의 마력으로 하루에 이 한계 마력의 수치 안의 마력만 사용한다면 아무런 부담 없이 시간이 지나면 마력이 재충전되지만 만약 이 한계 마력의 범주를 넘어서는 마력을 소모하게 되면 그것은 바로 스스로 수명을 깎아버리게 되는 결과를 낳게 된다.

"크키키, 생각 외로 저를 즐겁게 만들어주시는 분들이시군요. 그럼 여흥을 잘 즐기셨다면 슬슬 메인디쉬를 준비해 드리지요."

산 자를 저주하고 죽은 자를 그리는 망곡의 선율이 어디에선가부터 들려오기 시작했다.

기분 나쁜 피리 소리는 어디서부터 들려오는 것인지 도저히 알 수 없게 일대에 울리며 기분 나쁜 공명을 일으키고 있었다.

"자아, 일어서거라, 망령들이여! 네 무덤에 침을 뱉고 살아 있는 모든 것들을 끝없이 먹어치우거라! 레이지 네크로골렘(Raise necrogolem)!"

고깃덩어리로 나누어진 좀비의 파편이 뭉쳐 들면서 둥그스름한 육괴의 형상을 자아내기 시작했다. 그로테스크한 몸체와 절규하는 원혼이 덕지덕지 붙어 있는 그 모습. 살아 있는 것을 먹어치울수록 기하급수적으로 성장해 가는 무시무시한 괴물 네크로골렘이었다.

꾸어어어어억!

츠즈즈즈즈!

네크로골렘의 입에서부터 여러 개의 촉수가 꿈틀거리며 기어나왔다. 고개를 돌리고 싶을 정도로 괴이한 모습과 코를 막아도 느껴질 법한 역겨운 냄새. 저것은 진정 괴물이었다.

휘슉! 휘슉!

축 늘어져 있던 촉수가 하나둘 일어나면서 먹이를 노리는 뱀처럼 리켈푸스 일행을 향해 날아왔다.

"낯선 자의 출입을 원치 않는 엄한 문!"

캐스팅과 함께 빛의 선이 그려지자 모두를 보호하는 넓은 범위의 투명한 육각형의 결계가 완성되었다.

팡! 팡팡!

결계는 얇은 유리벽처럼 약해 보였으나 닿으면 그 즉시 생명력을 빼앗아가는 네크로골렘 촉수의 공격을 몇 번이고 막아냈다.

"이것도 시간문제이지만."

원래 이 마법은 방어 마법으로서는 저급에 속하는 마법이었다.

이만큼 견디고 있는 것은 테카의 레벨이 높기 때문이지 빠르게 발동

된다는 장점과 마력 부족으로 인해 고위 마법을 쓰지 못하는 상황이 아니었다면 애초에 쓸 필요도 없던 마법이었다. 다만 이 마법을 쓴 이유에는 가장 큰 이유가 한 가지 더 있었다.

"나가지."

"부디 조심하십시오."

자신의 검을 꺼내 든 테이번은 결계를 깨뜨리려고 발악하는 촉수와는 달리 아무런 저항도 없이 밖으로 나가 달려드는 촉수를 가리지 않고 베어버리기 시작했다.

챠르륵!

촉수를 벨 때마다 잘려 나간 살덩어리와 함께 안에서는 녹색의 체액이 흘러나와 기분 나쁜 소리를 자아냈다.

치이이이익!

막 체액이 튄 옷이 검게 타 들어간다.

"체액이 아니라 완전히 염산이군."

스톤스킨 마법은 신체를 단단하게 해줄 뿐 그 본질은 변하지 않기 때문에 염산 같은 체액을 막을 방법이 없었다. 저 촉수에 닿는 것만으로도 위험한 판국에 잘려 나간 단면에서 휘날리는 염산 같은 체액으로 인해 점점 더 수세로 몰려들었다.

휘리릭!

자신이 유리한 것을 잘 알고 있는지 촉수들은 더욱더 힘차고 본격적으로 테이번을 공격하기 시작했다.

"로우 에로우!"

꾸어어어어어!

마침 절묘한 타이밍에 테카의 마법이 네크로골렘의 본체를 공격하자 촉수의 움직임이 잠깐 멈춰졌고, 그 덕에 테이번은 위기에서 벗어날 수 있었다.

엄한 벽은 아군에 한해서 출입이 자유로운 특징을 지니고 있었다.

싸우다가 위험하면 들어오고 안에서 지원 사격을 해줄 수 있었다. 또한 결계의 일종이라는 특징 때문에 시전해 놓고도 얼마든지 다른 마법을 쓸 수 있다는 이점이 있었다.

"크윽! 이 자식이!"

살짝 촉수가 스쳤을 뿐인데 팔의 일부분이 검게 변했다. 아마 닿은 그 부분의 모든 세포가 죽고 그 생명력을 육괴의 본체에게 흡수당했으리라.

네크로골렘은 수십 개의 촉수를 잘라낸다 할지라도 뭐든지 살아 있는 것을 먹기만 한다면 그 배로 성장하는 불사신 같은 괴물이었다. 만약 이대로 자신이 당하기라도 한다면 도저히 타산이 맞지 않게 된다.

챙!

평범한 롱 소드에 불과하던 테이번의 검이 두 개로 나누어지며 막 양쪽에서 날아오던 두 개의 촉수를 춤추듯 베어버렸다.

마치 가을 바람에 낙엽이 회오리치는 듯한 모습. 두 개의 검을 각각 손에 쥔 그는 조금 전과는 확연히 달라진 신위로 무참히 촉수를 베어 나가기 시작했다.

체액에 살이 타도 신경 쓰지 않았다. 촉수에 생명력을 빼앗기는 쪽보다 염산에 온몸이 타는 게 훨씬 이득이라고 판단했다.

시체 썩는 냄새와 살이 타는 냄새가 자욱한 세계.

그의 상의는 이미 체액에 의해 걸레가 되어 있었고 검 역시 체액에 의해 무딜 대로 무뎌져 있었다. 아주 오랜 상처 위에 덧입혀진 새로운 상처. 그것은 하나하나가 훈장이라는 말보다 죽음이라는 말을 더 연상케 했다. 그럼에도 불구하고 테이번은 지금 네크로골렘을 압도하고 있었다.

쿠와아아!

"위험합니다! 어서 들어오세요!"

네크로골렘이 남아 있는 촉수를 모조리 회수하는 사이 테이번은 뒤도 돌아보지 않고 결계 안으로 몸을 날렸다.

쩌저저적!

살이 갈라지는 기분 나쁜 소리와 함께 배가 입처럼 커다랗게 벌어지더니 안에서부터 대량의 체액이 뿜어져 나왔다.

"물에 깃든 정령들이여! 부디 우리들을 보호해 주십시오! 아쿠아 쉴드!"

산성 브레스라는 이름을 붙일 수 있을 것 같은 네크로골렘의 체액이 막 닿으려는 찰나 그 앞을 가로막는 주먹만한 물방울이 공중에서 갑작스레 나타났다.

물방울은 삽시간에 부풀려지더니 거대한 방패와 같은 모습으로 변하며 이윽고 산성 브레스를 정면으로 막기 시작했다. 끝없이 이어질 것 같은 공격과 방어. 하나 근처에 강이나 호수 같은 물줄기가 없는 이곳에서 물의 정령의 힘에는 한계가 있었다.

"크으으으으윽!"

주르륵.

코와 입에서부터 흘러나온 선혈이 어느새 턱을 따라 로브를 더럽히고 있었다.

비 오듯 흘러내리는 땀방울.

더 이상 마법을 유지할 마력도 기력도 존재하지 않았다.

이제는 판단을 내려야 했다. 이대로 모두를 살리고 대신 죽을 것인지, 아니면 이곳에 모인 반을 죽이고 반을 살릴 것인지.

사실 답은 이미 나와 있었다.

마법사에게는 두 가지의 의무가 있다.

하나는 존재하는 것.

인정하기 싫으나 압도적인 힘은 불필요한 싸움을 만들지 않는다. 일방적으로 힘이 없는 쪽이 물러서기 때문이다. 그렇기에 마법사는 존재하는 것만으로도 불필요한 교전을 만들지 않는다.

또 하나는 최후의 최후까지 살아남아야 하는 것.

마법사가 자신의 목숨을 아낀다고 해서 비난하는 자는 한 명도 없다. 마법사가 건재할수록 생존 확률이 높다는 것을 잘 알고 있기 때문이다.

'하지만 무리겠지.'

이 어리석음을 그의 스승인 대마법사 카이레스는 항상 꾸짖었다.

인정이 있고 없고가 아니다.

이 의무는 약간 더 힘을 지닌 존재로서 보다 많은 사람들을 지키기 위한 것. 이것을 어긴다는 건 지극히 개인적이고 이기주의적인 인간임을 스스로 인정하는 것이었다.

그럼에도 불구하고 테카는 지금 이것을 어기려 하고 있었다.

그는 이곳 사람들이 좋았다.

여기 있는 사람들은 리켈푸스에게 모여들고 그와 오랫동안 생활해 오면서 기분 좋은 변화를 체험했다. 그렇기에 그들 한 명 한 명은 자신들이 겪었듯이 다른 사람들을 변화시킬 수 있을 거라 의심치 않았다.

그런 귀한 인재를, 그런 귀중한 사람들을 이곳에서 절반이나 잃고 싶지가 않았다.

"악을 처단하는 집행의 의지. 세상을 바로잡는 정의의 의지. 나 여기서 그 힘의 일부를 빌리고자 한다. 삼계의 하늘과 땅의 연결조차 단호하게 끊어버리는."

테카는 자기 희생 마법을 배우지 못했다.

그는 그 사실이 불행이라고 생각하고 있었지만 어렸을 적 불우한 삶을 살아온 덕에 쓸데없이 인정만 많은 제자를 염려한 스승의 배려였다.

'이번 마법의 성공 여부를 떠나 상당량의 수명을 잃을 것이 분명하다. 상관없어. 운명아, 나의 남은 생명 전부를 가져가도 좋다. 대신 이 마법으로 적을 쓰러뜨려다오.'

마법은 완성 단계에 이르렀다. 남은 것은 최후의 주문을 외치는 것뿐.

하나 목소리는 저편에서부터 들려왔다.

"염화신검(炎火神劍)!"

네크로골렘의 뒤에서부터 거목을 일순간에 태워 버릴 듯한 기세 높은 화염이 순식간에 네크로골렘을 세로로 두 동강 내버렸다.

화염 탓인지 썩은 시체가 타오르는 지독한 냄새와 검은 연기가 리켈푸스 일행을 괴롭혔다.

그럼에도 불구하고 눈을 뗄 수 없는 이유는 네크로골렘이 두 동강이 난 상태에서도 살아 움직이고 있었기 때문이다.

그 뒤로 한 남자가 서 있었다.

붉은 머리카락이 무척 인상 깊은 사내.

그가 입고 있는 바람결에 펄럭이는 옷은 생전 처음 보는 생소한 것이었다.

"인법! 족제비의 춤!"

어디선가 다른 목소리가 들려왔다.

하나 이번에 다른 것은 그 모습을 전혀 찾아볼 수가 없다는 것이었다.

휘이이이잉! 휘이이이잉!

당장이라도 온몸을 갈가리 찢어버릴 것 같은 날카로운 네 개의 바람 칼날이 사방에서 일정한 궤도를, 그리고 육괴의 본체와 촉수를 계속해서 난도질해 댔다.

끄어어어어어!

제아무리 재생을 반복하는 네크로골렘이라도 쉴 틈 없이 이어지는 바람의 공격과 육신을 태우는 화염 공격에 점차 재생과 회복되는 속도가 줄어들며 움직임이 잦아들기 시작했다.

테카는 캐스팅할 생각도 하지 못하고 그 상상을 초월하는 압도적인 무위를 넋을 잃고 바라볼 뿐이었다.

마법과 비슷한 느낌이나 마법도 소드 마스터의 오라 블레이드도 아닌 난생처음 마주하는 힘에 정신이 없었다.

그도 그러할 것이 두 사람의 힘은 바로 동대륙, 즉 동방(東方)이라고 불리는, 두렵고 기상천외한 기적이 존재한다는 미지의 세계 힘이었던 것이다.

백여 명에 달하는 리켈푸스 상단 일행을 위협하던 괴물은 불과 두 명의 동대륙 사람에 의해 일 분도 채 안 되는 시간에 소멸되고 말았다.

이들이 적인지, 아니면 아군인지 구분이 안 되는 상황 속에서 대부분의 사람들이 한계에 이르기까지 긴장하고 있을 때 붉은 머리카락의 남자는 부들부들 떨리는 손으로 한쪽 나무를 가리키면서 외쳤다.

"이이, 딱정벌레 같은 놈아! 본좌의 힘이면 눈감고도 해치울 수 있다고 했거늘 감히 내 사냥감을 제멋대로 뺏다니 간이 처부었구나!"

그러자 갑자기 나무의 일부분에서 눈 부분만을 제외하고 모두 검은색 옷으로 둘러쓴 한 남자의 상체가 불쑥 나타나며 반발했다.

"딱정벌레라니요? 이건 고도의 은신술입니다. 흉내도 못 내는 주제에 무슨 망발이십니까?"

나무와 하나가 되어 있는 듯한 그 모습은 심장 약한 이가 보았다면 당장 쓰러져 버릴 것처럼 놀라웠지만 돈 주고도 볼 수 없는 재밌는 광경이었다.

"주제도 모르는 것이. 고도의 은신술은 무슨 얼어죽을. 개나 소나 알 수 있는 그딴 허접한 기술 따위는 배울 가치도 없다."

"말은 자신의 인격을 나타내는 겁니다. 좀 좋게 말할 수 없겠습니까, 이 한 달에 한 번밖에 목욕 안 하는 때쟁이 놈아?"

적발을 가진 남자의 얼굴이 그림처럼 벌겋게 타오르듯 변해갔다.

과거 기연(奇緣)으로 얻게 된 화산(火山)의 정을 완전히 흡수하지 못한 부작용이 홍분과 함께 유감없이 드러나고 있는 것이다.

"때, 때, 때쟁이라고? 해적질이나 하는 꼴이 불쌍해서 그동안 좋게 봐줬더니 이 쪽발 주제에!"

"쪼, 쪽발? 오랑의 장례 풍습을 배우지 못한 게 유감이군요. 죽더라도 우리 왜의 풍습대로 장례를 해줄 테니 곱게 죽으시죠. 인법 흑연(黑煙)의 춤!"

"가소롭다! 그깟 허술한 공격은 나의 검막조차 뚫지 못하지. 화룡점정(火龍點睛)!"

쿠구구구구구구구궁!

검은 복면 남자의 몸이 검은색 연기로 변해가고 있는 반면 적발사내의 태도(太刀)에서는 화룡의 형상을 하고 있는 기의 덩어리가 튀어나오며 마치 살아 있는 생물처럼 그 몸을 점점 휘감고 있었다.

그 상반되는 기운에 주위의 크고 작은 돌들이 하나둘 떠오르기 시작하며 팽팽한 줄다리기를 하는 듯한 긴장감이 감돌기 시작했다.

"거기까지 하도록 하세요."

어린아이를 달래주는 듯한 고운 말투.

하지만 그 한마디에 맞부딪치는 기운이 더욱더 강한 힘에 굴복해 버리며 떠오르던 돌들은 다시금 제자리를 찾아갔다.

이 상냥함으로 위장된 끔찍한 목소리.

이 따스함으로 가려진 패도적인 기운을 어찌 모를까?

그럼에도 불구하고 두 남자는 속으로 '아냐! 절대 그분이 아니야!'라고 갈망하며 기적을 바라면서 천천히 고개를 돌렸다.

하지만 현실이란 결코 피할 수 없는 것.

고개를 돌린 저편.

그곳에는 염라대왕(閻羅大王)이 부처님 같은 미소를 지으며 서 있었다.

"제가 전에도 말을 했을 텐데요. 이곳 서대륙에서 행패를 부리는 짓만은 용서하지 않겠다고요. 우리 쥬신에는 이런 말이 있답니다. 하인은 주인의 명을 저버렸고 주인에겐 그 잘못을 바로잡아 줘야 한다는 의무가 있었다. 그래서 난 바람이 되었다."

천상의 선녀를 떠올릴 법한 아름다운 미청년은 품에서 가볍게 부채를 꺼내 차르륵 펼쳤다.

조금 전만 해도 새빨갛던 적발남자의 얼굴이 파랗게 질려 있었다. 복면에 가려져 남자의 얼굴은 보이지 않았으나 틀림없이 오십보백보일 터.

"제발 한 번만 용서해 주십시오."

"부, 부디 자비를!!"

그는 약속을 어긴 순간 절대 자비를 베풀 정도로 무른 남자가 아님을 잘 알면서도 지푸라기라도 잡아보는 심정으로 열심히 무릎을 꿇고 머리를 조아리기 시작했다.

그날, 바람이 된 것은 두 남자였다.

"전부 계획대로."

어둠에 묻혀서 핏빛으로 물들어 있는 소녀는 즐거운 듯이 말했다.

애초에 이 모든 것은 양동 작전이라는 전제 하에 시작된 것.

인간이라면 대부분 자신보다 약한 존재에게 허술하고, 급할수록 시야가 좁아지는 특징이 있다.

어린 소녀의 몸을 빌려 먼저 목표물에 접근한 뒤, 거짓 정보로 혼란을 주고 몬스터들로 사람들의 이목을 돌리는 사이에 자신은 유유히 반지를 강탈한다.

마족이지만 그 누구보다 인간의 심리에 박식(博識)한 도미노이기에 가능한 전술이었다.

유일한 맹점은 네크로골렘이 고전을 면치 못할 만큼 강한 마법사와 쌍검이라는 기괴한 검술을 사용하는 검사가 있다는 것.

하나 일찍이 마족의 수치라는 오명을 받고 중간계로 도망쳐서 수많은 인간을 해부하고 실험 도구로 사용하면서 점차 사술(邪術)을 쌓아온 그에게 어린애의 뱃속에 든 반지를 꺼내는 것쯤은 숨 쉬는 것보다 쉬운 일이었다.

"과연 그게 맘대로 될까?"

막 그 배를 가르기 위해 들어 올린 팔이 흠칫하고 멈추었다.

"동족인가?"

선반 위라는 전망 좋은 귀빈실에서 유유히 오페라를 감상 중인 듯한 검은 고양이에게 물었다.

아니, 애초부터 말할 필요도 없었다.

살기도 적의도 아니면서 이토록 불쾌하게 만드는 느낌은 자신과 같은 마족 고유의 분위기였기 때문이다. 게다가 풀풀 풍겨 나오는 달콤한 향기는 정신이 아찔해질 정도로 욕망을 부추겼다.

"방해할 생각 없으니 마음대로 해봐. 단, 동족이라 충고해 주겠는데 목숨이 아까우면 지금 도망치는 게 좋을걸?"

어째서 그런 말을 하는지는 알 수 없었지만 확실히 그녀는 자신을 방해할 생각이 없어 보였다.

수많은 인간의 배를 갈라본 덕분에 반지를 삼켰다면 대충 어디쯤에 끼어 있을지는 눈을 감고도 알 수 있었다.

대충 위치를 짐작한 뒤 들어 올린 팔을 힘껏 내리 찔렀다.

딱딱한 단음이 들렸다.

기형 단도는 살을 가르기는커녕 저 연약한 피부를 파고들어 가지도 못했다.

인간의 살을 가르기 위해 직접 제작한 단도가 아무 쓸모 없자 얼굴이 후끈 달아올랐다.

"빨리 해내지 않으면 깨어나 버릴걸?"

매혹적인 비웃음이 들려왔다.

평소의 그였다면 이 일을 맡긴 그들은 혹시 처음부터 뭔가 큰 착각을 한 게 아닐까 하고 의심을 가졌을 터였다.

하지만 여자 앞에서 이런 추태를 벌였다는 생각은 그를 성급하게 만들고 있었다.

에바의 몸이 두 개로 나누어지기 시작했다.

소녀의 몸 안에서 나온 환영은 점차 광대 복장을 한 도미노로 변했고, 진짜 에바는 힘없이 바닥으로 쓰러졌다.

"죽어라!"

스스로 개조를 거듭해서 명검 이상의 날카로움을 지니고 있는 자신의 손으로 로빈을 힘껏 찔렀다.

푸슉!

이번에야말로 살이 찢어지는 소리와 함께 피가 튀었다.

배에서부터 느껴지는 이질적인 느낌.

로빈은 그것이 자신에게 득이 되지 않음을 분명히 느낄 수 있었다.

그럼에도 의식은 깊은 물속에 빠진 것처럼 무기력하게 허우적거리기만 할 뿐 제아무리 용을 써도 일어날 수가 없었다.

무언가가 자신의 내부를 휘젓는다.

그것은 누군가가 자신을 범하고 있는 것만큼이나 싫은 느낌이었다.

과거 로빈은 두 번 정도 이런 비슷한 경험을 했다.

한 번은 몬스터 랜드에서, 또 한 번은 얼마 전 나가와 카리나의 싸움 중에서.

그때는 죽기 직전으로 의식이 전혀 없던 상태라 자신의 몸 상태를 전혀 느낄 수 없었지만 현재 도미노에 의해 정신을 차리지 못하는 정도의 지금은 달랐다.

자신의 의지대로 몸을 움직일 수는 없지만 그 의식만은 분명하게 존재해서 자신을 해치려는 누군가를 분명하게 느낄 수 있었다.

—이름을…….

목소리가 들려왔다.

장담할 수는 없지만 결코 낯설지 않은 그 목소리는 자신이라는 세계 안에서 들려오고 있었다.

—저의 이름을…….

다시 한 번 더 들린 목소리에 로빈은 확신했다.

자신은 그녀를 알고 있음을. 그래, 그녀를 부탁받은 것은 바로 자신이었다.

—저의 진짜 이름을!

이윽고 두 개의 세계가 하나로 이어졌다.

"뭐, 뭐지, 이것은?"

도미노의 손이 로빈을 상처 입히는 것과 동시에 마차 안에서는 바람이 소용돌이치기 시작했다.

그 시작도, 그 끝도 알 수 없는 바람은 점차 로빈의 주위를 감싸며 둥근 바람의 결계를 만들기 시작했다.

움찔.

로빈의 몸이 작게 움직였다.

말도 행동도 불가능하게 자아를 흩뜨려 놓는 일종의 최면술인 호러 드림.

그것에 속박당해 있던 로빈의 움직임에 도미노는 그 누구보다 놀라며 뒤로 물러섰다.

곧 로빈은 남에게 빼앗긴 주도권을 하나하나 되찾듯이 차례대로 움직이며 이윽고 침대에서 몸을 가누며 일어섰다.

로빈은 알 수 있었다.

그녀의 모습을.

그녀의 생각을.

그리고 그녀의 이름을.

"라피스라줄리."

그 이름을 부르자 빛이 몰려들었다.

그리고 어느새 처음부터 그곳에 있었다는 듯 푸른 바다를 연상케 하는 밝은 청녹색의 머리카락을 지닌 아름다운 여인이 로빈의 옆에 서 있었다.

금가루를 뿌린 듯이 생기있게 빛나는 머리카락, 시선을 빨아들이는 눈동자, 도도한 콧날, 고혹적인 입술.

인간의 미를 넘어선 아름다움은 이름답게 하나의 보석 그 자체였다.

"인게이지(Engage)!"

언약과 시작을 나타내는 단어를 내뱉는다.

호수처럼 잠잠한 작은 한마디. 하나 변화는 성난 바다를 초월했다.

로빈을 바라보며 미소 짓던 여인의 몸이 바람으로 화하며 움직임이 눈에 보일 정도로 강렬한 바람이 되어 로빈의 왼손으로 깃들기 시작했다.

"나약한 마음을 모아 튼튼한 집을 쌓자! 혼자는 약하나 두 명이 하나가 되면 그 무엇도 두렵지 않으니 방황하던 마음은 비로소 그 어떤 역경도 헤쳐 나갈 힘이 되리라! 너의 진실된 이름을 이곳에서 외치노라! 와라! 샤른가(Samga)!"

머리 속에서 자연스럽게 떠오르는 주문과 진명(眞名).

그녀는 속삭임을 통해 이것이 자신의 또 다른 모습이자 진실된 모습이라고 가르쳐 주고 있었다.

전투용이라기보단 예식용이라는 생각이 들 정도로 아름다운 이 미터에 달하는 거대한 자이언트 보우는 내포하고 있는 힘만큼이나 강력한 존재감으로 마차 안에 있던 이들의 시선을 끌어당겼다.

"이, 이런 꼬마가 슬레이브 마스터란 말인가?"

슬레이브. 그것이 의미하는 바에 정신을 차릴 수가 없었다.

아름다운 인간형의 모습을 하고 있으나 그 기원도 그 정체도 알 수 없는 그것들은 오랜 과거부터 신의 유산이라는 이름으로 수많은 인간들이 자신의 손을 피범벅으로 만들면서까지 얻고 싶어하는 현존하는 병기 중 최강이라는 수식이 어울리는 마도 병기(兵機)다.

그리고 슬레이브 마스터란 슬레이브의 주인으로 인정받은 사람들을 뜻했다.

"……."

나를 해치려고 한 자, 죽어라.

그 작은 눈이 말하고 있었다.

시위도 메겨져 있지 않은 샤른가에 손을 대자 무형의 시위가 당겨짐이 느껴졌다.

이 시위는 자신과 라피스를 이어주는 끈.

두 사람이 가까울수록 이 시위는 더욱더 팽팽하게 당겨진다.

그리고 화살은 자신 그 자체.

한 번 쏘아 보낸 화살은 두 번 다시 되찾을 수 없다.

그때 귓가에 라피스의 목소리가 들려왔다.

―강한 힘에 상응하는 대가를. 한번 쏘아 보낸 것은 다시는 돌아오지 않으리.

그 말이 나타내는 진정한 위험을 전혀 이해하지 못하며 로빈은 시위를 마저 끌어당겼다.

로빈에게 있어 활에 걸 수 있는 것은 화살밖에 없었다.

그 무의식에 가까운 생각은 득이 되어 로빈의 몸에 깃들어 있던 드래곤 하트의 마력이 외부로 흘러 나가면서 하나의 화살을 이루기 시작했다.

"제, 제기랄! 죽어라!"

개조한 팔의 손바닥에서 작은 구멍이 생기며 고압축된 마기(魔氣)탄이 로빈을 향해 강하게 발사되었다.

"스펠 브레이커!"

위이이이이이잉! 파아앙!!

빛의 화살이 한순간에 마기를 소멸시키고 도미노와 마차의 한 부분을 꿰뚫고 보이지도 않는 먼 곳으로 날아가더니 이내 저 먼 곳에서부터 거대한 폭음이 들려왔다.

"…반지를."

몸 중심에 커다란 구멍이 뚫려 버린 도미노는 그 말을 마지막으로 점차 재로 변해갔다.

리켈푸스 일행은 현재 허리까지 내려오는 긴 흑발에 새하얀 동대륙 특유의 옷을 입고 있는 청년의 신위에 넋을 잃어버렸다.

저 흉악한 언데드 몬스터인 네크로골렘을 단 일 격만으로 소멸시킨 장본인 두 명을 갓난아기처럼 가지고 노는 그 광경이라니.

부채를 한 번 휘두를 때마다 이삼십 미터를 오르락내리락하는 도저히 믿겨지지 않은 현실에 모두 자신의 눈을 의심하고 있을 쯤이었다.

"아니, 이게 누구야? 리켈푸스 아닌가?"

귀에 익은 목소리에 고개를 돌려보니 그곳에는 드워프의 노커 올슨이 서 있었다.

"아니, 올슨, 이게 몇 년 만인가? 하도 연락이 되지 않아서 혹시 늙어 죽은 게 아닌가 걱정했다네."

"나보다 자네 걱정이나 하게. 어디 보자. 내가 이번에 손녀 성인식 날 선물을 만들어준다고 약 사 년간 여기저기 싸돌아다녔으니 벌써 오

년 만이군. 아니, 저런, 또 저 하인 녀석들이 말썽을 부린 모양이군."

올슨은 아직까지 적인지 아군인지 그 구별이 애매모호한 동대륙 사람들에게 달려가더니 잠시 후 화기애애한 모습으로 다가왔다.

워낙 긴장하고 있던 상황이라 처음에는 눈치채지 못했으나 목젖만 가리면 미녀라고 착각할 정도의 미모를 지닌 흑발의 미청년과 그 양옆으로 무릎을 꿇고 머리를 바닥에 조아리고 있는 두 사람이 있었다.

"소개하겠네. 여기 있는 분은 동대륙, 그것도 쥬신에서 오신 손님들일세."

"쥬신?"

쥬신. 죽지도 늙지도 않는 불로불사의 선덕여왕이 통치하는 신비의 나라.

수없이 많은 영물들의 수호를 받고 죽은 사람조차 살려낸다는 약초가 재배되는 기적의 나라.

터무니없는 과장도 많지만 수없이 많은 소문은 얼마나 많은 이들이 쥬신에 관해서 관심이 많은지를 말하는 것과 같았다.

"쥬신에서 온 가람이라고 합니다. 이쪽은 제 하인인 개똥이와 쇠똥이입니다."

"쇤네는 개똥이라 하옵니다."

"쇤네는 쇠똥이라 하옵니다."

"풋."

여기저기서 웃음이 터져 나왔다. 그 소리에 누가 먼저라 할 새도 없이 두 사람의 몸이 부들부들 떨렸지만 가람의 헛기침 한 번에 단번에 잠잠해졌다.

자기 소개를 끝낸 후 이번에는 리켈푸스 일행과 인사를 나누었다.

"저는 마법사 테카라고 합니다. 실례지만 가람님께서는 혹시 양반이십니까?"

양반은 쥬신의 귀족 계층을 뜻했다.

단, 이곳과는 여러모로 차이가 나지만 그 정도의 세밀한 점을 알 리 없는 테카는 깔끔하면서도 귀티가 흐르는 모습과 한눈에 봐도 범상치 않는 두 하인을 데리고 다니는 것으로 보아 틀림없이 높은 계층의 사람일 것이라 확신했다.

"아, 그런 오해를 자주 받습니다만 저는 양반이 아닙니다. 양반이었다면 좀 더 편하게 관광할 수 있었을 텐데 말입니다."

제국뿐만 아니라 대부분의 나라에서 쥬신의 양반이라 하면 곧 자국의 백작 이상의 대우를 해주기 마련이었다.

물론 아무 이유 없이 보이지도 않은 먼 타국 귀족을 그렇게 우대해 주지는 않았다. 강한 힘을 지니고 있음에도 불구하고 남을 침략하지도 도발하지도 않는 믿기지 않는 민족 정신에 나름대로 경의를 표하고 있는 것이다.

"크하하하! 가람님은 양반과는 비교도 할 수 없는 자리에 있는 분일세. 무엇보다 쥬신 십화랑(十花狼) 중 한 사람이니간 말이야."

"어헙."

턱이 쩌억 벌어질 정도의 경악스러운 일이었다.

꽃 뒤에 숨겨진 늑대의 모습이라는 뜻의 화랑(花狼).

쥬신의 화랑들은 그들이 모시는 여왕의 은총을 받아 그들 역시 불로불사의 삶을 살아간다는 절대 최강의 존재들이자 살아 있는 전설이었다. 비록 동대륙과 서대륙의 성이라는 개념에 약간의 차이가 있기는 하나 일격에 성을 부숴 버리는 힘을 지닌 인간을 넘어선 무신들.

과거 백 년 전에 있었던 동대륙 정벌 전쟁에서 수만 명의 사람을 한순간에 고기밥으로 만들어낸 장본인 중 한 사람이 이곳에 있다니. 이거야말로 방금 전에 나타나 순식간에 모습을 감춘 마족과는 비교도 할 수 없는 중대한 일이었다.

"아… 아!"

몇몇 자신도 모르게 검을 뽑아 든 용병들의 두 손은 하나같이 수전증 환자처럼 심하게 떨리고 있었다.

화랑이라는 이름이 내포한 신기, 경외, 그리고 미지의 공포에 당장이라도 그들을 잡아먹어 버릴 것 같은 환상에 사로잡혔다.

몸이 의식을 거부할 정도로 떨리고 있을 때 그들을 만류하는 움직임이 있었다. 바로 리켈푸스였다.

"역시 저의, 아니, 화랑이라는 존재는 아직 받아들여지지 못하는 것 같군요. 괜히 제가 큰 결례를 저지른 게 아닌지."

"아닙니다. 저 친구가 드워프다 보니 인간과는 생각 자체가 달라서 그렇지 알다시피 이곳 사람들은 쥬신의 화랑이라면 자다가도 심장마비로 죽을 만큼 무서워하고 있다 보니 별수없는 일 아니겠습니까. 뭐, 그것도 자업자득이지만."

두세 대 전만 해도 쥬신병이라는 해괴한 병이 나돌았다.

그 병을 앓고 있는 자는 대부분 동대륙 정벌 전쟁에서 살아 돌아온 자들로 멀쩡하게 행동하다가 흰색 옷을 입은 사람만 봐도 발작을 일으키거나 전쟁에 참여했던 꿈을 꾸다가 심장마비로 사망하는 자들을 일

컬었다. 그것은 화랑에 대한 공포가 얼마나 큰지를 전적으로 증명해 주는 사실이었다.

"진정들 하시오. 귀한 손님께 실례가 아닌가. 그런데 어찌 화랑께서 이곳에……?"

말이 끝나기도 전에 등 뒤에서부터 엄청난 굉음이 터져 나왔다.

콰과과과광!

그리고 순간 하늘을 가르는 거대한 빛.

그 빛은 정면에서 대포의 일격조차 견뎌낼 수 있는 리켈푸스의 마차의 한쪽 벽을 파괴하고도 저 멀리 날아가 능선 가까이에서 거대한 폭발을 일으켰다.

"마차에는 아이들이?"

도대체 무슨 일이 있었던 것일까?

서둘러 마차로 달려가자 정신을 잃고 쓰러져 있는 에바와 배에 커다란 상처를 입고 간신히 서 있는 로빈을 볼 수 있었다.

"무진장 아파. 제길, 그 못생긴 광대 녀석."

광대라는 말에 리켈푸스 일행은 깜짝 놀랐다. 설마 리켈푸스가 목표라고 해놓고는 실은 로빈을 습격하다니? 아니, 정상적으로 생각해 본다면 로빈이 아닌 에바를 습격했을 가능성이 더 컸다.

당사자는 이미 사라지고 없으니 아이들을 습격한 이유조차도 알 수 없게 되어버렸지만 다행히도 이 폭발 속에서도 무사한 두 아이를 보며 하늘의 도움이라 생각했다. 아니, 착각했다.

털썩.

고통에 쓰러진 로빈을 받아 든 사람들은 제자리에 눕히고 얼른 상처를 살펴보기 시작했다.

"쥬신의 화랑이라는 무신들은 단순히 강할 뿐만 아니라 마를 쳐부수는 항마의 힘을 지녔으며 학문 및 예술과 의술에도 상당히 조예가 깊은 것으로 알고 있습니다. 도와주신다면 그 어떤 보답이라도 해드리겠습니다."

테카의 현재 상태를 어느 정도 짐작하고 있는 리켈푸스의 요청에 가람은 얼굴의 홍조를 가리듯 볼을 긁적였다.

"제 힘이 닿는 데까지 도와드리겠습니다. 단, 편하게 이야기해 주시면 감사드리겠습니다. 이곳 서대륙 분들은 너무 칭찬에 능숙하셔서 조금……."

몇몇 사람들이 속으로 '동대륙 사람들은 칭찬에 인색하다는 말이 사실이구나'라고 생각하는 동안 가람은 로빈에게로 다가가서 상태를 살펴보기 시작했다.

"이런 상처에도 아직 정신이 남아 있다니, 심신수양(心身修養)을 위해 문무를 배우고 있는 듯한데 좋은 스승을 둔 것 같군요."

가람의 말에 테카와 테이번의 얼굴에 미소가 새겨졌다.

그 대단한 화랑이 칭찬을 아끼지 않다니. 이것은 대마법사와 자유기사 두 사람의 제자라는 말 이상으로 사람들을 놀라게 하기에 충분했다.

바늘 같은 것을 꺼내 로빈의 몸 몇 군데를 아프게 찌르자 신기하게도 흘러내리던 피가 멈추기 시작했다.

"이 정도면 전혀 문제가 없는 것 같습니다. 그럼."

손을 로빈의 심장에 갖다 댄 가람은 자신의 기(氣)를 흘러보내기 시작했다.

시냇물처럼 졸졸졸 흘러들어 가는 기는 별 어려움 없이 로빈과 동화되는 듯이 보였지만 어느 순간 그는 무언가 이상한 점이 느껴졌다.

사람의 몸속에는 저마다 그릇을 가지고 있다.

그릇이란 본디 무언가가 들어 있어야 쓸모가 있는 법.

그리고 사람들은 그 그릇 속에 일정량의 물을 지니고 있다.

이 물이 바로 기. 이곳으로 따지면 마력이다.

지금의 로빈은 방금 전 슬레이브의 힘을 사용하여 마력을 몽땅 써버린 상태였다.

만약 이대로 조금만 더 있는다면 생명의 위협을 느낀 드래곤 하트에서 또 마나가 흘러나왔을 터였지만 그전에 가람이 흘려보내 주는 기로 인해 굳이 흘러나올 이유가 없어지고 말았다.

가람은 자신이 지닌 물을 흘려보내 텅텅 빈 그릇을 다시금 활성화시키려고 했다. 하나 제아무리 물을 흘려보내도 그릇은 조금도 찰 생각을 하지 않았다.

'설마, 이런 놀라운!'

무언가를 깨달은 것은 일반 어른 열 명분에 해당하는 기를 로빈의 몸속에 쏟아준 뒤의 일이었다.

로빈이 지닌 그릇은 그릇이라 할 수 없었다.

그래, 말하자면 그것은 댐이었다.

그릇 따위로는 아무리 퍼도 그 끝을 알 수 없는 광활한 세계이면서 동시에 그 세계를 더욱 넓힐 수 있는 발전 가능성을 지닌 것이다.

이제 불과 십대 초반의 나이에 이런 그릇을 가지고 있는 자는 십화랑 중에서도 드물었다.

로빈의 가슴에 손을 얹고 그 상태로 멈춰 버린 가람을 사람들은 아무 말 없이 뚫어지게 쳐다보고 있었다.

'지금 이 아이가 정신을 잃은 것은 상처 때문이 아니라 이토록 넓은 댐 안에 있어야 할 물이 없기 때문에 일시적인 쇼크 증상을 일으킨 것이다. 어떻게 해야 하나? 이런 힘을 지닌 아이가 후에 선을 택할지 악을 택할지는 아무도 모르는 일이다. 하지만 설령 최악의 결과가 벌어진다고 해도 이런 자질의 아이를 이대로 버리기에는 너무 아깝다.'

로빈의 심장에 손을 얹고 그 상태로 멈춰 버린 가람을 사람들은 아무 말 없이 뚫어지게 쳐다보고 있었다.

굳은 결심을 한 듯 그가 손에 힘을 주자 갑자기 변화가 생겼다.

휘이이이이이이이잉!

지금껏 본 것 중에서 가장 거대한 기의 돌풍이 가람의 몸에서 일어나며 로빈에게 전해지기 시작했다.

"마, 말도 안 돼! 어떻게 자신의 마력을 남에게……!"

자신이 지닌 마나를 남에게 전해주는 법은 제자를 지닌 스승이라면 누구나 가지고 싶어하는 기술임이 분명했다. 하지만 그것은 어디까지나 이론에서나 몇 번 등장했을 뿐 그 누구도 성공시키지 못한 채 아주 오랜 시간이 흘렀다.

그런 기술을 지금 쥬신의 화랑은 아무렇지도 않게 사용하고 있는 것이었다.

인간을 넘어선 신기를 지닌 자들이라고 칭하는 이유가 이제야 아무렇지 않게 느껴졌다.

"하아아아아아압!"

돌풍이 점점 두 사람을 중심으로 좁아지면서 더욱더 강맹하게 숫구쳐 올랐다. 그렇게 탑메이지 테카조차 짐작할 수 없는 양의 마나가 끝없이 로빈의 몸속으로 들어가자 점점 배의 상처 역시 낫기 시작했다.

"제국이다!"

신성왕국에서 가장 가까운 곳에 위치한 제국령 트라피카는 국경 근처에 위치한 영지임에도 불구하고 드넓은 제국 중에서도 열 손가락 안에 들 정도로 발전한 도시였는데 그 바탕에는 중립국이라는 신성왕국과 인접하다는 사실이 크게 작용하고 있었다.

"와하! 저기 봐! 성벽이야, 성벽!"

이미 몇 차례나 마을을 지나오면서 보아온 성벽임에도 불구하고 로빈은 여전히 성벽에 크게 관심을 두었다.

"우리 텐텐 산에도 허름한 방책 말고 저런 멋진 성벽을 지을 수 있다면 좋을 텐데."

방책이라고 해도 평범한 사람들이 보기에는 요새 수준에 달하는 건축물이었다.

하나 그런 것도 까마득히 높으면서도 탄탄해 보이는 성벽 앞에서는 힘 주면 툭 부러져 버리는 이쑤시개만한 가치밖에 느끼지 못했다.

평소라면 로빈의 이런 반응을 보며 즐길 테카와 테이번이었다.

하지만 오늘따라 왠지 둘의 얼굴이 편하지 않아 보였다.

그 이유가 불청객이라 할 수 있는 두 사람, 아니, 한 사람과 한 드워프 때문임을 모르는 이는 로빈 정도뿐이었다.

시간은 하루 전, 마족 도미노의 습격이 있었던 때로 돌아간다.

"오오, 굉장하군요. 저런 높은 성벽을 쌓다니! 서대륙의 문화는 보면 볼수록 감탄밖에 나오지 않습니다."

"저게 다 우리 드워프들이 도와준 덕분이지. 안 그런가, 리켈푸스?"

"허허허, 당연한 이야기를 또 그렇게 묻는군. 뛰어난 인간 장인들도 많지만 자네들의 도움이 없었다면 꿈도 못 꿀 일이지. 제일 잘 알고 있으면서 또 제 얼굴에 금칠을 하려고 하는구먼."

"역시 자네와는 말이 잘 통한다니깐. 몇몇 자존심만 높은 드워프 중에서는 인간과 어울려서는 안 된다고 주장하지만 알 게 뭐야. 난 드워프의 우두머리인 노커라고. 그 누가 날 막겠나? 크하하하!"

리켈푸스는 근처에 있는 가장 크고 시설 좋은 숙소에 자리를 잡았다.

어젯밤 그 꿈같던 싸움에서 한 사람의 희생자도 생기지 않은 것에 대한 작은 포상이었다.

뜨거운 물이 담긴 욕탕에서 피로를 풀고 맛있고 영양가있는 음식들로 배를 채우자 이제야 살아 있다는 실감이 들었다.

식사를 모두 끝낸 후 디저트 겸으로 차와 함께 여러 가지 제철 과일들이 올라오며 한층 더 좌담회의 묘미를 살려주었다.

"허허허, 만족스럽다니 다행이군요. 안 그래도 쥬신 분들은 쌀밥과 김치가 아니면 식사를 못한다는 소문을 들어서 내심 걱정하던 중이었습니다."

"약간 과장된 소문이라 생각하지만 대개 개인 차이 아니겠습니까? 저 역시 식사를 굶을 정도는 아니지만 쌀밥과 김치를 좋아하지요."

"커커, 이 서대륙에는 고기를 쓴 약보다 더 먹기 싫어하는 엘프라는 종족도 있지. 우리 드워프들은 술과 고기라면 사족을 못 쓴다네. 하지만 그럼에도 불구하고 우리 두 종족은 아주 사이가 좋지. 고작 먹을거리나 믿는 신 따위로 서로를 배척하는 것은 어리석은 인간들뿐이야."

올슨은 그동안 가람과의 동행으로 많이 수그러져 들었던 거친 입담이 오랜만에 부활하며 신랄하게 깎아내리기 시작했다.

대인은 대인을 알아본다고 했다.

올슨과 가람의 관계가 바로 그러한 것이었다.

오만한 드워프가 인간에게 존댓말을 쓰고 눈치를 살폈다는 이야기는 전대미문의 사건임이 틀림없었다. 물론 그 속에는 인간을 초월한 가람의 힘과 또 그가 가지고 있는 신비한 금속으로 만들어진 화랑도(花狼刀)의 숨겨진 비밀을 밝혀내기 위해서라는 이유도 포함되어 있었지만 말이다.

"허허, 친구가 괜히 귀찮게 해드리는 게 아닌지……."

"아닙니다. 올슨님 덕분에 무척 즐거운 하루하루를 보냈습니다. 저희 화랑들이 백성과 여왕님을 살피는 마음 이상으로 병기에 대한 열정을 지니신 분을 뵙게 되어 오히려 제가 더 영광이었습니다."

"내가 이래서 가람님을 좋아하는 거 아니겠나! 나 13대 드워프의 노커 올슨은 쥬신 화랑의 유일한 드워프 친구로 기억될 걸세. 푸하하하!"

리켈푸스는 친구의 성격상 이제부터 그가 만드는 문구에는 빠짐없이 화랑의 친구라는 칭호가 새겨질 게 분명하다고 생각했다.

"하지만 안타깝군요. 이렇게 좋은 인연을 만들게 되었는데 내일 본국으로 돌아가셔야 한다니. 솔직히 가람님께서 함께 와주시면 든든해질 거라는 생각을 하고 있었답니다."

"저도 많이 아쉽지만 어쩔 수가 없겠지요. 제가 화랑인 이상 이렇게 짧은 기간이나마 서대륙의 땅을 밟았다는 것만으로도 만족합니다.”

화랑이라는 존재는 서대륙 사람들이 받아들이기에는 아직도 커다란 재앙 같은 존재였다.

프하이엄 제국이니까 비공식적으로나마 시범적으로 화랑이 머물 수 있게 해주었지 다른 나라, 특히 과거에 가장 앞서 동대륙 정벌에 나섰다가 막대한 피해를 본 미들랜드 왕국 같은 경우 백 년이 지난 지금에도 화랑이라는 말은 금기시되고 있을 정도였다.

그날 밤 가람과 개똥이, 쇠똥이는 길을 떠났다.

모두가 가람 일행과 잠시라도 더 있었으면 하는 바람이 컸지만 좀 더 이 서대륙의 모습을 기억하기 위해 제국 관료와 만나기로 한 약속 장소까지 천천히 걸어가 보고 싶다는 의지를 꺾을 수가 없었다.

“로빈이라고 했던가? 다음에는 네가 쥬신으로 놀러 오렴.”

“응. 상처 치료해 준 빚도 있으니깐 꼭 가볼게.”

“네게 선물을 하나 주마. 언젠가 다시 만날 것을 기약하며.”

가람은 자신의 머리를 풀어헤치며 머리에 꽂고 있던 비녀를 뽑아 들었다. 그러자 윤기가 흐르는 긴 머리카락이 금가루가 흘러내리는 소리를 내며 흘러내렸고, 안 그래도 아름다운 여인 같은 외모가 천상의 여신으로 착각될 정도로 변해 버렸다.

“이것은?”

가람은 그 물건에 어린아이처럼 강한 호기심을 나타내는 리켈푸스를 즐겁게 바라보았다. 탐욕도 욕심도 없으면서 저렇게 왕성한 호기심을 지닌 인간이 얼마나 드문지를 잘 알고 있었다.

“이곳 서대륙에서는 오랫동안 쓴 물건을 소중한 사람에게 넘겨준다는 좋은 풍습을 가지고 있다고 들었습니다. 그런 비슷한 풍습은 저희 쥬신에도 있지요. 이 비녀는 제가 화랑이 되던 날 여왕님께 하사받은 것입니다. 뭔가 화려해서 대단한 아티펙트로 착각을 하시는 것 같지만 실은 단순한 장신구일 뿐이랍니다."

"이, 이런 귀한 것을. 그것도 여왕 폐하께 하사받으신 물건을 어떻게……."

테이번은 그답지 않게 말을 더듬거릴 정도로 충격이 컸다.

비록 단순한 장신구라 말했지만 한눈에 봐도 범상치 않은 물건임을 짐작했다. 불로불사의 힘을 지녔다는 쥬신 여왕이 그의 측근인 화랑에게 하사한 물건이라는데 그 어찌 평범한 물건일까?

"잘 들어라, 로빈. 조만간 너는 아무리 머리카락을 잘라도 계속해서 길어지는 이상한 일을 겪게 될 거다. 그때는 아무런 방법도 없으니 이 비녀로 머리를 묶도록 하렴."

로빈은 그 말을 이해할 수 없었지만 공짜로 준다는데 마다할 이유는 없었다. 받아 든 비녀를 잠깐 살펴보던 로빈은 이내 흥미를 잃으며 친척 어른에게 받은 용돈을 엄마에게 맡기는 어린아이처럼 리켈푸스에게 떠넘겼다.

한편 잘라도 계속해서 길어진다는 말에 테카는 잠깐 무언가가 떠올랐다.

자신의 스승인 카이레스는 무엇보다 땅에 닿을 정도의 긴 흰 수염이 인상적인 분이셨다. 어린 테카는 혹 귀찮지 않을까 해서 수염을 자르는 게 어떠냐고 권하니 스승님은 웃으시면서 마법사는 높은 경지에 오르게 되면 어느 순간 머리카락이나 수염이 잘라도 또다시 금방 자라는 신비한 일을 겪게 된다고 말했다. 그 뒤의 일은 마나와 신체 변화에 관련된 설명으로 그 당시에는 어려웠기에 잘 기억이 나지는 않지만 적어도 연관이 없을 것 같지는 않았다.

잠시 후, 아쉬운 이별의 시간이 다가왔다.

"라디언트를 찬양하며."

빛의 신 라디언트의 신자나 할 법한 인사를 날리며 미소를 짓는 가람의 모습을 지켜본 사람들은 이유 모를 뿌듯함을 느꼈다. 저 먼 이국의 나라에서 온 손님이 저런 인사말까지 배웠다는 것에 일종의 자긍심을 느낀 것이다.

"가람님, 개똥이님, 쇠똥이님, 다음에 부디 다시 한 번 더 만남을 가질 수 있기를 빌겠습니다."

"저, 저는 개똥이가 아니라 쇠똥이……."

"제가 개똥이입니……."

"아아, 똥똥이님들께서도 부디 조심히 가시길."

"또, 똥똥이?"

그 충격스러운 호칭에 둘은 견원지간임을 잊고 호흡 맞춰 외쳤다.

"안 그래도 두 사람의 이름을 매번 부르기 귀찮았는데 참 좋은 이름이군요. 똥똥아, 뭣들 하느냐, 빨리 오지 않고?"

단지 부르기 귀찮다는 이유로 이름마저 공동 사용이 되어버린 개똥이와 쇠똥이는 충격으로 자리에서 굳어져 있다가 가람이 부채를 꺼내려고 하자 얼른 달려갔다.

아쉬운 헤어짐에 다시 만날 날을 기약하며 그렇게 헤어졌다.

며칠 뒤 로빈과 리켈푸스 일행은 텐텐 산을 떠난 지 이십 일 만에 최종 목적지인 리켈푸스의 저택이자 리켈푸스 상단의 총단으로 돌아올 수 있었다.

짧지만 길었던 여행이 이제야 막을 내리게 된 것이다.

"인연이라는 말을 알고 있느냐?"

아무리 그 자질이 뛰어나나 어째서 저런 색목인 어린아이에게 그 귀한 보물을 주었느냐는 개똥이의 질문에 가람은 뜬금없이 물었다.

'인연이라는 말을 알고 있냐? 도대체 무슨 말일까? 화랑씩이나 되는 자가 절대 헛소리를 할 턱은 없고 역시 무언가 깨달음이 담겨 있는 것일지도……'

"어렵게 생각할 게 뭐 있습니까? 단순히 사람과 사람이 만나는 것 아닙니까?"

"쇠똥이 네 말이 옳다. 하나 그 인간을 초월한 분께서는 그 인연조차 자신들의 뜻대로 정할 수 있지."

인간을 초월한 분이라는 말에서 이미 누구를 뜻하는지 두 사람은 알 수 있었다.

저 무신 위에 설 수 있는 유일한 사람이라면 불사의 삶을 살고 있다는 쥬신의 여왕밖에 없었다.

"이 세상에는 강한 의지로 인해 여러 가지 신비한 힘을 지닌 물건들이 존재하지. 그중에는 인연에 관계되는 물건들도 있는 법."

"간장막야(干將莫耶) 같은 것을 말씀하십니까?"

좋은 예라고 생각했는지 가람은 몇 번이고 고개를 끄덕였다.

"하나가 사라져도 다시 돌아온다는 인연을 지닌 부부검. 내가 그 아이에게 준 그 비녀도 그런 인연의 힘을 지니고 있지. 아니, 여왕 폐하의 힘이 담겨 있다 보니 조금 저주에 가까울까."

"그 말씀은!"

"언제가 될지는 모른다. 단, 언젠가는 찾아올 것이다. 그 아이가. 그때 동대륙에서는 무척 재밌는 일이 벌어질 게야. 하하하!"

저 웃음이 의미하는 바가 무엇인지 두 사람은 알 수 없었다. 아니, 한 가지는 알 수 있었다. 지극히 불안한 그 웃음소리는 근래에 동대륙에서 벌어질 엄청난 일을 암시하고 있다는 것을 말이다.

제10장
제국 무투회

제국 무투회

리켈푸스 상단의 아침은 언제나 남들보다 한 시간 앞서 시작되었는데 그 중심에는 바로 맥시온 리켈푸스 그가 존재하고 있었다.

근면, 성실, 믿음, 이 세 가지의 덕목으로 이름을 떨치고 있는 리켈푸스 상단의 주인이자 제국 오대상단의 총회주를 맡고 있는 리켈푸스는 현재 사 인 한 가족이 진수성찬을 차리고도 남을 법한 커다란 책상에 앉아 막 올라온 보고서를 검토 중이었다.

족히 백여 장은 될 법한 서류에서 한 글자도 놓치지 않겠다는 듯이 빛나고 있는 날카로운 눈빛은 생사의 갈림길에 선 장군 이상의 기백을 뿜고 있었다.

스륵.

종이가 비벼지는 소리와 함께 또 한 장의 서류가 옆으로 이동했다.

그 간격은 너무나 짧아 모르는 이가 보았다면 혹 대충 넘기는 게 아닐까 하는 의심이 들기도 했지만 분명히 정독이자 통독으로 내려 읽고 있었다.

평범한 사람이 짧은 동화책을 한 권 다 읽을 정도의 시간에 어느 사이엔가 그의 오른편에 쌓여 있던 서류의 태반이 왼편으로 옮겨져 있었다.

빠르면서도 완벽한 일 처리는 사람들이 그를 존경하는 가장 하찮은 이유 중 하나였다.

똑똑.

그때, 노크 소리와 함께 하얀 백발과 수염의 노신사풍의 사내가 들어왔다.

겉 느낌으로 봐서는 학식을 쌓은 높은 귀족가의 어른 그 자체였지만 입고 있는 옷은 전형적인 집사 차림을 하고 있었다.

그의 이름은 칼트. 리켈푸스의 전속 서기관인 던힐의 아버지이자 리켈푸스 상단의 모든 업무를 도맡고 있는 총관으로 리켈푸스가 의지하는 몇 되지 않는 이 중 한 사람이었다.

"리켈푸스님, 라인벨츠 백작님께서 뵙기를 원하십니다."

어느 정도 빠를 것이라 예상은 했지만 제국의 수도 프하이엄과 삼 일 거리에 위치한 라인벨츠 영지에서 단 이틀 만에 도착했다는 소식을 전해 듣자 자식 사랑에 인생을 바쳤다는 세간 사람들의 말이 절대 지나치지 않았다는 생각이 들었다.

"귀한 손님을 기다리게 할 수야 없지요. 그러고 보니 백작 영애와 만남은 가지셨습니까? 보아하니 밤낮 가리지 않고 달려오신 듯한데."

칼트는 어려워하는 표정을 지었다.

"그게 안 그래도 라인벨츠 백작님의 소식을 전해 드리려 사람을 보냈는데 에바 아가씨께서 또 방에서 사라져 버린 터라……."

자신들과 함께 백작 영애가 이곳에 머문 지도 어느새 이틀째. 짧다면 짧은 시간이지만 워낙 사람의 시선을 빨아들이듯 집중시키는 소녀가 보이지 않는다면 어디에 있을지 이제는 안 봐도 훤한지라 그 또한 난감해하면서도 괜히 웃음이 생겨났다.

"먼저 백작을 뵙도록 하겠네. 마침 아침 식사 시간이 다 되었고 하니 아이들도 일어나겠지. 일어나는 대로 접대실로 데리고 와주게."

"네, 분부대로 명하겠습니다."

칼트가 나가자 곧 뒤를 이어 한 명의 늙은 하녀와 젊은 하녀가 손에 각각 예복을 들고 들어왔다.

순간 리켈푸스의 얼굴이 열 살은 더 먹어버린 듯 일순간에 폭삭 늙어버렸다.

"정말 제 나이 벌써 사십이 넘었습니다. 유모, 옷 하나 입는데 남의 손을 빌려야겠습니까?"

"그게 바로 아직 나이를 덜 먹었다는 증거입니다, 리켈푸스님. 윗사람이면 윗사람다운 의무와 권리를 당연히 행하셔야 한다고 제가 몇 번이나 말하지 않았습니까? 아랫사람을 챙겨주시기만 해서는 아랫것들이 기어오를 뿐입니다. 그 허술한 성격 때문에 총관과 제가 리켈푸스님이 안 계시는 동안 또 얼마나 고생을 했는지 아십니까?"

나이 사십이 넘어서도 아직 어린아이처럼 저 폭격 같은 잔소리에 시달려야 한다는 사실에 그저 한숨을 내쉬었다.

"이 유모 앞에서 특히 당신은 사십 살이든 백 살이든 철부지 꼬마 아이일 뿐이라는 것을 잊지 마십시오. 어른이 되어도 아이 때 그대로니 원."

'아아, 이럴 때 로빈이 옆에 있었다면.'

리켈푸스는 얼른 로빈이 나타나서 저 잔소리 할망구를 데려가 주기를 속으로 기도하고 또 기도했다.

리켈푸스의 저택은 상당히 아담한 곳으로 평가되어지고 있었다.

정원도 약 이백여 평밖에 되지 않고 저택의 규모 또한 사용인들이 쓰는 곳까지 모두 합쳐서 방 오십 개가 넘지 않은 정도였다.

그걸 고작이라 할 수 있느냐 없느냐의 여부는 첫 번째, 큰 영지를 사들일 수 있는 거금 사십억 리온을 반지 하나 사는 데 써버리는 리켈푸스의 부와 두 번째, 집사 외에도 여러 명의 부집사가 있는 보통 백작 이상의 가문에 비할 때 총관이 집사 일을 겸할 정도로 여유로운 이곳 상황을 볼 때 검소하다는 말이 더 어울리는 실정이었다.

집무실을 나와 고용인들에게 접대 준비를 이른 칼트는 마침 젊은 하녀와 함께 다가오던 유모와 마주쳤다.

"잘 부탁드리겠습니다, 시녀장."

"걱정 마세요. 내 언제는 한 번 귀족 분들과 만나는데도 아무렇게 입고 나가는 저 허술한 성격을 단단히 뜯어고치리라 마음먹고 있었습니다. 산적새끼마냥 날뛰는 양아들을 얻었다면 아버지로서 모범을 보여도 시원찮을 판국에 애나 어른이나 똑같으니 원."

산적새끼마냥이 아니라 로빈이 진짜 산적임을 전혀 알지 못하는 시녀장은 이틀 동안 목욕 한 번 시키기 위해 사투를 벌여야 했던 일을 떠올리자 편두통이 재발됨을 느끼며 다음에는 결코 놓치지 않겠다는 투지를 불태웠다.

살벌하기까지 한 시녀장의 모습에 믿음직한 정에 용사들을 떠올리면서 총관은 에바를 찾기 위해 로빈의 방으로 향했다.

왜 에바를 찾기 위해 로빈의 방으로 가는 걸까? 오히려 그 사실에 대해 누구보다 알고 싶은 사람들이 있다면 바로 자신들일 것이다.

달칵.

문을 열며 안으로 들어섰고, 이어 두 명의 하녀가 뒤따랐다.

흔한 손님방이 아닌 가족, 혹은 귀빈에게만 주어주는 방인지라 가구도, 침대도, 장식도 뭐 하나 왕실에 뒤처지지 않는 정성과 가치로 꾸며진 방이었다.

이 방 하나는 귀족가의 별장 한 채에 맞먹는다. 이 방에 들어오지 못한 자들은 그렇게 평가하며 한 번이라도 이런 곳에서 생활해 보고 싶다는 소망을 지니고 있지만 아이러니컬하게도 현재 이 방에서 생활하고 있는 로빈은 이렇게 평가했다.

'쓸데없이 돈만 처바른 곳이잖아? 마구간에서 자는 게 훨씬 더 낫겠다.'

그 천한 말투에 시녀장은 그만 기절해 버렸다.

로빈에 대해서 미리 언급을 받지 못했다면 칼트 역시 시녀장과 마찬가지 운명을 겪었을 게 자명했다.

손으로 누르면 손목까지 푹 들어가 버릴 정도로 푹신푹신한 침대 위에는 예상대로 똑같은 디자인의 잠옷을 입고 있는 두 아이가 곤히 잠에 빠져 있었다.

새근새근 숨소리를 내며 잠들어 있는 모습은 어린 천사들이 이곳에 내려와 깜빡 잠이 든 사이 날개만 하늘나라로 날아오른 게 아닐까 하는 생각이 들 정도였다.

비록 산적 소년이지만 자기가 원해서 그렇게 된 것도 아니었고 또 리켈푸스의 친구인 텐텐 산 산적 두목이 후계자로 지목해 놓은 아이라는 말은 교육이 지닌 가능성의 신봉자라 할 수 있는 그에게 리켈푸스 상단의 후계자라는 커다란 희망을 안게 해주었다.

차르르륵.

커튼을 걷자 눈부신 빛이 로빈과 에바의 얼굴을 뒤덮었다.

직접 나서서 잠을 깨우면 빨리 일어나겠지만 남이 깨우는 습관을 들게 해서는 안 된다. 스스로 아침이라는 것을 깨닫고 자연스럽게 일어나게 하기 위해서 지금부터 조금씩 버릇을 들여야 했다.

그게 이런 일로 이어질 거라고는 생각도 못했지만 말이다.

"음냥~ 에쎄, 조금만 더 잘래."

손으로 아침 햇살을 가리며 잠투정을 부리던 로빈은 자신의 옆에서 곤히 자고 있는 에바를 등 뒤에서부터 살포시 끌어안았다.

"컥!"

하마터면 그대로 뒤로 쓰러질 뻔한 것을 겨우 참아냈다.

하녀들도 사랑스럽기 그지없는 아이들의 모습에 절로 얼굴이 다 붉어졌다.

하지만 아무리 어린아이라 해도 남남인 것이다. 또한 남녀가 유별한 법이거늘 만약 이 모습을 라인벨츠 백작이 보았다면 무슨 일이 일어날지 심히 걱정이 들 정도였다. 물론 여기까지라면 말이다.

"커거거걱!"

로빈의 손이 슬금슬금 기어오르며 에바의 품속으로 들어가고 있었다.

어린아이니 젖가슴이 있을 리 없지만 물 흐르듯 자연스럽게 옷 안으로 들어가는 손길은 예사롭지 않은 것이었다.

"으, 으음냐, 하~"

로빈의 손길 탓인지 소녀의 입에서 간지러운 소리가 새어 나오며 몸을 구부리며 손으로 약간의 저항을 하자 로빈의 손은 더욱더 강한 집착을 가지며 매달렸다.

이 상황을 보며 예순이 얼마 남지 않은 그조차 어떻게 해야 할지 도저히 감을 잡지 못할 지경이었다.

"크흠, 크흠, 일단 두 분을 떼어놓도록 하세요."

잠시 그 뛰어난 테크닉… 이 아니라 우연히 일어난 사고에 눈을 떼지 못하던 하녀들은 기침 소리에 화들짝 놀라며 시키는 대로 행했다.

"으웅."

가벼운 에바의 몸을 살짝 들어 올리며 드디어 로빈의 미수에서 벗어나게 하는가 싶었더니 이번에는 반대로 에바가 로빈의 팔을 잡고 놓치지 않았다.

"흐윽! 무슨 애들이 이렇게 힘이 세?"

죽어도 떨어질 수 없다는 각오를 한 연인처럼 아무리 노력해도 떼어지지 않는 두 아이 때문에 오히려 하녀들이 먼저 지쳐 버리고 말았다.

거의 다 벗겨진 에바의 나체에 칼트는 뒤로 돌아서며 자신의 머리를 딱 하고 쳤다.

"안 되겠군. 우리 가문 대대로 전해져 내려오는 비장의 수법을 쓰는 수밖에."

비장의 각오로 말하자 하녀들의 두 눈에 살짝 긴장감이 물들었다.

"사자는 자기 새끼를 벼랑에 떨어뜨리는 법. 더 이상의 자비를 구하기에는 이미 늦었다. 시행하라!"

뒤돌아선 상태에서 손을 펄럭 소리가 날 정도로 강하게 뻗자 하녀들은 서둘러 비장의 수법을 시작했다.

1. 우선 세수하기 위해 준비해 놓은 물 중 적당량을 덜어 대야에 붓습니다.

2. 여자들의 애용품이자 고용인들의 필수품인 손수건을 꺼냅니다.

3. 물을 담은 대야에 손수건을 가볍게 두 번 정도 적셔줍니다.

4. 물을 살짝 제거해 불쾌감을 주지 않도록 배려하며 가볍게 얼굴에 덮어씌웁니다.

5. 이대로 약 일 분간 기다려 줍니다. 남은 시간 동안 먼 산을 바라보거나 마지막 추억 같은 애창곡을 부르는 것도 아주 좋습니다.

6. 주의. 삼 분이 지났음에도 불구하고 반응이 없으면 암살 집단의 쓰레기 처리반과 상담해 주십시오.

"……."

비장의 수법답게 얼마 지나지 않아 에바를 안고 있던 로빈의 팔이 점점 느슨해지며 마치 빠져나가는 자신의 혼을 부여잡기 위해 허공에서 바둥바둥거리기 시작했다.

"푸하! 헉헉헉!"

"좋은 아침입니다, 도련님."

숨을 몰아쉬며 요란하게 로빈이 일어서는 순간 한두 번 해본 솜씨가 아니라는 듯 하녀는 멋지게 손수건을 낚아채며 주머니 안으로 집어넣었다.

"바, 방금 아주 무시무시한 일이 있지 않았어? 뭔가 엄청난 살의가 나를 덮쳐 와서 영혼이 점점 빠져나가는 현실 뺨 치는 퀄리티의 일이 벌어진 것 같은데."

"저런, 악몽을 꾸셨나 보군요. 자, 우선 씻으셔야겠습니다."

커다란 충격은 받은 것 때문인지, 아니면 일정량의 산소가 들어가지 않아 뇌세포가 죽음을 맞이했는지 알 수 없으나 로빈은 횡설수설하며 하녀의 손에 끌려갔고, 로빈의 발작 아닌 발작으로 일어난 에바는 능숙하게 하녀의 시중을 받아들였다.

막 세수하기 위해 부으려던 물병을 빼앗은 로빈은 단숨에 들어 있는 물을 마셔 버렸다.

"푸하! 물은 텐텐 산의 물이 제일 맛있는데."

"도. 련. 님. 그건 마시는 물이 아니라니깐요. 이런 걸 시녀장님께서 아셨다가는 저는 바로 해고당해 버린다고요. 흑흑, 집에 돌아가면 주린 배를 움켜쥐고 누나가 오기만을 기다리는 동생들과 골프 치다가 허리를 삐끗해서 침대에서 운신조차 못하시는 어머님, 그리고 아직 할부금이 오 개월이나 밀린 최고급 향수 세트가 있는데. 아이고, 애들아, 미안해. 이 누나가 해고당해 버리면 굶어 죽을 수밖에 없는 내 불쌍한 새끼들. 보너스를 받아야 건조 사료 말고 맛난 고양이 밥을 사줄 텐데."

무언가 심히 걸리는 게 적잖아 있지만 로빈은 처음으로 자신의 이런 행동이 남에게 큰 피해를 줄 수 있다는 사실을 깨달았다.

"아, 알았어. 미안해. 다시는 싫어하는 짓 안 할게. 절대로 이르지도 않을게."

"흑흑, 정말이죠?"

"응, 진짜."

뒤에서 그 광경을 지켜보고 있던 칼트는 멋들어지게 로빈을 속인 하녀에 대해 호감을 갖고 늘 들고 다니는 프로필을 넘기기 시작했다.

능력에 맞는 직위 이동. 이것이야말로 리켈푸스 상단을 발전시킨 원동력 중 하나였다.

"그럼 이왕에 보너스도 올려주세요."

"아니, 그건 기각."

"너무해. 으아앙!"

막 그녀의 프로필에 승진 내용을 적던 칼트는 두 줄로 쫙쫙 그어버린 뒤 새로운 담당으로 변경시켰다.

남자 화장실 청소.

아마 모르긴 몰라도 살기 싫은 기분을 느꼈을 터다.

"아가씨!"

막 접대실로 올라간 로빈과 에바는 문을 여는 순간 갑자기 튀어나오는 한 여인에 움찔 놀라며 그만 안겨 버리고 말았다.

"아가씨, 정말 걱정 많이 했습니다. 어디 다치신 곳은 없으세요?"

나이는 한 이십대 초 정도. 유모라기보다는 어려서부터 에바를 보살펴 주던 전속 시녀인 모양이었다.

"어허, 캐시, 반가운 네 맘은 알겠다만 어찌 여러 사람들이 있는 자리에서 함부로 움직이는 것이냐?"

나이에 비해 동안의 외모를 하고 있는 남자가 하녀를 말렸다. 아직 앳된 외모에 수염 하나 없이 매끈한 그 얼굴은 아홉 살 여자 아이가 있는 유부남이라고는 상상조차 되지 않았다.

"죄송합니다, 백작님. 제가 그만. 송구스럽습니다."

"아니요. 이해합니다. 누구나 다 그랬을 겁니다."

라인벨츠 백작은 자리에서 일어나 허리를 굽히며 감사의 인사를 표했다. 권력자들이 모인 자리에서는 상대방을 견제하기 위해 일부러 하인들을 잡고 늘어지는 경우가 허다했기 때문이다. 하나 순간 그 얼굴이 경악으로 물들어 버렸다.

"미, 미온! 네, 네가 어떻게?"

그가 가리키고 있는 것은 다름 아닌 로빈이었다. 그 옆에는 에바가 로빈의 왼팔을 잡고 절대 놓치지 않겠다는 태도로 서 있었다.

힘없이 뒤로 쓰러질 뻔한 것을 얼른 테이번이 나서서 부축해 주었다.

"뭔가 오해가 있으셨던 것 같군요. 여기 이 아이는 제 양아들인 로빈입니다. 그전까지는 쭉 호더 왕국에 있었습니다."

"예, 예. 알고 있습니다. 그렇게 닮은 아이도 아닌데 그만."

외모는 전혀 닮지 않았다. 단지 그 체격과 옆에 자신의 딸이 있는 순간 저도 모르게 논리적인 생각보다 미온이라는 판단이 앞선 것뿐이었다.

"실례가 되지 않는다면 왜 그렇게 놀라셨는지 물어봐도 되겠습니까?"

뜸을 들인다기보다 아직 혼란에서 벗어 나오지 못한 덕에 약간의 시간이 흐른 후 힘없는 목소리로 그가 대답했다.

"미온은… 바로 반년 전에 죽은 제 아들이자 에바의 친오빠입니다."

그리고 에바와 미온에 관한 이야기가 시작되었다.

에바는 어린 나이로 사교계를 휩쓸어 나갈수록 점점 더 처음 보는 사람을 무서워하게 되는 일종의 대인기피증을 가지게 되었다고 한다.

그 대인기피증은 처음에는 스트레스를 많이 받는 정도에 그쳤지만 시간이 지나자 점점 하반신 마비로 이어져 버렸다.

그러던 어느 날 갑자기 바쁜 일이 생기는 바람에 에바는 혼자 사교회장에 나가게 되었다. 주위에는 온통 처음 보는 사람투성이에 보이지 않는 아버지는 마음의 짐이 되었고, 그 때문에 움직이지 않는 다리는 소녀의 마음에 쩌쩌적 금을 새겨 넣고 있었다.

'이 다리 병신.'

그 말은 놀랍게도 에바가 친구라고 믿고 있던 몇 되지 않은 소녀 중 한 명의 입에서부터 나온 것이었다. 또한 그 한마디가 금이 간 마음을 한순간에 산산조각 내버렸다.

"그게 약 일 년 전의 일. 이후 에바는 제대로 먹지도 않고 방 안에만 박혀서 시름시름 약해져 가고 있었습니다. 그때 에바를 다시 밖으로 나오게 만든 것이 바로 미온이었습니다."

대륙에는 이름만 말해도 알아주는 세 곳의 명문 교육 기간이 존재하고 있었다.

바로 제국의 제국 기사 아카데미, 신성왕국의 세인트 킹덤, 미들랜드 왕국의 오페니아 매직 스쿨이 바로 그것이었다.

제국의 백작 이상의 귀족이라면 이 세 곳의 명문 학교 중 적어도 두 곳 이상을 졸업해야 그 대접을 받을 수 있었다.

그 때문에 열 살 때부터 신성왕국에 유학을 가 있던 미온은 동생의 소식에 학교도 포기한 채 달려와 에바를 보살피는 데 최대한 신경을 썼다.

미온의 정성으로 인해 에바는 하루하루 놀라울 정도로 회복되어 갔다. 그리고 항상 다시 걸을 수 있게 되면 함께 산으로 소풍을 가자고 했다.

에바는 힘든 재활 훈련을 모두 이겨내고 결국 다시 걸을 수 있게 되었다. 하지만 그 산에서 그런 비극이 일어나리라고는.

"마침 장마기일 때였습니다. 하루하루 산에 놀러 가기만을 기다렸던 탓에 저는 위험하다는 충고를 무시한 채 아이들과 함께 산으로 올라갔습니다. 제가 좀 더 신경을 썼다면 아무런 일도 없었을 텐데……."

산에서 둘은 신나게 달리기 승부를 벌였다. 대부분 에바의 승리로 끝이 났지만 미온이 봐주고 있기에 가능한 것이었다. 그리고 다시 술래잡기를 시작하고, 이번에 술래가 된 에바가 미온을 향해 눈을 돌렸을 때 미온의 몸은 부서지는 지반과 함께 저 아래로 떨어져 버렸다.

"비가 온 후라 지반이 약해졌었던 겁니다. 결국 그 사건으로 저는 제 아들을 잃고 또한 에바의 절반을 잃어버렸습니다. 그 몹쓸 녀석은 죽으면서 제 동생의 다리마저 같이 가져가 버리고 말았습니다."

아들을 몹쓸 녀석이라 칭할 정도로 찢어지는 그 마음을 어찌 모를까. 언제나 웃음을 잃지 않을 것 같은 드워프 노커 올슨조차 굳은 표정으로 백작을 쳐다보고 있었다. 자식을 둔 사람으로서 그 마음을 이해하고 있는 것 같았다.

"저기, 제가 한말씀 드려도 되겠습니까? 에바 양의 다리가 어떻다는 말씀이시지요?"

말을 꺼낸 사람은 다름 아닌 테카였다.

또 분명 그의 마지막 말은 에바의 다리에 이상이 있다는 말인 것 같은데 지금껏 에바는 자신의 두 발로 무리없이 로빈을 쫓아다녔다.

"너, 어, 어떻게?"

아버지의 손길을 피하듯 에바는 로빈의 뒤로 숨어버렸다. 리켈푸스 백작과 정면으로 마주친 로빈은 멀쑥하게 시선을 회피하며 말했다.

"저기 이야기도 끝났으니까 이제 애 좀 떼어내 주지 않겠어?"

그 도움을 청하는 요청에 그 누구 하나 대답하는 사람이 없었다.

"그럼 다녀올게."

"……."

로빈과 에바, 그 외 테카, 올슨, 캐시를 태운 마차는 도로를 따라 금방 시야에서 벗어났다.

"괜찮으십니까?"

아직도 충격이 채 사라지지 않은 라인벨츠 백작을 보며 리켈푸스가 위로를 보내자 막막한 한숨만을 내쉬었다.

"정말 뭐라 도저히 말로는 표현 못할 만큼 복잡합니다. 이런 걸 두고 딸을 도둑맞았다고 하는 건지……."

밤낮 가리지 않고 열심히 딸이 짊어지게 된 마음의 병이 완치되기를 빌고 온갖 좋다는 약이면 약, 의사, 성직자, 심지어 마법사들까지 고용해도 고쳐지지 않던 병이 겨우 아들과 비슷한 체격의 남자 아이라는 이유 하나만으로 나아버리니 이 얼마나 허무한가?

정말 이십 년 가까이 고이고이 키운 딸을 갑자기 나타난 불한당이 '나 주소'라고 말하는 것보다 더 기가 찰 지경이었다.

"테이번 선생께서는 어째 이곳에 남으셨군요."

테이번은 테이번대로 할 일이 있었다. 바로 로빈의 자존심을 콱 밟아줄 상대를 찾아오는 일이었다.

말로는 쉽게 로빈의 100% 패배를 장담했지만 실은 그것도 쉽지 않았다. 왜냐면 로빈은 본 실력 말고도 사람을 다루는 재주가 뛰어났기 때문이다.

둘이 자신의 힘을 전부 발휘할 수 있는 상황에서 싸우면 로빈의 패배는 확실했다. 그만큼 견습기사가 되기 위한 과정은 험난했다. 하나 반대로 말하자면 그로 인해 자신도 모르게 자긍심이나 거만함이 생기기도 쉽다. 또 그런 감정은 도발하기에 최고로 적절한 것들이었다.

로빈을 상대로 흥분해서 자세가 흐트러지면 그걸로 끝이다. 여행을 통해 단련된 그 빠르기는 결코 허점을 용서치 않을 것이다.

'의외로 구하는데 시간이 필요할지도.'

일단 본선까지 이십 일이라는 시간이 있었다. 그 정도면 충분히 상대를 구할 수 있으리라 테이번은 의심치 않았다.

"리켈푸스님, 혹시 잘 아는 기사단과 인맥을 쌓아둔 곳이 있다면 제게 좀 넘겨주시지 않으시겠습니까?"

테이번이 부탁을 하다니……. 이것은 리켈푸스에게 있어 놀라운 사건 중 하나였다.

"허허, 알겠습니다. 테이번님보다야 훨씬 못하지만 제게 신세를 진 기사 몇 분에게 연락해 드리겠습니다. 약속은 언제가 좋을까요?"

퇴역 기사이자 수많은 기사들의 스승이었던 그가 굳이 손을 내밀었다는 것은 자신의 이름을 내세우고 싶지 않다는 마음가짐일 터였다. 그것을 바로 이해한 리켈푸스는 테이번을 위해 해줄 수 있는 한 최대의 편의를 보장해 줄 생각이었다.

"빠르면 빠를수록 좋습니다. 제가 직접 갈 수 있다면 더 좋고요."

"알겠습니다. 대충 이유는 대련 상대를 구하려고 한다가 맞습니까?"

역시 리켈푸스. 로빈에 대해서는 단 한 마디도 하지 않았지만 이미 테이번의 마음 몇 수 앞을 훤히 깨닫고 있었다.

"네, 그렇게만 해주시면 됩니다."

강해지기 위해서는 세 가지의 조건이 필요했다.

첫째는 체력 단련. 인간의 육체는 움직일수록 발달한다. 또한 동시에 불어나는 근력은 가장 쉬우면서도 효과적으로 강하게 만들어준다. 이것은 비교적 쉽게 강해지는 방법이었다.

둘째는 기술 단련. 검술이든 무술이든 일종의 효율적으로 상대와 싸우는 기술은 잘만 배운다면 단순히 근력을 올리는 것 배 이상의 힘을 얻게 된다. 단, 기술이 몸에 배일 때까지의 숙련도를 쌓는 데는 꾸준한 노력이 필요하다.

그리고 셋째. 이것이 바로 가장 중요하다고 할 수 있는 심기일체(心氣一體)이다. 마음이 가는 대로 몸이 가고 몸이 가는 대로 마음이 간다. 적을 쓰러뜨리는 데 주저함이 없으며 자기 자신을 믿으며 설령 불리하더라도 승리할 확률이 1%라도 있으면 거기에 전념하는 힘. 이것을 거치지 않고서야 기술을 얻는 것은 무의미했다.

현재 로빈에게 부족한 건 두 번째와 세 번째였다.

로빈은 몬스터 랜드의 싸움을 통해서, 또한 린의 전투 모습을 보면서 닿지만 않으면 검이나 나뭇가지나 다를 게 없다는 완전 방어의 기초를 습득했다. 하나 방어는 적을 이길 수는 있어도 적을 꺾을 수는 없는 법. 그렇기에 로빈에게는 공격에 해당하는 기술이 필요했다.

하지만 위에서 말을 했다시피 각오없는 파괴력만이 존재하는 기술이란 결국 자기 자신을 좀먹는 벌레에 지나지 않았다.

그렇기에 테이번은 하루빨리 로빈에게 가르쳐 주어야 했다.

아무리 날이 제대로 선 명검이라 해도 무언가를 벨 의지가 없다면 역시 나뭇가지와 다를 바가 없다는 불변의 진실을.

씨익.

그 완성을 생각하자 아무리 참으려 해도 계속 웃음이 생겨났다. 비록 자신은 해내지 못했으나 그 완성이 눈앞에 있는데 어찌 기쁘지 않을까?

방어는 적을 이기기만 하고 공격은 적을 꺾기만 한다. 하지만 이러한 마음가짐으로 인해 공격과 방어가 하나가 되었을 때 로빈은 능히 상대를 제압하게 될 것이다.

현재 로빈 일행을 태운 마차는 제국의 명물 중 하나인 제국 라운딩룸을 향해 달리고 있었다.

라운딩룸이란 제국에서 연례행사 및 각종 스포츠 경기나 무투회 같은 대련 시합이 열리는 곳으로 그 규모는 가히 대륙 최고라고 알려져 있다.

"진짜 코알라새끼처럼 사람 몸에 붙어서 뭐 하는 거야? 야, 새끼 코알라! 너, 안 떨어져?"

로빈의 불만 섞인 목소리에 마차 안의 사람들은 일제히 웃음을 터뜨렸다.

난처한 표정을 짓고 있는 로빈. 그 왼편에는 고스로리(Gothic Lolita:시대에 좌우되는 일 없이 연령, 성별 등을 초월한 패션을 말한다. 중세 유럽풍의 패션으로 프릴이나 레이스가 많은 드레스 형태)틱한 옷차림에 찬란한 금발의 곱슬머리가 매우 인상적인 미소녀가 로빈의 팔에 매달려 절대 놓지 않겠다는 듯이 꼭 잡고 있었다.

"죄송합니다. 저희 에바님이 아직 어리시다 보니. 에바님, 로빈님께서 불편해하십니다. 이리로 오세요."

"…싫어."

차갑다 정도는 아닐지라도 만약 리켈푸스가 소녀의 가정교사였다면 평가란에 '대화가 부족함. 넓은 교우 관계를 가지도록 필요 요망'이라고 자신있게 썼을 법한 무뚝뚝한 소녀는 처음으로 입을 열며 더욱더 로빈의 팔에 매달렸다.

처음이라는 사실에 테카는 귀를 기울였다. 아버지와 달리 캐시라 불린 시녀는 소녀가 의지하고 있는 몇 되지 않은 사람 중 한 사람이었던 것 같았다.

"에바님께서는 로빈님이 무척 좋으신가 보군요."

"…아, 아냐."

환한 미소를 지으며 묻는 캐시의 말에 얼굴을 새빨갛게 물들이고 있다가 휙 돌리며 부정하는 소녀. 하지만 그 팔은 여전히 로빈을 놓지 않고 있었다.

그 모습을 보고 있는 사람들(+드워프) 역시 어느새 얼굴을 붉히고 있는 주책을 보이고 있었다. 약간의 차이는 있었으나 표정에서 한결같이 '자신도 저런 딸 하나 있었으면' 이라고 말하고 있었다.

"어머머머멋!"

캐시의 미소와 눈동자가 한층 더 환해졌다. 그리고 주위에 날리는 하트 표시. 단순한 착시 현상일까? 환해진 얼굴 위로 너무나 쉽게 보이는 붉은색의 홍조와 함께 캐시의 움직임에 약간의 변화가 생겼다.

'망상 모드다!' 라고 외치지는 않았지만 지금 캐시의 머리 속에서는 틀림없이 이렇고 저런 망상이 폭주하고 있다는 것을 로빈은 느낄 수 있었다.

모두의 시선이 쏠린 가운데 잠깐의 시간을 흘려보낸 캐시는 이렇게 입을 열었다.

"역시 네 쌍둥이의 이름은 봄, 여름, 가을, 겨울이 좋겠지요?"

"거기까지 갔냐?"

로빈의 외침에도 아랑곳하지 않고 계속해서 그녀의 두 눈동자와 주위에는 노란색의 별과 핑크색의 하트 표가 날아다니고 있었다.

아마 지금껏 여행하는 동안 쌓인 피로가 이제야 나타나는가 싶었다.

"아아, 행복해요. 에바 아가씨만큼 어여쁜 아이들이 유모라고 부르면서 저를 따라오고 또 안기는 광경은 생각만 해도 가슴이 두근두근거려서……."

심각한 정신 분열에 맞먹는 망상 파워였으나 확실히 그림은 그림이라고 생각된다.

막 시내로 접어든 마차는 점점 속도가 느려지더니 어느 순간 아예 멈춰 버리고 말았다.

"이 이상은 무리겠습니다."

잠시 후 들려온 마부의 말대로 이 이상 마차를 타고 들어가기란 지극히 현실성없는 이야기였다.

득시글득시글거리는 사람들은 단지 보는 것만으로도 재미가 있을 정도로 수를 헤아릴 수 없이 많은 사람들이 어느 곳을 향해 걸어가고 있었다.

"그럼 나는 이쯤에서 실례하지. 실은 이 근처에서 대장간을 하고 있는 친구를 보러올 생각이었거든."

그 말을 마치고 올슨은 마차에서 내렸다.

"저야 테이번님 대신 로빈을 안내해 주기로 했으니 같이 가면 되고, 두 분은 잠시 이곳에서 기다리시는 게 어떻습니까?"

일단 겉으로는 상대방의 의견을 묻고 있었지만 실은 그녀들의 선택은 하나밖에 없었다.

에바의 병은 완전히 나은 것이 아니었다. 어느 특정 인물을 가장 믿을 수 있는 사람으로 정해놓고 다른 사람들의 시선으로부터 피해 다니는 것뿐인 것이다.

하지만 그것도 어느 정도가 있지 이렇게 수많은 인파 속에서는 아무 소용 없는 일일 것이다.

"나 따라갈 거야."

단호하게 말하지만 사시나무 떨리듯 후들거리는 다리를 보며 로빈은 어처구니없다는 표정을 지었다.

로빈은 소녀가 혼란에 빠져 있을 사이에 가볍게 팔을 빼내고 마차 밖으로 나갔다.

"좋아, 그럼 여기까지 혼자서 걸어와 봐. 그 정도도 못하면 굳이 귀찮게 널 데리고 다닐 필요가 없어."

에바는 순간 코끝이 찡해지며 눈물이 핑 감돌았다. 저 로빈이라는 소년이 자신의 오빠가 아니라는 것은 알고 있다. 머리끝에서 발끝까지 닮은 곳이라고는 한군데도 없거늘 어째서 저런 무뢰한을 그 자상하던 오빠로 착각했는지 억울하기까지 했다.

소녀는 자리에서 일어나 앞으로 걸어가기 시작했다. 마차 밖에서부터 로빈까지의 거리는 약 이 미터 정도. 하지만 그 사이로도 그 뒤로도 지나가는 수많은 사람들을 보는 순간 갑자기 다리에 힘이 풀리며 쓰러지고 말았다.

털썩!

"아, 아가씨!"

"자기 분수도 모르고 억지를 부리려는 무지한 자는 그렇게 쓰러지는 게 당연해."

에바는 처음으로 로빈을 향해 눈을 흘겼다.

"그냥 미끄러졌을 뿐이야."

갓난아이가 아닌 이상 누가 그 말을 믿을까? 후들거리고 있는 갈대 같이 마른 다리와 송골송골 이마에 맺힌 땀방울은 여기까지가 한계라고 증명하고 있었다.

왜 편한 길을 마다하는 건지, 왜 저렇게 힘들어하면서도 꾹 참고 기어코 자신의 힘으로 걷고 있는 건지 로빈은 왠지 이해할 수 있을 것 같았다.

가시밭길에 맨발로 걸어오듯 힘들어하면서도 필사적으로 다가오는 소녀의 모습이 눈앞에 아른거리며 지워지지 않았다.

그리고 문 앞에서 밖으로 에바는 정신을 놓치며 쓰러지고 말았다. 모두가 놀랄 틈도 없이 이미 밖에서 로빈이 소녀를 안아서 마차 안으로 들어왔다.

"이 바보 같은 계집애야, 미끄러지긴 뭐가 미끄러진 거야? 지금 오순도순 소풍 온 줄 알아? 방해가 될 게 분명하니 남아 있으라고 했는데 기어코 억지 부리면서 짐이 되고 싶어?"

"……."

로빈의 독설에 에바 백작 영애는 아무런 말도 하지 못하고 묵묵히 고개를 숙일 뿐이었다.

분명 객관적으로 판단하면 모든 건 억지를 부린 백작 영애의 잘못일지도 모른다. 하지만 그렇다고 해서 아직 어린 백작 영애가 저런 모욕적인 말을 들을 이유는 없었다.

보다 못한 캐시가 막 에바에게 향하려고 할 때 그를 막는 손이 있었다. 테카였다.

로빈의 두 눈에는 오직 소녀만이 비춰지고 있었다. 그 모습은 진정으로 빈정거리는 이라고는 믿기 어려웠다.

"…아냐. 나, 짐 아냐. 갈 수 있어. 갈 수 있단 말이……."

소녀는 울지 않았다. 다만 눈물을 글썽거리며 화를 내듯 말했을 뿐이다.

저런 비웃음을 들으면 누구라도 화를 내었겠지만 소녀가 화를 내는 그 모습은 필요 이상으로 캐시를 놀라게 만들고 있었다.

"아, 아가씨."

"웃기네. 벌벌 떨고 있는 다리로 일어서지도 못하는 다리 병신 같은 계집애가 뭘 일어설 수 있어?"

"일어설 수 있단 말이야! 난 다리 병신 아냐!"

손으로 땅을 짚고 자신의 것이 아닌 것 같은 다리로 몇 번이고 땅을 굴렀다. 그러고도 잠시 후 이 자리에 있는 대부분이 모두 눈을 돌리고 싶어질 때가 되어서야 소녀는 비로소 자리에서 겨우 일어설 수 있었다.

자리에서 일어선 백작 영애는 황금 같던 머리카락과 몸 전체가 신발에서 묻어 나온 흙으로 인해 먼지투성이가 되고 옷은 일부가 찢어졌으며 잔뜩 주름이 잡힌 채 얼굴은 고통과 눈물, 콧물로 범벅이 되어 있었다. 그러나 그럼에도 불구하고 그 얼굴에서는 지금까지 본 소녀의 모습 중에서 가장 생기있는 모습이 비춰지고 있었다.

"별명이 보석이라고 머리까지 돌덩이가 되었는지, 나원."

투덜거리면서도 로빈은 소녀에게 다가가 등을 갖다 대고는 강제로 다리를 잡아당겼다. 그러자 짧은 비명 소리와 함께 중심을 잃은 소녀가 자세를 바로잡기 위해서 로빈의 목을 잡았고, 덕분에 그 모습은 자연스럽게 로빈에게 업히는 상태로 변했다.

"놔! 이거 놓으란 말이야! 동정 따윈 받지 않아! 당장 내려줘!"

등 뒤에 업혀서 내려가기 위해 최대한 발버둥을 쳐보지만 그건 백작 영애의 입장일 뿐 로빈에게 있어서는 조약돌만한 작은 손이 토닥토닥 안마를 해주는 것에 그쳤다.

하나 아무리 밋밋해도 귀찮은 것은 귀찮은 것. 특히 참을성없고 쉽게 싫증을 내는 성격을 지닌 로빈에게는 더 더욱 말이다.

결국 더 이상 참지 못한 로빈이 다시 입을 열었다.

"진짜 너 아무리 꼬마라지만 귀족이니만큼 상상도 못할 돈 들여서 영재 교육 같은 건 받았을 거 아냐? 그런 비싼 머리에 '민폐'라는 단어는 들어 있지도 않은 거냐? 지금 여기에 있는 우리 모두는 너 하나 때문에 쓸데없이 의미없는 시간을 팍팍 소모하고 있어. 애초에 능력이 안 되면 일찌감치 포기하는 것도 능력이야. '저는 귀족인 주제에 그런 것도 모르는 울보입니다'라고 이름을 걸고 말하면 당장 내려주지."

"나 울보 아냐!"

'휴우' 하고 들려오는 한숨 소리를 들었는지 백작 영애는 부끄러움을 참지 못하고 얼굴을 가리기 위해 로빈의 등에 얼굴을 파묻었다.

"네이, 네이. 현명한 귀족님이시니 불편하시더라도 이 천민의 등에 얌전히 있어주시길 바랍니다."

천민이라……. 스스로 말해 놓고도 오랜만에 듣는 그 단어에서 고향의 향수와 추억이 살짝 떠올랐다.

특히 언제나 자신을 향해 천민인 주제에를 연발한 린의 모습도 말이다.

"자, 간다. 포기하는 것도 용기이자 능력이라는 걸 잊지 마. 한 번 포기한 것 가지고 아무도 뭐라고 안 해. 바보는 한 번 포기해 버린 뒤로 꽁해져서 도전 자체를 하지 않는 녀석들이야. 넌 어때?"

에바는 로빈의 옷깃을 꼭 쥐었다. 왠지 지금이라면 뭐든지 겁나지 않을 것 같은 그런 기분이 들었다.

"……."

"……."

얼마나 정신을 잃고 있었던 것일까?

기절했다는 자각이 있는 게 오히려 신기했는지 소녀는 자리에서 몸을 일으켰다.

"몸은 괜찮으세요, 에바 아가씨?"

에바는 고개를 끄덕였다. 정말 생각 외로 말끔한 기분에 스스로가 놀라울 지경이었다.

조금 전 로빈에게 업혀 밖으로 나간 에바는 얼마 못 가 기절을 하고 말았다. 하지만 그 기절은 지금껏 있었던 부끄럽고 모멸감이 드는 기분이 아닌 뭔가 좀 더 따스하고 즐거운 그런 기분이었다.

차가운 손수건으로 얼굴을 식히며 잠시 그대로 누워 있던 에바는 캐시의 부축을 받으며 다시 일어섰다.

"문 좀 열어줘. 나 오빠랑 약속했으니까."

그 오빠가 누구를 말하는 건지 캐시는 알 수 없었다. 이미 죽은 친오빠인지, 아니면 로빈인지, 혹은 두 사람 전부일지도.

"우선 약속대로 돌아오기 전까지 내 힘으로 밖에 나가볼 거야. 밖에서 맞이할 수 있게."

캐시는 저도 모르게 눈물을 쏟아내며 환한 미소를 지었다.

이런 아가씨의 표정을 도대체 얼마 만에 보는 건지 너무나 기쁘고 또 기뻐서 눈물이 흘러나왔다.

"아가씨, 소다수 드시지 않으시겠어요? 예전에 많이 좋아하셨잖아요."

"아, 그거? 응, 오랜만에 먹고 싶어졌어. 그것 말고도 먹고 싶은 게 잔뜩 생겨났어. 아, 그런데 먹고 있는 사이에 로빈 오빠가 오면 어쩌지? 연습도 못했는데."

잠깐 스쳐 지나간 그 미소. 그거야말로 보석에 필적할 만하다는 그 미소가 부활했다는 사실 또한 감격스럽기 짝이 없었다.

"걱정 마세요, 아가씨. 저렇게 접수하려고 줄을 선 사람들이 많은데 아직 돌아오시려면 한참 멀었을 걸요?"

"그럼 부탁해도 될까?"

사람을 행복하게 만들어주는 그 미소를 보며 캐시는 로빈을 향해 마음속으로 몇 번이고 감사의 인사를 전했다.

소다수를 사기 위해 캐시가 나간 사이 에바는 마차 밖으로 나와 조심스레 걷는 연습을 했다.

"조금이라도 게으름 피워서는 안 되겠지?"

한 발짝 한 발짝 사교회 때와는 비교도 안 되는 수의 사람들 속에서 혼자 걷는 연습을 하고 있음에도 불구하고 놀랍게도 떨림이 일어나지 않았다.

대지와 발이 맞닿는 느낌, 타일에 새겨진 바닥의 무늬에 맞게 한 걸음씩 나가는 것만으로도 평생 질리지 않을 것 같은 느낌.

그 기분이 얼마나 즐거운지 이루 말로 설명할 수가 없을 정도였다.

털썩.

"까악!"

작은 부딪침이었지만 앞을 보고 있지 않았던 에바는 크게 요동치며 바닥으로 넘어졌다.

"아아아!"

넘어질 때 생긴 무릎의 상처도, 또다시 덮어쓴 흙먼지도 소녀가 느낀 두려움에 비하면 아무것도 아니었다.

검은 전사.

그녀의 눈에 담긴 것은 마치 그렇게 불려지길 원한다는 듯한 옷차림의 한 소년이었다.

나이는 로빈 정도. 하지만 느껴지는 중압감은 에바 같은 작은 소녀에게는 거의 치명적이었다.

"그만두지 못해, 더러운 자식!"

믿을 수 없게도 로빈의 목소리가 들려왔다.

에바를 뇌두고 무투회 접수를 하기 위해 달려간 로빈은 테카를 잘 구슬려 권력과 물질만능주의를 이용해 남들은 기본 두 시간 이상 기다려야 하는 접수를 단 일 분 만에 해치우고 마차 근처에서 에바의 모습을 훔쳐보고 있었다.

에바는 테카가 생각해도 신기할 정도로 아무렇지 않게 움직이며 새장 안에 갇혀 있다가 풀려난 새처럼 자유를 만끽하는 듯이 보였다.

하지만 아래를 보며 걷던 소녀는 이내 누군가와 부딪치고 말았다.

분명 잘잘못을 따지자면 아래를 보고 걷고 있던 에바일지도 모른다.

그렇다고 해서 살기를 쏘아 보내다니, 제아무리 상대도 철없는 어린아이이지만 너무 심한 처사임이 분명했다.

로빈은 크게 외치며 에바에게 다가갔다. 에바는 너무 놀라 어쩔 줄 몰라 하면서도 이제는 무작정 안기거나 하지는 않았다.

"지금 애한테 무슨 짓을 한 거야, 이 빌어먹을 자식아!"

로빈은 분을 이기지 못한 듯 크게 외쳤지만 주위의 시선은 조금 달랐다.

비슷한 나이지만 어딜 봐도 빠지지 않는 외모에 귀티가 흐르는 옷차림, 그리고 비싸 보이는 장비와 검은 평범한 외모에 텐텐 산에서나 입었던 전형적인 천민 차림의 허름한 옷, 땟물이 흐르는 무기를 가진 로빈과 단번에 정의와 악의 편으로 나누어 버렸다.

게다가 결정적인 게 있다면 바로 문장이었다. 그 소년의 갑옷과 검에 새겨진 문장은 바로 드래곤의 문장이었던 것이다.

제국에서 드래곤을 문장으로 쓸 수 있는 곳은 공작 가문이 유일했다.

"비켜라, 천한 놈. 내 칼을 더럽히고 싶지 않다."

그 말은 억양 하나 없이 고요하면서도 적잖은 살기가 담겨 있었다.

"무릎 꿇고 에바에게 잘못했다고 빌어. 그러면 없던 일로 해주지."

돌아오는 말은 없었다. 바람을 가르는 소리만이 있을 뿐.

카강!

검과 검이 교차되었다. 어느새 많은 인파가 몰려들었지만 그중에서 검을 볼 수 있었던 것은 단 절반에 불과했다.

"아이고, 어쩌나? 이런 천한 놈 목 하나 달랑 베어버리지도 못하고.

나 같으면 쪽팔려서라도 고개를 못 들겠는데."

또다시 대답 대신 검이 쏘아져 나왔다.

발도와 함께 목을 베려 했던 첫 번째 공격과는 달리 처음에는 보이도록 위에서 어깨를 노리더니 금방 방향을 돌려 아래에서 옆구리를 찔러왔다.

카릉!

이번에는 오히려 검을 쳐내 버리자 검은색 눈동자가 살짝 커졌다. 로빈의 장점 중 하나는 절대 상대방의 동요를 놓치지 않는다는 것이었다.

"요행이 아니로군. 한 수 재간이 있다는 건가? 가만히 있었다면 약간 다치는 선에서 끝났을 것을."

"지랄하네. 검을 배우는 사람이 목숨만 살아남는다고 해서 그게 살아 있다고 생각하는가 보지? 공부 참 열심히 했나 보네?"

로빈이 독설스런 말을 한마디 한마디 내뱉을수록 은근슬쩍 검은 소년의 미간에 주름이 잡혀들고 있었다.

"나의 이름은 크로첼 에딕. 올해 열세 살로 에딕 공작가의 차남이다."

"내 이름은 로빈. 올해 열세 살의 전직 산적님이시다."

고작 열세 살 아이들이었다는 말에 놀란 것은 구경꾼들이었다. 제국 무투회의 수준이 높다지만 설마 이런 어린아이들조차 이 정도의 실력을 지니고 있을 거라고는 상상조차 못해본 사람들이 태반이었다.

물론 제국 토박이들은 이 두 아이를 보며 올해의 무투회는 수준이 높다고 좋아했지만 태반의 외국인들은 제국 무투회에 대해 일말의 환상마저 생기기 시작했다.

"크, 크로첼 에딕 도련님이라고?"

여기저기서 쏟아져 나오는 탄성. 크로첼 에딕. 그 이름이 나타내는 파장은 실로 놀라웠다.

소드 마스터를 항상 배출해 낸다는 에딕 공작가의 차남으로 올해 열세 살인 그는 다섯 살이 되기도 전부터 검의 신동이라 불리었다고 한다.

그가 처음 사람들의 이목을 잡기 시작했던 일화는 이렇다.

소드 마스터 가계답게 많은 수의 기사를 지니고 있는 터라 크로첼은 항상 기사들을 보면서 자라왔다.

아직 어린지라 함께 놀 친구도 제대로 없었던 그는 언제나 연무장에 홀로 앉아 기사들의 훈련이나 대련을 보면서 시간을 보냈는데 그 시간 동안 본인도 자각하지 못하는 사이에 그는 엄청난 경험을 하게 되었다.

굳이 자기가 직접 단련하고 싸워야만 능사는 아니다. 남의 대련을 보면서 머리 속으로 자신과 수많은 가능성의 대련을 벌이는 쉐도우 이미지(Shadow Image). 이것을 크로첼은 단지 시야로 관찰해서 파악해 버리는 타고난 재능을 가지고 있었던 것이다.

전투 중 상대방의 움직임에 결코 현혹되지 않고 반대로 냉정히 약점을 파악해 단번에 쓰러뜨린다. 그래, 이를테면 심안(心眼)이라 말할 수 있었다.

이 하나만으로도 백 년에 한 번 나올 검사가 태어났느니 하는 찬사를 받아도 모자랄 판국에 신은 어째선지 이 작은 아이에게 또 하나의 놀라운 재능을 선사했다.

그것은 무서울 정도의 전투 센스. 심안을 통해 적을 파악하고 전투 도중에라도 자신에 비해 뛰어난 상대방의 기술이나 움직임이 있다면 그것을 자신의 것으로 알맞게 바꿔 버리는 놀라운 능력.

로빈이 마주하고 있는 사람은 바로 그런 상대였다.

머리와 머리가 부딪칠 거리. 서로의 호흡이 닿는 근거리에서 검을 휘두른다는 것은 대련 경험이 압도적으로 적은 터라 불리한 점으로 작용되고 있었다.

그래도 로빈은 자신감이 있었다. 무엇보다 상대는 고작 자신과 동갑인 아이였다. 텐텐 산 두목과 테이번으로부터 피눈물 흘릴 만큼 고생하면서 얻은 힘은 이런 겉멋만 잔뜩 든 귀족 샌님 따위는 한 방에 보내 버릴 수 있을 거라 자부하고 있었다.

하나 그게 아니었다.

캉!

얼마나 싸웠다고 이런 걸까?

로빈의 체력은 보통 비범한 것이 아니었다. 매일 먹은 음식을 다시 토해낼 정도로 훈련을 쌓다 보니 그 체력은 단단한 대지 위에 세워진 벽돌집 같은 것이었다.

하지만 지금 눈앞의 상대에게 이런 체력은 아무런 소용이 없었다.

딱히 이성을 잃은 것도 아니었다. 언제나 마이페이스. 다가오는 공격을 쳐내고 기회를 봐서 그 틈을 노린다.

보는 이의 뒷골을 서늘하게 만들 정도로 뛰어난 감각은 이미 야생동물 수준을 넘어서 있었다.

"그 나이에 그만한 실력을 가진 것에 대해 경의를 표한다. 검을 거

뒤라. 넌 이미 한계다."

의외로 말투는 처음에 비해 많이 얌전해진 편이었다. 아마 로빈의 실력을 보고 그만큼의 대우를 해준 것이리라.

"그럼 우선 무릎 꿇고 새끼 코알라에게 사과부터 해."

"거부한다. 그 아이가 쓰러진 것은 앞도 보지 않다가 내게 부딪친 그녀의 탓. 내가 먼저 사과해야 할 의무도 이유도 없다."

"이것 참, 완전히 어린아이가 떼쓰는 것도 아니고. 네 부모는 형평성도 따지지 않고 무조건 네 잘못, 내 잘못을 가려야 한다고 가르치던?"

로빈은 땅을 힘껏 밟으면서 박차 올랐다. 그 순간, 크로첼의 뒤편에서 구경 중이던 사람들의 눈에 로빈이 일순간 사라져 버렸다.

그 비밀은 바로 태양. 싸움이란 단순히 힘이 강하다고 해서 이기는 게 아니다. 그것을 잘 파악하고 있는 로빈은 이미 싸움 시작 전부터 계속 태양을 등지고 유리한 고지를 점령해 있었는데 그것이 이번에 빛을 발휘한 것이다.

'잡았다.'

어느새 크로첼의 등 뒤에 위치한 로빈은 회심의 미소를 지었다.

그 움직임은 표범처럼 날쌔며 고양이처럼 조용했다. 제아무리 감각이 뛰어난 자라도 단번에 알아차린다는 것은 불가능했다. 그래, 자신 이상의 실력자가 아닌 이상은 말이다.

챙캉!

믿을 수 없다는 듯 두 눈이 부릅떠졌다. 어깨를 잡기 위해 내려치던 검. 그 검은 뒤도 돌아보지 않고 내민 크로첼의 검에 완벽하게 막혀 버린 것이다.

이게 운이라면 얼마나 좋을까? 하지만 검과 검이 부딪친 순간 그 전율이 이는 느낌은 실력임을 증명해 주고 있었다.

그리고 들려오는 기괴한 음.

웅웅웅웅웅!

검의 울음. 겨우 그것 하나에 오싹 소름이 돋으며 파고드는 것만큼 빠르게 물러섰다. 아니, 물러선 게 아니라 물러서게 만든 것이다.

"역시 아직 반쪽짜리군. 이것으로 실력의 차는 분명해졌다. 가라. 좋은 연습 상대였다."

크로첼의 짧은 말에 구경꾼들 사이에서 환호가 튀어나왔다.

크로첵 에딕. 신동이자 결코 상대방을 칭찬하지 않는다는 그 아이가 연습 상대로 인정을 했다는 것은 이미 로빈의 무위는 기사급에 달한다는 말이었다. 공작 가문의 차남이자 다음 세대 최강의 소드 마스터로 손꼽히는 아이에게 이런 말을 들었다는 것만으로도 가문의 영광이라고 사람들은 생각하며 로빈을 칭찬했다.

하나 로빈에게 그 한마디는 자신의 프라이드를 완전히 짓밟고 뭉개 버리는 일이나 마찬가지였다.

"이, 이 자식!"

분명히 회심의 공격이 막혔지만 자신은 진 것이 아니었다. 그럼에도 완벽하게 무시를 하며 뒤돌아서다니. 게다가 마음속으로 아까 전부터 겨우 동갑내기 따위에게 위축되어지고 있었다는 사실을 깨닫자 거대한 분노로 변하기 시작했다.

그 분노는 크로첼을 완전히 적으로 인식해서 검을 들고 뒤돌아선 크로첼을 향해 달리기 시작했다.

"이 빌어먹을!"

"어리석은."

검은 망토가 휘날리자 공중에 빛나는 호가 그려졌다. 그 공격은 어찌나 빠르던지 검을 검집 안에 넣는 순간까지도 잔영이 공중에서 사라지지 않을 정도였다.

카강!

로빈은 두목에게 받은 자신의 검이 잘려 나갔다는 사실에 멍하니 정신을 차리지 못하고 있었다.

그런 로빈을 바라보며 크로첼의 미간에 주름이 잡힌 순간 로빈의 몸은 무형의 충격에 의해 무식하게 튕겨 나가 버렸다.

우당탕탕!

이제 사람들은 쓰러진 로빈 따위에는 아무런 관심조차 가지지 않았다. 단지 방금 로빈을 튕겨 버린 저 무형의 힘과 아주 잠깐이나마 빛을 뿜어내던 검. 그것이 오직 관심사가 되어버렸다.

"마, 마나와 검광을 사용했다."

"아무리 신동이라고는 하지만 고작 열세 살 어린아이가?"

견습기사와 기사의 차이를 나누는 것이 마나의 유무 차이라면 기사와 소드 마스터의 경계는 내부에 유동되고 있는 마나를 외부로 흘려보내 물질 에너지로 전환시킬 수 있느냐 없느냐에 따라서 나누어진다.

기사는 내부에 마나를 일으켜 잠시간 자신의 육체 능력을 높이는 능력밖에 지니고 있지 않지만 소드 마스터는 그 내부에 있는 마나를 외부로 보내 방금과 같은 파괴력을 지닌 기술로 승화시킨다. 물론 이 사이에 존재하는 거리가 얼마나 넓은지는 두말할 필요도 없었다.

"오빠! 오빠!"

"죽지는 않는다. 다만 이번 무투회에 참여할 수 있을 것 같지는 않군. 미련을 버리지 못하고 어리석게 덤빈 대가라 생각해라."

그 말을 끝으로 크로첼은 뒤도 돌아보지 않고 자리를 떠났다.

'용서 못해. 오빠를 다치게 한 대가를 받아내고 말 테야.'

모두 경외가 담긴 시선을 보내는 가운데 단 한 명의 작은 소녀만이 그 뒷모습을 죽어도 잊지 않겠다는 듯이 노려보았다.

제국 무투회는 제법 긴 역사를 지닌 유서 깊은 대회로 각국에서 수많은 도전자들이 몰려든다. 그중 절반이 직위와 돈을 노리는 거라면 절반의 목적은 단 하나밖에 없었다.

바로 제국검법의 격파.

제국검법은 오랫동안 대륙을 군림해 오는 최강의 검술로 자리잡아 왔다. 제국의 사람들 외 수많은 타국 사람들이 앞 다투어 제국검법을 배우고 싶어했고 제국은 관대하게 얼마든지 허용해 주어 사실상 대륙의 기사 80% 이상이 제국검법을 사용하고 있는 실정이었다.

그 탓인지 매년 무투회에서 최강의 칭호를 손에 넣게 된 이들은 전부 제국검법을 사용하고 있었다. 이에 대륙에 존재하는 다른 검술을 사용하는 기사들은 항상 제국 무투회에서 우승해서 자신의 검법의 우수성을 알리고자 했으나 오히려 반대로 제국검법의 우수성만 계속해서 알려주는 계기가 되었고 그 결과 제국 시민들에 대한 제국검법의 자부심은 광신도에 견줄 만했다.

"제기랄! 제기랄! 제기랄!"

테이번은 목검으로 로빈의 공격을 막으며 옛날 생각을 떠올렸다.

제국 무투회에서 역대의 우승자 중 제국검법이 아닌 다른 검법을 사용한 자는 단 한 명도 없다고 전해지지만 그건 절대 사실이 아니었다.

왜냐하면 바로 자신이 최초로 그 위업을 달성해 냈기 때문이다. 하지만 제국인들은 그것을 인정하지 않았다. 그렇게 해서 벌어진 재시합. 하나 상대는 소드 마스터였고 평범한 기사였던 자신은 마나 회복에서 비교가 안 되었고 결국 체력도 마나도 회복시키지 못한 그는 철저하게 패배하고 말았다.

테이번은 자부했다. 분명히 자신의 검법은 제국검법을 이겼다고. 그때 두 번째 승부에서 패배한 것은 자신이 미숙했기 때문이지 검법 탓이 아니었다고.

그리고 그 꿈을 실현시켜 줄 인재가 눈앞에 있었다.

"다시 한 번 더 말하겠다. 내가 지금 네게 가르쳐 주는 기술은 절대 검법이 아니다. 상식을 깨. 넌 애초부터 검사가 아니었으니 쉬울 것이다."

분명히 객관적으로 볼 때 테이번의 움직임은 로빈에 비해 확실히 느렸지만 로빈은 아무리 애써도 따라잡을 수가 없었다. 그것도 겨우 가로세로 삼 미터인 좁은 원형 공간에서 말이다.

"빠르다고 해서 무조건 좋은 건 아냐. 오히려 움직임이 클수록 체력의 저하를 가지고 오지. 왜 수많은 검법과 권법이 원을 중요시 여긴다고 생각하느냐? 효율적으로 움직여라. 상대방이 크게 움직일수록 너는 최소한의 움직임으로 상대하면 돼."

그러고 보니 테이번의 발 움직임은 상당히 기묘한 것이었다. 가벼우면서도 스프링처럼 어디로 튈지 모르는 그 느낌은 나비처럼 날아 벌처럼 쏜다는 말을 그대로 흉내 내고 있는 듯했다.

그 비밀이 바로 원에 숨겨져 있다. 로빈은 테이번의 발의 움직임을 유심히 쳐다보며 공격을 감행했다.

"함부로 검을 들어 올리지 마! 죽고 싶은 게냐?"

"검을 들어 올리지 않고 어떻게 공격해!"

"흐름을 읽으란 말이다, 흐름을! 상대는 방어로 전환할 때, 재차 공격할 때 검을 뒤로 빼게 된다. 상대방의 움직임을 확실히 꿰뚫어 보고 그 흐름을 맞추어서 공격해라. 최대한 적게 움직이면서 공격은 단번에 해라. 이렇게."

테이번의 상체가 빠르게 좌우로 휘몰아치더니 어느새 로빈의 가슴과 배에 하얀색 분이 묻어 있었다.

"이것으로 너는 두 번 죽었다."

이후에도 대련은 계속되었다. 아니, 말만 대련이지 거의 애를 잡는 수준에 가까웠다.

테이번의 검술은 확실히 특이했다. 검을 휘두른다 싶으면 주먹으로 얼굴을 강타하고 발차기, 몸통 박치기 등등 예측할 수 없는 공격을 마구 행해왔다.

한마디로 실전검법 그 자체라고 할까.

옆에는 특별히 초청해 놓은 신관과 힐링 포션 또한 잔뜩 쌓아놓은 터라 사는 것보다 오히려 죽는 게 힘들 듯 보였다.

"칼에 찔려 죽든 맞아 죽든 죽는 건 죽는 거다. 너를 이긴 그 아이를 이기고 싶지 않나?"

크로첼과 로빈이 싸운 것 또한 테이번에게 있어서는 최고의 행운이었다.

목표는 높을수록 좋다. 그것이 제국 최고의 인재 중 한 명이라는 크로첼 에딕이라면 두말할 필요가 없었다.

거기에 동갑이라는 것은 로빈에게 있어 최고의 자극제가 되어주고 있었다.

다시 한 번 더 발이 로빈의 머리를 걷어차자 살짝 의식이 사라졌다가 땅에 부딪치는 고통에 다시 돌아왔다.

"이딴 거 말고 검이 우는 방법을 가르쳐 달란 말이야! 젠장! 개나 소나 기분 나쁜 소리를 내고!"

팍!

분한 듯 자신의 주목으로 손을 때리며 이를 갈아댔다.

"로빈, 잠깐 떨어져 있거라."

로빈과 거리를 벌린 테이번의 오른손에서 약간의 빛이 생기는 것 같더니 알 수 없는 힘이 검을 향해 모이기 시작했다.

"하아압!"

쿠궁!

리켈푸스의 정원에 오십 미터가량의 구덩이가 일순간에 만들어졌다. 검으로 이런 일이 가능하다니? 로빈은 입을 다물지 못하고 그 광경에 넋을 잃고 있었다.

"이것이 바로 네가 당한 기술의 일종이다. 만약 이걸 배운다면 얼마 정도가 걸릴 거라 생각하느냐?"

로빈은 말하지 않고 고개를 저었다.

"나는 억지로 마나 각인을 열었단다. 그러고도 이 정도까지 쓰는 데 꼬박 오 년이 걸렸지. 하지만 이 방법으로는 발전이 없어. 네가 상대하는 검의 신동이라는 크로첼도 지금의 힘을 손에 넣는 데 오 년이 넘는 시간이 필요했다. 그걸 너라고 해서 이 며칠 만에 해낼 수 있을 거라 생각하느냐?"

"해보지 않고는 모르잖아."

쾅!

테이번의 커다란 주먹이 로빈의 머리에 부숴 버릴 듯 작렬했다.

"억지 부리지 마라. 대신 네게 장담하마. 이 남은 기간 동안 나는 널 최고로 만들어주겠다."

로빈은 '쳇' 하고 투덜거리면서도 어쩔 수 없다는 듯 대련을 계속 이어갔다.

확실히 마음가짐이 다르니 로빈의 실력은 놀라울 정도로 성장해 나갔다. 잡스러운 움직임이 확 줄어들고 검에 대한 공포가 오히려 오기로 변했다.

현재 로빈과 테이번, 그리고 캐시와 에바는 올슨을 따라 제국 근처에 있는 드워프의 마을로 이동 중이었다.

'내 이름을 걸고 너를 위한 최고의 검을 만들어주마.'

안 그래도 검이 부러진 터라 새로운 검이 필요할 때 올슨의 말은 가뭄에 단비만큼이나 반가웠다.

크로첼을 상대하기 위해서는 평범한 검으로는 안 된다. 제아무리 공격을 막아봤자 소드 마스터 초급에 달하는 이가 검광을 일으키면 일순간에 부서질 게 분명했기 때문이다.

"볼일을 마치고 돌아오던 길에 두 아이의 싸움을 볼 수 있었지."

그리고 한참 동안 드워프는 두 아이의 승부에 대해 침을 튀기며 설명하기 시작했다.

호전적이라는 종족의 특성답게 싸움 구경은 그들에게 있어서 최고의 놀이 중 하나였다.

"그때 만약 검광을 쓰지 않았다 해도 얼마 못 가 네 무기는 부서져 버렸을 게 분명해. 그만큼 그 아이가 들고 있는 것은 명검이라 칭할 만한 물건이었어."

결국 올슨은 다음에는 좀 더 제대로 된 승부를 펼치기 위해서 로빈에게 검을 만들어주겠다는 것이었다.

드워프의 노커 올슨이 자신의 이름을 걸고 직접 만드는 만큼 그 위력과 가치를 따라올 수 있는 검은 이 세상에 흔치 않을 것이다.

한 반나절 정도 움직여서 도착한 곳은 텐텐 산을 떠올리게 하는 산 중간에 있는 마을이었다. 마을 입구까지 나 있는 길로 보아 평소에도 많은 사람들이 출입을 하고 있는 듯 보였다.

올슨이 돌아왔다는 소식이 전해지자 작은 마을이라 금방 모든 드워프들이 하던 일을 멈추고 밖으로 나왔다.

그런데 그들 중에는 아무리 둘러봐도 늙은 드워프와 어린 소녀 드워프만 있지 소년이나 아줌마 드워프는 전혀 보이지가 않았다.

"올슨!"

"오오, 트케!"

노란색 원피스를 입고 있는 작은 소녀 드워프가 올슨에게 안기며 연신 키스를 날렸다. 할아버지와 손녀의 만남에 로빈 일행은 훈훈함을 느꼈다.

"아하하, 이거 손님들을 소개시켜 준다는 걸 잊고 있었군. 여기 이 사람들은 리켈푸스 상단의 사람들일세. 요 작은 꼬맹이가 바로 리켈푸스 상단의 후계자고."

로빈은 후계자라는 말에 무슨 소리냐는 반응을 보였지만 가만히 있으라는 테이번의 충고에 같이 살갑게 인사를 나누었다. 하여튼 적응력 하나는 뛰어난 것 같았다.

"그리고 여기는 내 마누라인 트케지."

"처음 뵙겠어요. 올슨의 아내이자 이곳 드워프 마을의 족장인 트케예요."

흠칫.

마누라? 이제 겨우 열 살을 넘었을 법한 저 드워프 소녀가?

순간 로빈과 캐시는 동시에 에바를 등 뒤에 숨기며 말했다.

"변태 드워프 영감."

"이 악당 로리콘."

"틀려!"

올슨이 강하게 부정하자 드워프 소녀가 웃으면서 말했다.

"호호, 제 나이가 올해로 백스물두 살이랍니다. 저희 드워프 여성들은 이 체형 그대로 늙거든요."

여자 드워프는 죽을 때까지 늙지 않는 엘프와는 달리 분명히 늙음이라는 것이 존재했다. 뭐, 주름살이 좀 느는 정도지만 말이다.

반대로 남자 드워프는 생후 일 년 후부터 수염이 자라기 시작한다.

처음에 로빈 등이 본 수많은 늙은 남자 드워프들 중에서는 이제 갓 열다섯 살의 꽃다운 나이인 청소년 드워프들 또한 상당수 있다는 말이었다.

"그런데 올슨 아저씨 나이가 삼백 살 넘지 않았던가?"

"로리콘, 맞네요."

이후 올슨은 한동안 계속 로리콘이라는 말에 시달리게 되었다.

거푸집으로 무조건 찍어 만드는 게 아닌 한 사람만을 위한 검을 만드는 일은 그만큼 세밀한 작업과 오랜 시간을 필요로 했다.

하지만 없는 게 없는 훌륭한 시설과 손발이 척척 맞는 뛰어난 장인들로 인해 검은 삼 일이라는 짧은 시간 안에 만들어질 수 있었다.

그 삼 일 동안 로빈은 수련 외에도 여러 드워프 친구들을 사귀며 직접 무기에 대한 감상을 해주었다. 그중에서 가장 괜찮은 것들이 있다면 바로 다음과 같았다.

첫 번째는 바로 충격을 흡수하는 재질의 아주 얇은 장갑이었다. 이 장갑 위로 쇠 그물로 짜인 장갑을 씌우자 드워프가 내려치는 검조차 손으로 받아낼 수 있었다. 물론 전투 도중 이런 짓을 하는 것은 자살 행위나 마찬가지이지만 의외로 많은 전략적 효과를 기대할 수 있었다.

두 번째는 검이었다. 실은 검날도 없는 뭉둥이 같은 가검이지만 대부분 예식용 검에만 달려 있는 손 보호대를 너클로 바꿔놓은 것이었다.

그리고 세 번째는 건틀릿이었다. 왼팔에 장착되는 건틀릿은 약간의 조작으로 얼굴과 배를 가릴 수 있는 커다란 방패가 생성되도록 만들어져 있었는데 첫 번째 충격 흡수 장갑과 연결하자 제법 멋스러움까지 느껴졌다.

그 세 개를 최고로 꼽은 로빈은 감사의 대가로 세 개를 모두 받게 되었는데 어린 드워프들이 만든 것치고는 너무나 의외의 가능성에 테이번조차 놀라고 말았다.

"검을 만드는 작업에서 가장 중요한 것은 바로 혼을 집어넣는 것이다. 이제부터 마지막 작업을 하려고 한다. 아무도 들여다봐서는 안 될 것이다."

로빈은 드디어 자신의 검이 만들어진다는 사실에 흥분을 금치 못했다. 그리고 한편으로는 마지막 그 혼을 불어넣는다는 게 어떤 의식인지 궁금해지기 시작했다.

마침 그가 들어간 방은 예전에 드워프 친구들과 술래잡기를 하면서 우연히 발견한 개구멍이 있던 곳이었다.

로빈은 잠깐 화장실에 다녀온다는 말을 남기고 얼른 그곳으로 숨어 들어 가서 환풍구를 통해 마지막 의식을 지켜볼 수 있었다.

커다란 제단은 바로 드워프가 모시는 강철과 불의 신 아모스를 기리는 제단인 듯 보였다.

무언가 주문을 외우면서 기도를 하던 올슨은 갑자기 바지를 벗기 시작했다.

설마, 설마, 설마……?

올슨은 단순한 로리콘일 뿐이다. 저런 개념없는 짓을 저지를 드워프가 아니다. 로빈은 믿고 또 믿었다.

하나 올슨이 자신의 심벌을 잡고 혼.을. 불.어.넣.는. 의.식.을 행하는 순간, 로빈은 새하얗게 불태워지고 말았다.

그날 밤,

드워프 마을의 뒷산에서는 '드워프 물건은 두 번 다시 만지지도 않을 거야!' 라는 소년의 목소리가 계속해서 울려 퍼졌다고 한다.

"자, 그럼 가볼까?"

수십 명의 아이들 속에 홀로 조용히 앉아 있던 로빈은 자신의 차례가 되자 가볍게 일어서서 밖으로 나갔다.

배틀 로얄 방식으로 예선을 치른다는 성인부와는 달리 소년부의 예선은 통나무 베기, 활쏘기, 기마술, 그리고 마지막으로 마나. 이렇게 네 가지의 시험을 거쳐 높은 점수별로 본선에 진출하게 되었다.

시험장에 나가는 순간 많은 사람들이 보였는데 대부분 가족이나 혹은 군인 같은 느낌이 드는 사람들투성이였다.

통나무 베기도, 활쏘기도, 기마술도 로빈에게 있어서는 전혀 어려운 게 아니었다. 단, 마지막 마나 습득에서 빵점을 맞았지만 앞서 세 개의 종목에서 모두 만점을 받은 터라 본선 진출을 확신하고 있었다.

잠시 후 예상대로 본선 진출이라는 소식이 전해지자 로빈은 기뻐하며 하루빨리 크로첼과 다시 싸울 수 있기를 빌고 또 빌었다. 그때 대회 관련자인 듯한 한 여성이 다가와 로빈에게 본선 진출자들에게만 전해야 하는 설명회가 있으니 안내를 하겠다고 말했다.

아무런 의심도 않고 여자를 따라간 곳은 마치 넓은 연무장과도 같은 곳이었다.

"어이, 자네가 이번에 세 개 종목에서 만점을 얻은 로빈인가?"

건장한 체격의 남자가 로빈에게 물었다. 로빈이 막 대꾸하려 할 때 갑자기 친절한 인상의 남자가 다짜고짜 주먹을 날렸다.

"호오, 그것을 피해내다니, 대단한걸? 그럼 본격적으로 가보실까?"

"뭐야, 당신?"

예전의 로빈이었으면 대뜸 화를 내며 큰 소리부터 쳤겠지만 지금의 로빈은 묘하게 안정된 상태로 묻고 있었다.

로빈은 무의식 중에 깨닫고 있었던 것이다. 앞에 이 남자는 자신의 상대가 되지 않는다고.

"자, 어디까지 날 즐겁게 해줄 수 있는지 한번 보지."

그 마지막 한마디와 함께 갑자기 사내의 기도가 다르게 느껴졌다.

휙!

강하다. 동시에 빨랐다. 아무리 체격의 차이가 있다지만 조금 전에 비해 전투력의 차이가 너무 심했다. 마치 뭔가 약물을 사용한 것처럼 말이다.

'뭐야, 이 자식은?'

목적이 뭔지는 알 수 없으나 계속 이대로 피하자니 기분이 나빠졌다.

막 안으로 파고들어 오는 틈을 이용해 로빈은 쇠 그물 장갑을 하고 있는 왼손으로 그 턱을 힘껏 쳐올리고 몸을 눕히며 힘껏 배를 걷어찼다.

짧은 신음 소리와 함께 튕겨 나가는 남자. 그 모습을 쫓아서 막 연계 공격을 하려고 할 때 갑자기 머리 속이 다시 지이이잉 하고 울려왔다.

"이야, 이거 보통이 아니신데? 하지만 이제부터는 조심하는 게 좋을 거야."

남자의 몸에서부터 푸르스름한 빛과 함께 주먹이 살짝 얼굴을 스쳐 지나갔다. 머리 속에서 퍼져 나오는 주의 신호에 먼저 대비하고 있어서 다행이었지 자칫했으면 그 한 방에 바로 쓰러졌을지도 몰랐다.

순식간에 뒤로 물러섰음에도 불구하고 사내는 멧돼지 같은 속도로 돌격해 왔다.

한 손으로 공격을 하고 있을 뿐인데도 그 빠르기는 로빈이 테이번에게서 배운 원을 닮은 발기술을 사용해야 피할 수 있을 정도였다.

휙! 휘익! 피익! 휙!

바람을 가르는 주먹 휘두르는 소리가 살벌하게 느껴질 정도였다. 더 이상은 봐줄 수 없다.

로빈은 허리춤에 차고 있던 두 개의 검 중 두 번 다시는 손대고 싶지 않은 그 검을 잡았다.

"그 아이와 싸우고 나서도 혹시 다시 이 검을 뽑아야 할 일이 생긴다면 상대방을 일합에 죽여 버리기 전에는 함부로 검을 꺼내지 마라. 너무 날카로운 검은 스스로를 무르게 만드니까 말이다."

올슨이 검을 자신에게 주며 한 절실한 충고를 되새겼다.

죽여 버릴 각오.

고오오오오오─

갑작스런 난입으로 인해 투지조차 발생하지 않던 작은 몸에서 살기가 한 가닥씩 피어오르기 시작했다.

단번에 변해 버린 기도에 이번에는 반대로 상대편의 남자가 뒤로 물러섰다.

그때였다.

"거기까지. 미안하네, 로빈. 우리는 자네의 실력에 흥미를 갖고 좀 더 알고 싶었을 뿐일세."

그제야 여기저기서 불이 켜지며 넓은 장소가 환하게 밝혀졌다.

놀랍게도 연무장이라고 생각했던 이곳은 거대한 공간이었고 한편에는 자신 또래의 소년들이 경악스러운 표정으로 자신을 쳐다보고 있었다.

"자자, 내가 설명해 주겠네. 부디 진정해 주게. 우선 내 소개부터 하지. 나는 제국 매의 기사단의 단장 마젤란이라고 한다. 자네들은 오늘 예선에서 뛰어난 능력을 선보인 자들로 우리 매의 기사단은 자네들같이 전도유망하고 발전 가능성이 무한한 젊은 힘을 필요로 한다."

"우와아아!"

로빈은 물론 이곳에 모여 있는 아이들 대부분은 전혀 모르고 있었으나 제국은 어린 인재 육성에서부터 많은 공을 들이는데 이 무투회도 그런 취지 중 하나였다. 즉, 진짜 무투회는 성인부에서 치러지는 것이고 소년부 시합은 행사의 일종인 동시에 뛰어난 인재를 발굴해 내는 것이 주목적이었다.

아이들은 아직 어린 나이에 그것도 유명한 매의 기사단의 일원이 될 수 있다는 말에 이게 꿈인지 생시인지 모르겠다는 표정으로 환호했다.

"물론 아직 어린 제군들을 정식기사로 받아들이는 것은 아니다. 먼저 그대들은 매의 기사단의 견습기사로 받아들여진다. 자네들의 재능에 비해 볼 때 매우 유감스러운 일이나 이것은 관례이므로 이해 바란다."

자네에서 제군으로 변한 호칭은 좀 더 현실이라는 것에 실감이 들게 해주었다.

"선택의 자유는 있는 겁니까?"

누군가의 질문에 마젤란은 큰 웃음을 터뜨렸다.

"이곳은 프하이엄 제국이다. 자유와 평화가 이 나라의 모든 것이지 않던가? 당연히 선택의 자유는 있다. 승낙하는 제군에 한해서 한 달에 오 리온이라는 월급과 정식 문장만 제외된 매의 기사단의 경갑옷과 검이 지급될 것이다. 그대들은 하루에 세 시간씩 의무적으로 매의 기사단 연무장에 모여 정규 훈련을 받아야 한다. 그 외는 자유다. 단, 너무 놀기만 하다가는 쫓겨날 수도 있음을 명심해라. 물론 나는 지금껏 게으름 피우다가 쫓겨난 기사를 단 한 명도 보지 못했다."

수군거림이 커졌다. 견습기사가 될 수 있다는 것만으로도 대단한데 거기에 월급과 갑옷, 그리고 검을 받을 수 있음은 물론 진짜 기사처럼 연무장에서 훈련을 받을 수 있다니. 온몸이 짜릿할 정도로 기뻤다.

"그리고 우선 제군들의 리더가 될 사람으로 이 앞에 있는 로빈이라는 소년이 뽑혔다. 그의 실력은 방금 직접 보아서 알 것이다. 게다가 그는 최근 신동이라 불리우는 크로첼 에딕과 싸워 거의 동수를 이루어 냈다고 한다. 이만하면 자네들의 대장으로서 어울리지 않겠는가?"

도대체 그런 걸 어떻게 알고 있는지 궁금했지만 로빈은 제국 수도의 치안이 얼마나 뛰어난가를 전혀 생각지 못하고 있었다.

처음 로빈의 신위에 주눅이 들어 아무 말도 하지 않을 것 같던 이들이 크로첼 에딕과 싸웠다는 말이 나온 순간 일순간에 태도가 변했다.

선망과 부러움, 그리고 시기심이 교차하는 시선이 집중되자 로빈은 괜히 기분이 상해지기 시작했다.

"집안 사정이나 다른 이유로 불가피한 사람들도 있을 것이다. 그 사람들은 그냥 저 문을 나가면 된다. 당연히 무투회와도 아무 상관 없다. 비록 이번에 인연이 안 돼도 다음의 인연을 기대하겠다. 아무런 불이익도 없으니 마음 편히 결정하도록. 아, 시간이 필요한 자들은 따로 말하기 바란다."

대부분의 아이들이 어느 바보가 나갈 것인가를 궁금해하고 있고 몇몇 제국에서 살고 있지 않는 아이들은 신중한 얼굴로 생각에 잠겨 있었다.

"저쪽으로 나가면 되는 거지?"

그 말을 한 이가 다른 사람이었다면 아이들은 그렇게 신경이 쓰지 않았을 것이다. 하지만 자신들의 대장으로 뽑힌 이가 이런 명예스러운 자리를 발로 차다니 도저히 이해할 수 없었다.

"하하, 이런! 역시 가버리는 건가? 아쉽군. 자네 같은 인재를 꼭 부하로 두고 싶었는데."

"난 단지 한 명을 쓰러뜨리기 위해서 이곳에 나온 거야."

뭐, 그전까지는 우승 상금이라던가 좀 더 강한 사람의 싸우는 모습 등을 보고 싶다는 목적이 있었지만 지금의 로빈에게 목표는 오직 크로첼을 꺾는 것, 그것 하나뿐이었다.

이곳에 있으면 더 기분이 나빠질 것 같은 예감에 밖으로 성큼성큼 걸어나가다가 문득 이상한 점이 떠올랐다.

"이곳에 합격자들이 모인 거라고 했지? 그런데 크로첼 걔는 왜 없어?"

"에딕 공작가의 차남을 말하는 거라면 이번에 최연소의 나이로 성인부 시합에 들어갔다고 들었다."

성인부라니? 그럼 지금까지 헛수고한 건 도대체 뭐란 말인가? 로빈은 주먹으로 벽을 강하게 치고 밖으로 달려가기 시작했다.

그의 이름은 어빈. 얼마나 험악한 인상을 지녔는지 그의 얼굴은 살짝 지나치는 것만으로도 아기가 놀라 혼절하고 길을 가다가도 묘한 뒷골목 아르바이트가 생길 정도의 외모를 가지고 있는 남자였다.

'넌 얼굴로 평생 먹고 살아갈 팔자여.'

자신의 어머니는 항상 그에게 이런 말을 했다. 정체도 알 수 없는 묘한 점쟁이에게 비싼 복채까지 치르며 점을 본 운세는 이상하게 점점 맞아떨어지고 있는 듯했다.

그의 어머니는 자신의 그런 얼굴조차 사랑해 주었지만 분명히 알고 있었다. 고슴도치도 제 새끼는 귀여운 법인 것을.

그런 그가 제국 무투회에 출전하게 된 것은 아주 어이없게도 주위의 추천 때문이었다.

얼굴에 비해 평화를 사랑하는 그는 무투회라는 야만적인 대회 자체를 싫어했지만 결국 떠밀리듯 나오게 된 것이다.

분명히 예선전에서 떨어질 것이 뻔하리라고 생각한 그는 놀랍게도 자신의 인상 때문에 대부분 기권을 받아내고 본선에까지 오르게 되었다.

뭔가 더 큰일이 있기 전에 로브로 자신의 얼굴을 가린 그의 앞으로 또 다른 문젯거리가 닥쳐왔다.

제국에는 이런 이야기가 전해지고 있다.

할아버지의 할아버지의 할아버지 시절 불과 열다섯 살의 나이로 무투회를 평정한 한 전설적인 영웅의 이야기.

그리고 지금 그 전설이 현실로 바뀌려 하고 있었다.

크로첼. 올해 열세 살에 태어나면서부터 검의 신동이라 불려진 소년. 검은 일색 중무장에 투구까지 쓴 완전 무장을 한 상태인지라 물씬 두려움마저 느껴졌다.

저런 무장으로 과연 쉽게 움직일 수 있을까라는 사람들의 걱정은 안중에도 없다는 듯 돌풍처럼 날아들어 제 나이보다 갑절은 많은 어른들을 차례대로 제압하는 그 모습은 움직이는 모든 것을 집어삼킨다는 이트루 사막의 블랙웜을 연상케 할 정도였다.

과연 저게 인간인가? 제국 무투회는 무투회답게 마법이 걸려 있는 무기와 방어구에 대한 사용을 완벽히 금했다. 그렇다면 저 갑옷은 그흔한 경량화 마법조차 걸려 있지 않다는 것이거늘 중무장을 하고 저런 움직임을 한다는 것 자체가 인간을 이미 초월하지 않았겠느냐는 생각이 들게 했다.

그런데 문제란 바로 저 인간 같지 않은 인간이 바로 자신의 다음 상대라는 것이었다.

'더 이상은 안 돼. 기권, 절대 기권을 해야……'

그렇게 마음먹고 막 심판관에게 다가갈 때 누군가가 자신을 부르는 소리가 들려왔다.

'누구지?'

호기심에 그는 대기실 밖으로 나갔다.

제11장
신동 VS 천재

신동 vs 천재

"다음 시합은 크로첼 에딕 선수 대 어빈 선수의 시합입니다. 두 선수께서는 선수 대기실로 와주시길 부탁드리겠습니다."

크로첼과 어빈은 라운딩룸 양끝에서 천천히 걸어나오며 시합장 위로 오르기 시작했다. 한데 왠지 분위기가 점점 갈수록 묘하게 변해가고 있었다.

처음에는 크로첼을 향한 함성이 계속되었다. 한데 어느 순간 로브를 둘러쓰고 있는 어빈이라는 선수의 몸집이 너무 작다는 것을 깨달은 것이다.

"저 어빈이라는 선수가 저렇게 작았던가?"

"무슨 소리. 키만 이 미터에 머리에 뿔이 달려 있다고 하던데? 예선전에서 눈빛만으로 상대방을 우수수 쓰러뜨렸다는 거 못 들었어?"

사람들의 이런 반응에도 아무렇지 않다는 듯 크로첼과 어빈은 서로를 바라보고 있었다.

"오랜만이지?"

"어떻게 이곳에 있는지는 모르지만 너는 지금 제국의 국법을 어기고 있다는 사실을 자각하고 있나?"

로빈은 웃으면서 아니 하고 고개를 흔들었다.

"어리석긴. 지금 내가 한마디만 하면 너는 그냥 끌려 나갈 것이다."

"어디 한번 할 수 있으면 말해 보시지."

사삭.

말할 생각도 없었지만 말을 내뱉지 못할 정도로 빨랐다.

카릉!

로브가 바람에 펄럭이는 소리에 겨우 위치를 가늠할 수 있었지 낭패를 당할 뻔했다.

투구라는 것은 사람의 시야를 절반 이상 잡아먹는다. 물론 어디에서 공격이 날아올지 모르는 전쟁터라면 아주 유용할지 몰라도 일 대 일의 승부에서는 사각만 많이 만드는 쓸데없는 짐일 뿐이었다.

살짝 손에 땀이 쥐어졌다. 첫 만남으로부터 약 이 주일 후, 그때의 상처가 벌써 다 나은 것도 놀랐지만 설마 움직임이 한층 더 날카로워지다니 이해할 수 없었다.

휘이이익! 캉! 스릉! 캉캉! 휙! 캉!

막고 피하고 스치는, 수차례 넘나드는 격렬한 공방. 한차례 소리가 공간에 울릴 때마다 사람들은 할 말을 잃고 점점 두 사람의 대결에 빠져들었다.

그리고 모두 믿을 수 없다는 듯이 중얼거렸다.

"검의 신동이 밀리고 있다."

'상대의 공격이 방어로 전환하는 순간, 또다시 공격을 위해 검을 치켜드는 순간.'

로빈은 끊임없이 중얼거리며 일부러 옆구리를 노려서 막 공격하려던 크로첼을 흔든 다음 옆구리를 방어하는 순간 검을 오른손에서 왼손으로 던졌다.

"속임수?"

아직 왼손의 단련은 덜 되어 있었지만 어느 정도 유효한 공격을 하기에는 충분했다.

캉! 그르르르르릉!

그 순간 라운딩룸에 모여든 절반의 사람들이 모두 놀라 자리에서 일어섰다. 검의 손잡이로 상대방의 얼굴을 한 번, 두 번 때린 다음 너클부분으로 힘껏 쳐서 아예 투구를 날려 버렸다.

제법 긴 흑발이 바람에 휘날렸다. 그리고 입술에 살짝 묻어 있는 피. 뒤늦게 정신을 차린 사람들이 기사도의 정신을 망각한 공격에 야유를 부려도 로빈은 전혀 신경 쓰지 않았다.

"이것으로 그날 새끼 코알라의 빚을 대신하지. 그럼 이제부터는 나를 묵사발로 만든 죗값. 받아내겠어."

잠시 바닥에 누워 있던 크로첼은 서서히 일어섰다. 그리고 아주 오랜만에 제 몸속에 억눌러 놓았던 재능을 마음껏 해방시켜 주기로 마음먹었다.

"좋다. 너를 나의 적으로 인정하겠다."

이제부터 시작이다. 굳이 말하지 않아도 둘은 그것을 깨닫고 있었다.

크로첼 그에게 있어 가족이란 암울한 어두움의 상징이었다.

가문이라는 틀에 박혀 언제나 냉정하게 살아온 아버지. 그 아버지에게 반항하다가 어디론가 달아나 버린 형. 그 속에서 자신이 할 수 있었던 것은 연무장에서 기사들의 모습을 구경하는 것뿐이었다.

그렇게 자신의 전투 경험은 하나하나 쌓이게 되었다. 아니, 그거 말고는 할 수 있는 게 없었다.

그래, 전투와 검은 곧 자신의 전부이다. 그에게 있어 패배란 자신을 잃어버리는 것이었다. 그렇기에 필사적. 단 한 번의 패배도 용납하지 않는다.

탈칵탈칵.

이음새를 하나씩 풀자 갑옷이 철커덩거리며 시합장 바닥으로 떨어져 내렸다. 그 커다란 울림에 사람들은 물론 로빈까지 살짝 긴장하고 말았다.

"내가 항상 갑옷을 입고 다니는 이유는 암살의 위험도 있지만 무엇보다 날뛰려는 내 자신을 스스로 막은 것뿐이었다."

갑옷은 스스로를 보호하려는 게 아니라 상대를 보호하기 위함이었다고 크로첼은 말했다.

그리고 문득 눈앞에 있는 소년이 말하는 코알라라는 작은 소녀를 떠올렸다.

그 겁에 질린 표정. 속으로는 미안함을 금치 못했으나 그 당시로서는 혹시 암살자였을지도 모르기에 최대한 스스로를 보호한 것뿐이었다.

"단 이 주 만에 여기까지 따라잡은 네 실력과 네 노력에 경의를 표하며, 지금 전력을 다해 너를 상대해 주겠다."

웅웅!

검을 잡자 다시 검이 울기 시작했다.

저것이 바로 검명. 검의 깨달음을 얻고 첫 번째 한계의 벽을 깨뜨린 자만이 얻을 수 있으며 소드 마스터가 되기 위한 가장 기본이 되는 검의 세계. 그리고 이어 기사라면 누구나 쓸 수 있는 검광(劍光)이 번뜩이기 시작했다.

크로첼의 검에서 번쩍이고 있는 검광은 기사라면 누구나 할 수 있는 일종의 무기 강화술이었다. 물론 그 기본적인 기술도 소드 마스터 초급에 달한 크로첼이 사용하면 더없이 무서운 힘이 되기도 하지만 말이다.

저 뛰어난 명검의 반짝임, 그리고 울음을 토해내는 검은 어지간한 검이라면 사용자와 함께 일격에 베어버릴 것이 자명했다.

그것을 본능적으로 깨달은 로빈은 어쩔 수 없이 죽어도 잡기 싫었던 검을 꺼낼 수밖에 없었다.

"오오오!"

검을 꺼내는 순간 사람들의 이목이 다시 한 번 더 집중되었다.

보다 빼어난 외형, 보다 날카로움, 보다 단단함. 그것은 마치 선택된 자만을 위해 존재하고 있었다는 듯 그 위용과 자태를 마음껏 뽐냈다. 저만한 검을 지니고 있는 이가 어찌 검과 검으로 싸워야 하는 신성한 결투 내에서 주먹질이라는 야만스런 방법을 썼는지 이해할 수 없었다.

물론 이 검에 드워프 영감탱이의 마스터베이션의 손길이 지나쳤다는 것을 알게 되면 쓰는 이나 공격당한 이나 둘 다 찜찜할 테지만 말이다.

자신들의 검을 들어 올린 두 아이는 머리 속에 떠오르는 잡념을 모두 벗어던지고 오직 상대방을 의식하기 시작했다. 이어지는 격돌.

카강!

지금껏 시합 중에서 가장 거대한 검극의 부딪침이 사람들의 귀에 울려 퍼졌다.

첫 일격이 지나고도 아직도 그 여운이 귓가에 남아 있는 듯한 요란한 일격은 서로의 무기를 완전히 부숴 버린 게 아닐까 하는 걱정도 들게 했지만 역시나 두 검은 상처 하나 없이 건재했다.

검광이라는 기술로 마나의 가호를 받는 크로첼의 명검과 애초에 노말 상태로도 검광을 능가하기 위해 만들어진 드워프 노커가 손수 만든 검. 둘 다 제 역할을 톡톡히 해내고 있었다.

다만 검에 비해 주인들에게는 약간의 차이가 있었다. 멀쩡한 크로첼에 비해 로빈은 충격을 흡수해 주는 장갑이 있음에도 불구하고 온몸이 찌릿찌릿 전기가 통하는 것 같았다.

"크윽! 아프잖아!"

상대의 검을 흘리며 균형이 살짝 어긋나는 틈을 타 로빈의 주먹이 크로첼의 얼굴을 가격했다. 그러자 또다시 여기저기서 야유가 터져 나왔다.

"치사하다!"

"명예도 모르는 녀석 따위는 반칙패시켜라!"

검을 든 상대끼리의 싸움에서 갑자기 주먹을 사용하다니 기사도에 완벽히 어긋나는 행동은 자긍심 높은 제국의 시민들에게 있어서 용서할 수 없는 일이었다.

"네놈이!"

몸도 제대로 풀리지 않은 상태에서 예상외의 공격을 허용해 버린 탓에 무너진 프라이드의 대가를 로빈은 치러야 할 것이다.

휘익! 캉!

두 개의 검이 큰 포물선을 그리며 부딪쳤다가 튕기고 다시 부딪쳤다. 어찌나 이번 충격이 강했는지 로빈은 하마터면 검을 그대로 놓칠 뻔했다.

숫제 사람과 싸우는 게 아니라 거대한 바위 괴물과 싸우고 있는 게 아닌지 하는 착각이 들 정도. 결국 정공법으로 상대할 수 없음을 인지한 순간 처음부터 크로첼을 이기기 위해 배워온 모든 기술을 써먹기로 마음먹었다.

검이 부딪치는 순간 로빈은 강한 회전을 그리며 검을 휘둘렀다. 방금 전까지 로빈을 압도하던 공격은 원의 회전력에 튕겨 나가 버린 팽이처럼 어이없게 옆으로 튕겨 나갔고 그사이 자신의 검을 시합장 바닥에 꽂은 로빈은 힘껏 땅을 박차며 발로 얼굴을 걷어찼다.

순식간에 벌어진 일이라 방금 무슨 일이 일어났는지 알 수 없는 이들이 태반이었다.

'먹혔다' 하고 회심의 미소를 짓고 있을 때 무언가가 볼에 닿는 것이 있었다. 바로 크로첼의 신발이었다.

"이 천둥 원숭이 같은 놈!"

콰당탕!

크로첼의 돌려차기에 처음으로 공격당한 로빈은 코피를 흘리며 일어섰다. 그리고 마찬가지로 터진 입술에서 벌건 선혈을 흘리고 있는 크로첼과 처음으로 눈이 마주쳤다.

"망할 녀석, 절대 가만 놔두지 않겠어!"

"흥, 죽어버리시지."

자신의 목을 긋는 제스처를 취하는 크로첼과 엄지손가락을 아래로 향하는 로빈은 또다시 달려들었다.

방금 전까지 크로첼을 응원하던 사람들은 정신이 없어졌다. 아무리 화가 난다지만 검의 신동이자 공작가의 아들인 그가 저런 막돼먹은 공격을 할 줄이야 생각조차 못했다는 얼굴로 패닉을 일으키고 있었다.

"하아아아압!"

사람 가까이에서 날아다니는 파리보다 귀찮은 것은 없는 법. 그 파리의 날개를 찢어버리기 위해 마나를 집중시켜 쏘아 보냈다.

콰콰콰쾅!

보이지 않는 충격파는 시합장을 일직선으로 박살 내며 로빈에게 나아갔다.

로빈은 시합장에 박아 넣은 검을 꼭 잡은 상태로 손가락으로 손목 밑에 있는 단추를 건드리자 어깨에서 손목 부분까지 이어져 있던 건틀릿의 일부분이 변형되며 부채가 펼쳐지듯이 차르륵 하고 동그란 방패를 만들어냈다.

쿠구구구구궁!

예전에 이 한 방으로 인사불성이 되었을 때와는 달리 로빈은 장외와는 딱 한 발자국 정도를 남겨두고 밀려 나갔을 뿐이다.

그 대가로 방패가 절반 정도 부서지고 모습을 가리고 있던 로브가 전부 찢어져 버리고 말았지만 이 공격을 막아냈다는 것은 로빈에게 엄청난 사기의 상승을 가져다주었다.

"크윽! 젠장! 너 또 그거 쓰면 진짜 목 날려 버릴 테니깐 각오해!"

로빈은 가운뎃손가락을 들며 크로첼에게 힘껏 외쳤다.

정말 어처구니가 없다. 자신은 야유가 쏟아져 나오는 기술을 아무렇지 않게 쓰면서 누구나 부러워하는 기술을 쓰자 이쪽을 비난한다.

처음에 봤을 때는 어디에서나 볼 수 있는 평범한 애송이인 줄 알았는데 의외로 자신을 놀라게 해주더니 이제는 마나 하나 사용 못하는 녀석이 현재 자신의 필살에 가까운 공격을 훌륭하게 막아냈다.

"후훗."

싸우는 도중에 어느새 살짝 웃음이 생겨났다. 아니, 웃음이 사라지지 않았다. 지금껏 수많은 대련을 보고 행해오면서 이렇게 즐거웠던 적이 있을까? 남들이 밥을 먹고 잠을 자야 살 수 있는 것처럼 고작 검을 움직여야 살 수 있었던 자신이 처음으로 검을 들고 휘두르는 데 즐거움이 생겨났다. 이 변화는 말도 못하게 큰 것이었다.

지금껏 억지로 검에 밀어 넣어야만 했던 마나가 물길을 뚫어놓은 수로처럼 원활하게 검으로 흘러들어 가기 시작했다. 자연스럽게 머리에 떠오르는 이미지를 집중한다. 검의 날. 단순히 빛이 나는 게 아닌 마나로 이루어진 검날의 모습이 점점 더 명확해질수록 점점 큰 희열을 느낄 수 있었다.

"저, 저것은?"

"검기다!"

사람들의 경악성 실린 목소리가 들려왔다. 지금 이곳에 모인 사람들은 전부 전설과 같은 광경을 보게 된 것이다.

이날 제국의 라운딩룸에서 수만 명에 달하는 사람들은 열세 살의 소드 마스터의 탄생을 지켜볼 수 있었다.

또한 그것은 로빈에게 있어 최악의 불행이라는 것을 암시해 주고 있었다.

"흐아압!"

가장 가까이에서 그 변화를 보고 있던 로빈이나 검광과 검기의 구분을 알지 못하는 그는 단지 약간의 위험만 느낄 뿐 쉴 틈 없이 크로첼을 몰아넣고 있었다. 그야말로 무식이 곧 용감이다는 말과 일맥상통하였지만 실제로 그 덕분에 큰 도움이 되고 있었다.

상대가 빠르면 자신은 좀 더 빠르게 움직인다. 상대가 강하면 자신도 좀 더 강하게 대응한다. 크로첼의 실력이 방금 한순간으로 얼마나 상승했는지조차 인지 못하고 있는 로빈은 그로 인해 조금 전부터 자신의 한계를 계속 넘어서고 있었지만 그것조차 자각이 없었다.

그것은 크로첼도 마찬가지였다. 분명 자신이 깨달음을 얻고 검기를 사용할 정도로 강해진 것이 느껴지지만 어찌 된 영문인지 상대하고 있는 로빈과 부딪쳤을 때 그다지 달라진 게 없이 평수를 유지하고 있었다.

두 아이의 싸움은 어느새 두 사람의 실력을 놀라울 정도로 빠르게 향상시켜 주고 있었다.

수만의 눈동자가 위치한 곳에서는 폭풍이 휘몰아치고 있었다. 끊임없이 울려 퍼지는 검극과 감탄이 절로 나오는 움직임은 사람들을 함께 폭풍으로 끌어들이고 있었다. 그 폭풍의 중심에 있는 것은 고작 십대의 소년들. 이것이 무엇보다 큰 충격이었다.

크로첼을 모르는 제국 사람이란 없다. 태어나면서부터 검의 신동이라는 호칭을 타고났다고 전해지는 소년. 그러나 저기 있는 소년은 무엇이란 말인가? 저런 엄청난 무위를 지닌 아이란 결코 흔치 않다. 그런데 지금껏 아무 명성도 없다가 한순간에 마술처럼 나타났으니.

그러는 사이에 관중들 사이에서 소문이 퍼져 나갔다. 약 이 주 전에 대로에서 벌어졌던 크로첼과 저 낯선 소년의 승부 이야기가 말이다.

이야기를 들은 사람들은 그때 저 낯선 소년이 일방적으로 패배했다는 결과를 도저히 믿을 수가 없었다.

지금 극한에 달하는 싸움을 하고 있는 모습. 그 정도의 실력 차를 고작 이 주일 안에 메운다는 말 자체가 어불성설이었다.

"천재다. 천재가 나타난 게야. 이 제국을 위해, 제국을 축복하고자 주신 어드미스께서 천재를 보내주신 게야."

관람하던 한 노인의 힘이 담긴 고함에 사람들은 정말 그럴 것이라고 착각했다. 제아무리 문외한이라 해도 저들의 기도가 끝도 없이 치솟고 있다는 것 정도는 충분히 느낄 수 있었다. 그리고 몇몇 강자들은 그리도 소원하는 평생의 적수와 맞대결하고 있는 아이들을 부러운 듯이 바라보며 도대체 저 땅꼬마들이 어디까지 날아오를지 흥분에 싸인 채 지켜보고 있었다.

"우와아아아아아아!"

격려를 담은 사람들의 환호가 터진 것은 바로 그때쯤이었다. 고막을 터뜨릴 정도로 커다란 환호 소리는 두 사람의 귓가에 전혀 들려오고 있지 않았지만 그 의지만은 어느 정도 전달되고 있었다.

신동과 천재의 싸움. 후세의 제국의 기사교본에서 절대 빠지지 않는 그 전설적인 시합이 지금 막바지에 이르렀다.

"에딕 공작님, 큰일입니다! 오늘 있는 시합 도중에 전혀 예상치 못한 일이 발생했습니다!"

허겁지겁 달려온 부하의 말에 제국 무투회의 총책임자인 에딕 공작은 사건 파악을 위해 문제의 현장으로 달려갔다.

그리고 그곳에서 벌어지고 있는 현장을 본 순간 그 역시 다른 대부분의 사람들과 마찬가지로 할 말을 잃고 말았다. 특히 그가 이렇게까지 놀란 데에는 그 문제의 인물 중 한 명이 바로 자신의 아들이었기 때문이기도 했다.

"어째서 성인부 시합에서 아이들이 싸우고 있지?"

"크로첼 에딕 도련님께서는 제대로 출전 권한을 따냈습니다만 저 정체 불명의 아이는 아마도 불법 난입을 한 것 같습니다. 기사들을 동원해서 당장 시합을 멈추도록 하는 것이……."

에딕 공작은 도저히 시합이라고 말하기도 힘든 난투의 현장을 바라보며 조용히 하라는 손짓을 했다.

저것이 정말 자신의 아들이란 말인가? 자식에 대해서 크게 관심을 가져본 일이 없는 그였지만 저런 꼴사나운 모습은 처음 보았다.

제국검법이란 언제나 완전무결하면서 한순간에 적을 제압하는 것이다. 그 완전함은 상대방과의 싸움에서 피를 불러들이지 않고 확실하게 승리를 얻을 수 있었다.

하나 저 모습은 무엇인가? 마치 동네 시정잡배들이 싸우는 모양으로 서로 얽혀들어서 싸우는 모습에 야유를 퍼붓던 관객들조차 지쳐 가고 있었다.

그러나 가장 궁금한 것은 바로 저런 꼴사나운 싸움을 하고 있으면서도 왜 저렇게 즐거워 보이는 것이냐는 거였다.

수많은 의문이 계속해서 그를 두드렸지만 그 무엇 하나 제대로 답할 수 있는 게 없었다. 단지 그 답을 가르쳐 줄 수 있는 것이라고는 자신의 아들과 싸우고 있는 저 아이가 모든 것의 열쇠라는 것을 짐작할 뿐이었다.

"이 시합을 멋대로 중지시켰다가는 오히려 폭동이 날 것 같군. 시합이 끝나는 대로 두 사람의 출전권을 박탈시키고 대회가 끝나는 동안 집 안에 감금하도록."

에딕 공작은 이미 알고 있는 거였다. 어느새 수많은 사람들이 저 아이들의 싸움에 매혹되어 있다고.

"그것참, 에딕 공작님답지 않은 명령이시군요."

뒤돌아보니 그곳에서는 커다란 안경을 쓰고 있는 노인이 지팡이를 짚고 서성이고 있었다. 부하를 물러나게 한 뒤 쓰레기를 보는 눈빛으로 그 노인을 쳐다보며 말했다.

"제국 현자 라이오트 경, 그대가 이곳에는 웬일이지?"

"이 몸의 이름을 기억하고 계셨군요. 이거 영광이외다. 하긴 공작님께서 친구 분을 직접 죽인 덕에 지금 내가 이 제국 현자의 자리에 서 있는 거지만요."

"그럼 잘 알고 있겠군. 내가 황제의 명을 받아 얼마나 많은 측근과

친우를 죽여왔는지."

너 같은 것은 지금이라도 당장 베어버릴 수 있다.

번쩍이는 안광에 라이오트는 순간 온몸이 오그라드는 것을 느낄 수 있었다.

"하하. 이거 그냥 기분 전환을 하러 온 것뿐입니다. 너무 그렇게 박대하지 말아주십시오. 호오, 저쪽이 바로 그 소문 자자한 자제 분이신 것 같군요. 그 상대는 비슷한 또래의 아이라……. 비록 검이나 싸움에 대해서는 잘 알지 못하지만 한눈에 봐도 지금 아드님께서 즐거워하는 게 느껴지는군요. 그리고 그 상대는… 어디……."

망원경을 들어 크로첼을 보다가 막 로빈으로 옮긴 라이오트는 순간 눈을 떼지 못했다.

처음에는 기분 탓인가 싶었다. 하지만 이상할 정도의 미련은 계속해서 소년의 얼굴을 머리 속에 담고 옛 기억을 되새기기 시작했다.

제국 현자의 자리에까지 오른 그가 그만한 가치가 있다고 판단한 것이었다.

"지금 상대하고 있는 아이가 혹시 누군지 아십니… 이런, 소리도 없이 사라졌군. 거만한 사람. 황제에게 빌붙어 권력을 탐하는 주제에 저렇게 깨끗한 척하다니. 쯧쯧."

실은 그의 방문 목적은 바로 황제파 세력의 구축에 있었다. 하지만 황제에게 복종하면서 중립파에 속한 그가 이렇게 또 노골적으로 피해서야 별수가 없었다.

라이오트는 늙은 몸을 이끌고 터벅터벅 걸어나가 황궁으로 돌아갔다. 하나 그때까지도 이상하게 조금 전 그 시합에서 본 아이의 얼굴이 눈에서 잊혀지지가 않았다.

"어디서 많이 봤는데… 도대체 어디서 그 얼굴을 봤더라? 늙으니 기억력마저 떨어졌는지 원."

황궁으로 돌아오는 동안 끝내 머리 속에서 사라지지 않는 소년의 얼굴을 되새기며 황궁의 복도를 지나갈 즈음 매일 무심코 지나치던 초상화가 자연스럽게 눈에 들어왔다.

그 초상화는 선대 황제의 초상화로 그 옆에는 현 황제의 어렸을 적 모습이 그려져 있었는데 놀라운 사실은 바로 그 황제의 어렸을 적 모습이 그 소년과 똑 닮아 있다는 것이었다. 그것도 아들과 자식 관계를 넘어서 마치 쌍둥이처럼.

"……."

라이오트는 떨리는 손으로 초상화를 만져 보았다. 이 얼굴. 바로 이 얼굴이다. 이 세상에서 이런 얼굴과 똑같은 얼굴을 지닌 인간의 확률이 얼마나 될까? 그것도 비슷한 정도가 아닌 완전 판박이가 말이다.

그는 확신했다. 그가 알고 있는 한 이런 얼굴을 할 수 있는 사람이라고는 과거 이곳에서 도망친 바로 그 아이밖에 없다고.

"P프로젝트의 유산이 돌아왔다! 돌아왔어! 크하하하하하!"

희열에 온몸을 주체하지 못하며 광소를 터뜨리기 시작했다. 이 일이 성공하면 자신은 제국에서 일인지하 만인지상의 자리를 보장받게 될 게 분명했다.

"도망친 먹이가 다시 사자 입속으로 들어오다니! 잡아야 한다! 두 번 다시 놓쳐서는 안 돼!"

곧 황궁에서부터 황제의 근위병들이 거친 먼지구름을 일으키며 라운딩룸을 향해 달려가기 시작했다.

이렇게 즐거운 싸움이 있었다니. 크로첼은 마약과도 같은 이 달콤함에 주체를 할 수가 없었다. 이 시간이 좀 더 길어진다면 얼마나 좋을까? 오직 그것만을 생각하고 있을 때 저 먼 건물 안에서 이곳을 향해 보고 있는 사람의 모습이 눈에 들어왔다.

'아버지.'

아버지. 단 한 번이라도 인정받고 싶은 그가 지금 자신의 시합을 보고 있다니. 들끓어오르던 기세가 삽시간에 가라앉았다.

"난 이겨야 한다. 부디 나를 원망해다오."

크로첼의 이마에서 문장 같은 푸른 빛이 생겨났다. 이것이 바로 마나 각인. 돈을 주고 마법사에게 억지로 연 마나 각인이 아닌 스스로 문을 연 강인한 힘의 증거.

그리고 동시에 로빈은 시합장을 부숴 버리는 충격파에 의해 몸이 공중으로 튀어 오르면서 크게 뒤로 꺾어졌다.

온몸의 고통이 느껴지지 않았다. 조금 전까지 쉬게 해달라고 비명을 지르던 근육도, 어느새 피가 배어 나온 손바닥도, 방금 전 전속력으로 달려오던 말과 부딪친 듯한 고통도.

이대로 끝나는 것인가? 이대로 끝나는 것인가? 또 자신은 패배하게 되는 것인가?

'이대로 끝낼 수는 없어!'

번쩍!

눈을 떴다.

발이 가볍다. 몸이 가볍다. 이대로라면 온 세계가 자신의 마음대로 변할 것 같았다. 그 느낌을 그대로 이미징(Imaging)했다.

뒤집히며 공중으로 날아가던 몸이 순간 멈춘다. 하늘에 가득 존재하는 공기를 땅처럼 밟으며 힘껏 크로첼에게 날아갔다.

"우와아아!"

사람들의 함성 소리가 최초로 귓가에 들려왔다가 이내 사라졌다. 보고 듣고 느껴야 할 것은 오직 앞에 있는 상대뿐. 다른 것에 대한 모든 감각을 스스로 끊어버렸다. 변한 것이다, 자신은.

놀란 크로첼은 다시금 마나를 집중시켰다.

"내가 이상한 거 쓰지 말랬지!"

이대로 가만히 있으면 또 당한다. 다시 이미징을 한다. 저 공격을 완전히 막아버릴 수 있는 강력한 방패를. 그리고 로빈의 몸 전체에 푸르스름한 빛이 살짝 빛났다.

쿠과아아아앙!

마치 화약과도 같은 거대한 폭발이 일어났다. 파란색 불꽃만이 마나에 의한 상쇄 폭발이라는 것을 말해 주고 있었다.

자욱한 연기 속에서 보이는 것은 활발하게 움직이는 두 개의 빛의 검과 굉음뿐이었다.

이제는 어지간해서 놀랄 일이 없을 거라고 자부하던 관중들은 또다시 숨을 거칠게 들이셔야만 했다.

"젠장, 나라는 소리는 전혀 안 나고 왜 이렇게 빛나기만 하는 거야!"

테이번이 들었다면 정말 기가 찰 법한 말이었다. 검명이라는 단계를 거치지도 않고 바로 검기의 단계에 올랐다는 것은 듣도 보도 못한 일이었다.

그렇게 또 한 명의 소드 마스터의 탄생이 눈앞에서 벌어졌다. 하루에, 그것도 최연소라 할 수 있는 어린 소드 마스터가 두 명이나 탄생하다니. 그야말로 제국의 홍복이었다.

검기가 맺힌 두 개의 검이 부딪칠 때마다 불꽃이 터져 나왔다. 단순한 마찰이 아닌 그 하나하나가 마력이 터지는 현상이라 일반인이라면 그 공격과 부딪치는 것만으로도 팔이 부러졌을 터였다.

검기에 서로의 머리카락 타는 냄새가 느껴질 정도로 가까운 곳에서 대치를 하던 크로첼의 눈으로 안으로 들어가는 아버지의 모습이 보였다.

"나는, 나는 이겨야만 한단 말이다! 으아아아!"

그 지극히 어린아이 같은 억지로 로빈을 강하게 밀어붙인 크로첼은 힘껏 옆구리를 향해 공격을 날렸다.

'아!'

상대를 존중해서 결코 공격하지 말아야 할 부분이 있다. 그중 하나가 바로 검을 차고 있는 부분이었다.

상대의 무기를 상대처럼 존중한다. 로빈과의 싸움으로 기사도를 잠깐 잊고 있기는 했지만 수년간 몸에 배인 그것이 한순간에 사라지기란 불가능했다.

지금껏 또래 상대가 없었기에 어른들과 대련을 해온 터라 원래 이 위치는 상대의 다리 하나를 못 쓰게 만들어놓는 데 그치는 위치였다. 하지만 그게 동갑인 로빈에게 닥치자 최악의 금기에 가까운 위치가 되어버린 것이었다.

'멈출 수 있을까?'

할 수 있든 없든 이미 최선을 다해 손을 뒤로 빼는 순간 강한 충격과 함께 검이 손에서 벗어났다.

"아아!"

잊고 있었다. 아버지에게 인정받는다는 것에 한눈이 팔려 눈앞에 있는 이 상대의 강함을 잊고 있었던 것이다.

승부가 났다. 그러나 너무나도 어이없이 얻은 승리에 로빈은 자신의 검을 바닥에 내팽개치고 크로첼의 멱살을 잡아서 끌어당겼다.

함성을 터뜨리려던 사람들은 또다시 그 돌발적인 행동에 숨죽이며 바라보았다.

"너 이 자식! 내가 뭣 때문에 지금껏 죽자 사자 여기까지 왔는데! 이렇게 끝나다니, 날 우습게 본 거냐!"

얼마나 억울했는지 로빈의 눈가에는 눈물이 글썽이고 있었다. 그 순간 크로첼은 왠지 알 수 있었다. 자신이 아버지에게 인정받고 싶었듯 그도 혹시 나에게 인정받고 싶었던 게 아닐까 하고. 왜냐하면 자신도 그랬기 때문이다.

아버지 외에 처음으로 인정을 받고 싶었던 상대. 하지만 한 번의 실수로 인해 커다란 죄를 짓고 말았다.

"…면목이 없다. 결코 의도한 바는 아니었다."

정말 미안해하는 그 모습에 로빈은 거칠게 멱살을 놓았다. 이 승부를 하는 동안 어느새 마음도 성장한 것이다.

그때 막 무투회 관련자들이 몰려나오며 로빈과 크로첼을 포위했다.

"본의 아니게 여러분을 혼란스럽게 해서 죄송합니다. 본 시합은 한 소년의 난입으로 인해 모두 무효 처리가 되었습니다. 이번에 소란을 일으킨 소년은 무투회가 끝나는 날까지 집 안에서 한 발자국도 움직이지 못하도록 할 예정입니다. 아울러 난입 사실을 알고 있었으면서도 숨기고 있었던 크로첼 에딕에 대해서도 똑같은 형벌을 내리겠습니다."

제국 무투회는 대규모의 축제였기에 이 대회의 책임자인 에딕 공작에게는 어느 정도의 형벌의 내릴 수 있는 권한이 있었다.

그러나 이 행동에 사람들은 인정하지 못하겠다는 듯이 야유를 뿌려댔다.

"제아무리 실력이 출중하다고 해도 그것이 제국의 법보다 우선시될 수는 없습니다. 두 아이는 소년부가 존재함에도 불구하고 제 실력을 믿고 성인부의 시합에 참여했습니다. 이를 똑바로 혼내주어야 하는 게 바로 우리 어른들이 해야 할 일이라고 저는 생각합니다. 현명한 제국 시민 여러분께서는 그것을 잘 알 것이라 저는 믿습니다."

구구절절 옳은 에딕 공작의 말은 사람들의 마음을 움직이는 데 충분했다. 아무리 뛰어나다고 해도 인성이 그릇되어 있다면 차라리 존재하지 않는 게 다행일 것이다. 어른인 자신들이 아이를 똑바른 길로 인도해야 하는 것이 당연한 법.

짝. 짝. 짝짝짝짝짝짝짝!

어느 곳에서부터 시작된 작은 박수 소리는 어느새 라운딩룸 전체의 사람들이 자리에서 일어서서 커다란 박수 소리와 함성으로 변해갔다.

"어떠한 이유이든 간에 이번에는 나의 패배다. 하지만 다음에는 꼭 내가 이기고 말 테다. 네 이름을 다시 한 번 내게 말해 줄 수 있겠나?"

로빈은 치아가 훤히 보일 정도로 씨익 웃음을 지으며 대답했다.

"내 이름은 로빈, 만약 다음에 내 이름도 못 외우고 있다면 한 방 먹여주겠어."

"그것도 좋겠지. 훗날의 승부를 기대하고 있겠다."

사람들의 환호는 두 소년이 각각 반대편 대기실로 들어가서 다음 시합자들이 올라올 때까지 계속되었다.

오늘 이 사건 이후 제국 무투회는 끝이 날 때까지 일관 싱거웠다는 평가를 받았으나 그 누구도 이번 무투회를 잊지 못했다.

크로첼이 막 대기실에서 기사들에 의해 집으로 연행되기 직전 한 남자가 들어왔다.

"아, 아버님."

붓고 찢어진 얼굴은 그 위명 높은 신동 크로첼 에딕이라는 느낌이 전혀 들지 않았다. 고개를 피하는 아들의 얼굴을 두 손으로 잡자 크로첼은 흠칫 놀랐다.

"좋은 얼굴을 하고 있구나, 크로첼. 하긴 네 얼굴을 못 본 지도 꽤 지났으니 당연한 건지도."

혹시 잘못 들은 것이 아닐까? 떨리는 가슴을 진정시키지 못하며 답변했다.

"면목없습니다. 꼭 이 무투회에서 우승하여 가문의 이름을……."

"그만 됐다. 너는 가문의 일에 신경 쓸 필요가 없다. 이것은 아직 내 짐이니까. 좀 더 하고 싶은 것을 해두거라."

말투는 여전히 차갑기 그지없지만 그걸로도 세상의 모든 것을 손에 얻은 듯한 기쁨이 느껴졌다.

"아, 아버님……."

"집에 먼저 돌아가 있거라. 오늘은 나도 오랜만에 집에 돌아가겠다. 함께 저녁 식사를 하자꾸나."

"네, 네."

공작은 막 나가려다가 마지막으로 한마디 덧붙였다.

"즐거웠느냐?"

"…솔직히 말씀드려서 처음이었습니다, 이렇게 즐거웠던 적은."

굳이 묻지 않아도 두 사람의 승부를 보았다면 누구나 알 수 있었을 만큼 두 아이들의 승부는 흥겨웠다.

그래도 무언가 확인을 바랐던 것인지 공작은 그 말을 들은 후에 한마디를 남기고 밖으로 나갔다.

"오늘의 승부, 훌륭했다."

"……!!"

공작이 저 멀리 사라졌음에도 불구하고 기사들은 잠시 아무것도 하지 않은 채 등을 돌리고 있었다. 흘러내리는 눈물을 보이지 않게 고개를 숙인 채 울고 있는 크로첼은 그렇게 잠시 혼자만의 시간을 가질 수 있었다.

리켈푸스 일행은 하나같이 놀라운 표정으로 테이번을 바라보고 있었다. 하지만 놀랍기는 테이번조차 마찬가지였다.

"저렇게 짧은 시간 안에 소드 마스터가 되다니. 정말 테이번 선생님의 재능은 놀랍습니다."

실은 아직도 검기를 어떻게 만드는지조차 모르고 있는 반쪽짜리 소
드 마스터이지만 그것을 알 리 없는 사람들은 테이번이 무색해질 정도
로 칭찬하기에 바빴다.

"아니, 저, 그게 아니라고 제가 몇 번이나 말씀을 드렸지 않습니까?"

로빈의 성장은 테이번의 예상조차 능가해 버렸다. 그렇다 보니 지금
가장 혼란스러워해야 할 사람은 바로 자신인데 주위의 반응 때문에 혼
란해할 틈도 없었다.

"크하하하, 이게 다 내가 만들어준 무기 때문임을 잊지 말게."

그 와중에도 자신의 무기 자랑에 여념이 없는 올슨이었다.

"아참, 그 어빈이라는 분은 어떻게 하셨습니까?"

"뭐, 안 그래도 기권하려던 사람이었던지라 대가를 확실히 지불해서
보냈습니다."

테이번은 얼굴만으로도 밥 먹고 살 것 같던 젊은 남자를 떠올리며
테카에게 말했다.

그 외에도 이런 저런 이야기를 하던 사이 기사에게 연행되어 가듯
둘러싸인 로빈이 밖으로 나왔다.

"즐거웠느냐, 로빈?"

"응, 마지막이 아쉽기는 했지만 최고였어! 응? 새끼 코알라는?"

중년 삼인방에 중년 드워프 한 명만 있자 괜히 꿀꿀해지는 느낌까지
받았다.

"백작 영애께서는 지금 라인벨츠 백작님께 붙잡혀 있단다. 무투회는
야만적인 경기니 어쩌니 하면서 필사적으로 막는데 도저히 손을 쓸 수

가 없더구나."

막 이야기가 활발해질 때 로빈을 연행하던 기사 중 한 명이 조심스레 다가왔다.

"혹시 리켈푸스님이 맞으십니까?"

멀리서나마 몇 번 리켈푸스를 본 적이 있던 기사는 고개를 끄덕이는 리켈푸스의 모습에 놀라움을 느꼈다.

안 그래도 이 꼬마 아이의 정체가 뭔지 궁금하던 터였다. 동료들 사이에서는 정체를 감추고 참여한 어느 귀족의 자제일 거다, 소드 마스터의 아들일 거다, 산에서 수련만 한다는 검호의 제자일 것이다 하는 등등의 여러 가지 의견이 쏟아져 나왔지만 로빈의 대답은 한결같았다.

'나, 산적.'

누구 하나 그 말을 믿는 사람은 없었다. 그리고 지금 그 정체가 어느 정도나마 이렇게 알려지게 되었다고 생각했다.

"허허허, 로빈 때문에 수고가 많으시구려. 자, 함께 우리 집으로 가서 만찬을 함께하는 게 어떻겠소?"

리켈푸스의 만찬에 초대를 받다니, 이게 꿈인가 생시인가 혼동되고 있었다.

"죄, 죄송합니다. 마음은 가고 싶지만 저희들은 아직 근무 중이기 때문에……."

"아하, 그리고 보니 이 늙은이가 그것을 잊고 있었구려. 그럼 오늘 저녁에 그대들을 초청하고 싶소만. 이것도 인연이니 말이오."

기사들은 또다시 한결같은 마음으로 놀랐다. 그러나 잠시 리켈푸스가 왜 이런 이유없는 친절을 베푸는지 가장 먼저 눈치를 챈 한 기사가 나섰다.

"저기 실례지만⋯ 이 소년, 아니, 이분과 리켈푸스님은 어떤 관계인지 물어봐도 되겠습니까?"

어리다고는 하나 소드 마스터인 이상 결코 함부로 대할 수 없었다. 아무렇지도 않게 이어지는 양자라는 답변에 내기에서 귀족가의 아들이라고 건 이들이 작게 승리의 포즈를 지었다.

리켈푸스의 호의에 못 이기는 척 넘어가려고 할 때 저 대로에서부터 커다란 먼지구름이 자욱하게 피어올랐다.

말도 갑옷도 온통 검은빛을 띠고 있는 것은 다름 아닌 제국 흑마기사단. 황제 직속의 근위대가 이런 곳까지 달려오고 있다니 도대체 무슨 일이 생긴 것일까? 게다가 분위기는 심상치 않게 리켈푸스 일행을 포위하고 있었다.

"이게 무슨 짓이오?"

로빈 옆에 있던 한 기사가 외치자 곧 검은색 기사들이 좌우로 갈라지며 그곳에서 황금색의 갑주를 입고 있는 남자가 앞으로 다가오기 시작했다.

제국이 보유하고 있는 기사단 중에서도 최강의 무력을 자랑하는 흑마기사단에서 황금색의 갑옷을 입고 있는 자라면 단 한 명밖에 없었다.

바로 흑마기사단의 단장인 카이트. 항상 황제 옆에 붙어 있어야 할 그가 이곳에 오다니? 사람들은 그제야 뭔가 심상치 않은 일이 벌어졌다는 것을 예상할 수 있었다.

그러나 다음에 더욱 놀라운 일이 벌어졌다. 말에서 내린 카이트는 놀랍게도 로빈의 앞에 무릎을 꿇는 것이 아닌가?

"흑마기사단의 단장 카이트가 제삼황자님을 뵙습니다."

경악. 그야말로 경악스러운 일의 연속이었다.

『슬레이브 마스터』 제2권 끝